Forces d'élite – 3

En pleine course

*Du même auteur
aux Éditions J'ai lu*

FORCES D'ÉLITE

1 – Au cœur de l'enfer
N° 10727

2 – Au prochain virage
N° 10912

JULIE ANN WALKER

FORCES D'ÉLITE – 3
En pleine course

*Traduit de l'anglais (États-Unis)
par Guillaume Le Pennec*

J'AI LU POUR elle

Si vous souhaitez être informée en avant-première
de nos parutions et tout savoir sur vos auteures préférées,
retrouvez-nous ici :

www.jailupourelle.com

Abonnez-vous à notre newsletter
et rejoignez-nous sur Facebook !

Titre original
REV IT UP

Éditeur original
Sourcebooks Casablanca, an imprint of Sourcebooks, Inc., Illinois

© Julie Ann Walker, 2012

Pour la traduction française
© Éditions J'ai lu, 2015

*À ma mère.
Tout ceci, c'est à toi que je le dois.
Tu m'as soutenue et encouragée dans tous mes projets
et c'est toi qui m'as instillé cet amour des mots
qui influence et enrichit ma vie.
L'argent manquait souvent
pour acheter ce jean de couturier
dont je ne pensais pas pouvoir me passer,
mais il y en avait toujours un peu
pour les clubs de lecture et autres foires aux livres.
Merci de m'avoir permis
de ne pas me tromper de priorités.*

Remerciements

En tout premier lieu, je me dois de remercier mon cher mari. Jamais tu ne me fais de reproches quand, au milieu d'une conversation à dîner, mon esprit s'égare vers les personnages que j'ai en tête. Tu commandes simplement un autre verre de vin et attends patiemment que je redescende sur terre. Je t'en suis éternellement reconnaissante.

Ensuite, je voudrais comme toujours tirer mon chapeau à mon agent, Nicole Resciniti. Ce livre est le fruit d'un labeur passionné entre nous deux, avec un accent tout particulier sur le mot « labeur ». Je n'aurais pas pu le faire sans toi, c'est une certitude.

Merci également à mon éditrice, Leah Hultenschmidt. Tu as fait preuve d'une immense patience pour me faire grandir en tant qu'auteure et œuvré avec douceur et persévérance à améliorer mon écriture. Je te suis plus reconnaissante que tu ne l'imagines pour ta vision et ta sagesse.

Et enfin, merci à tous nos combattants, hommes et femmes, ceux qui portent l'uniforme comme ceux qui n'en portent pas. Vous protégez notre liberté et notre mode de vie pour que nous ayons une chance de vivre le rêve américain.

« *Ce n'est point l'arme étincelante qui mène le combat, mais plutôt le cœur du héros.* »

Proverbe

Prologue

Sur les hauteurs des montagnes de l'Hindu Kuch, octobre...

— Sérieusement, les gars, ça craint, murmura Pasteur tout en maintenant le canon de son M4 braqué sur le chef taliban assis en tailleur sur le sol parsemé d'éclats de schiste.

La bouche d'Al-Masri avait beau être recouverte de ruban adhésif, il n'était pas difficile d'interpréter les plis grimaçants de son visage barbu ou la lueur de haine brute qui brillait dans ses yeux noirs.

Ça craint. Jacob Sommers, surnommé Jake le Serpent, ne pouvait qu'approuver cette évaluation incroyablement concise – quoiqu'un peu trop sage – de la situation. Personnellement, il l'aurait volontiers qualifiée de « bordel ». « Bordel sans nom », même, pour être plus précis, mais c'était toute la différence entre Pasteur et lui. Il jurait comme le marin qu'il était tandis que Pasteur était connu pour se laisser parfois aller en lançant un « mince alors ! » bien senti.

À vrai dire, la façon d'en parler n'avait pas grande importance. Ce qui comptait, c'était que leur mission tout entière n'avait été qu'une succession de désastres. À commencer par leur unique radio satellite réduite en miettes contre le flanc de la montagne quand sa lanière s'était rompue durant leur largage en territoire ennemi. Puis, alors qu'ils s'emparaient d'un Al-Masri endormi dans l'une des minuscules maisons entassées dans la vallée en contrebas, ils avaient été repérés par l'un de ses hommes qui avait eu l'idée saugrenue d'aller pisser à trois heures du matin. Après quoi l'armée du chef taliban avait quitté le village pour déployer ses troupes en travers de la vallée, coupant la retraite à Jake et à son équipe. N'ayant pu honorer leur rendez-vous d'évacuation hors de ce trou à rats paumé, ils s'étaient retrouvés forcés de se cacher dans un minuscule bosquet d'arbres accrochés de manière précaire à la montagne aride et escarpée.

Et, cerise de fumier sur ce gâteau à la merde, le soleil qui se levait au-dessus des pics à l'est n'allait pas tarder à les éclairer de sa funeste lumière.

— Bon, qu'est-ce que vous voulez faire, les mecs ? demanda Rock avec sa lente diction à l'accent cajun.

Jake lui adressa un bref coup d'œil avant de reporter son attention sur le visage balafré du responsable de la mission.

— Le tuer, répondit Boss en ponctuant sa phrase d'un crachat par terre. Sans ça, je doute qu'on sorte d'ici vivants. Et si on essaie de l'emmener avec nous, ce salopard saisira la première occasion pour signaler notre position. Nos renseignements indiquent que son armée compte entre quatre-vingts et cent vingt combattants, ce qui veut dire qu'au mieux on est à vingt contre un et au pire à trente contre un. Nous sommes doués, messieurs, nous sommes même les meilleurs, mais ce n'est pas le genre de probabilités que j'ai envie de défier.

Tous les quatre, des Navy SEAL de la section Bravo, avaient reçu pour tâche de capturer Hamza Al-Masri – chef taliban local personnellement responsable de l'attentat contre une caserne ayant coûté la vie à plus de deux cents Marines – et de le ramener pour faire face à la bonne vieille justice américaine. Mais une telle issue semblait s'éloigner de minute en minute à mesure que les pépins s'accumulaient.

— Ce ne sont pas les ordres qu'on a reçus, murmura Jake, franchement remonté face à cette situation de plus en plus merdique. On nous a dit de le ramener vivant !

Boss laissa échapper un grognement de dérision.

— Ah ouais ? Et qui a donné ces ordres, à ton avis ? Un rond-de-cuir de Washington qui serait incapable de faire la différence entre sa tête et son cul sur le terrain, voilà qui. Cela dit, on parle d'un truc sérieux, les mecs. Quelque chose qui nous vaudra des réprimandes officielles, avec le risque d'être rétrogradés, voire pire. Je ne prendrai pas cette décision tout seul. Il faut qu'on soit tous d'accord.

Jake n'ignorait pas que Boss avait raison. Tuer Al-Masri constituait leur meilleure chance de survie. Et Dieu sait qu'il rêvait de voir ce type mort, qu'il voulait sa tête au bout d'une pique depuis l'attentat. Mais c'était justement l'une des raisons pour lesquelles ça lui posait un problème…

— Personne n'aurait besoin d'être au courant, souffla Pasteur. On pourrait le tuer, l'enterrer et déguerpir puis affirmer qu'on ne l'a jamais trouvé.

Mais alors même qu'il prononçait ces mots, l'expression écœurée de son visage couvert de maquillage de camouflage indiquait clairement que l'idée le rebutait.

Ça ne plaisait à aucun d'entre eux.

15

En plus du patriotisme, de la loyauté et de l'honneur, l'une des qualités dont la plupart des SEAL s'enorgueillissaient était l'honnêteté. Les mensonges avaient tendance à leur rester en travers de la gorge.

— Non. Si on fait ça, on n'essaiera pas de s'en cacher, répondit Boss, mâchoires crispées. On retourne à la base et on dit : « voilà ce qu'on a fait parce que c'était la seule option viable pour nous ». Et tous ceux qui savent de quoi ils parlent comprendront que c'est la vérité vraie. Je ne vais pas écrire de faux rapports. Je m'y refuse !

— Peut-être qu'on le tue, qu'on le dit et qu'il ne se passera rien, lança Pasteur. De toute façon, ils vont l'incarcérer à vie à Guantanamo ou le pendre haut et court, donc à quoi bon ? Je pense que l'état-major nous couvrira sur ce coup.

Quoi ? !

Jake résista à l'envie de lever les yeux au ciel… au cas où une escouade de poules aux becs pleins de dents serait passée au-dessus d'eux à cet instant précis.

Il aimait bien Pasteur. Vraiment. Alors même que six semaines plus tôt, le mec avait eu la riche idée d'épouser la seule femme que Jake ait jamais aimée. Bien évidemment, en vertu de cette histoire d'orgueil et d'honnêteté, il devait admettre que le mariage de Pasteur et de Michelle était principalement sa faute. Après tout, c'était Jake lui-même qui les avait incités à se rapprocher…

Et était-ce vraiment une surprise qu'ils se soient plu ?

La réponse était un « négatif ! » franc et massif. Dans la mesure où Michelle Knight était la femme la plus douce et la plus géniale du monde et Steven « Pasteur » Carter le mec le plus gentil et généreux que Jake ait jamais rencontré, il était évident dès le départ qu'ils étaient faits l'un pour l'autre.

Et oui, il admettait que la plupart des gens auraient trouvé franchement bizarre de qualifier de « gentil » un homme qui discutait tranquillement de l'intérêt de trancher la gorge d'un autre. Mais en plus d'être gentil, Pasteur était également un sacré soldat.

Il savait à quoi s'en tenir.

D'un autre côté, s'il pensait vraiment qu'ils pouvaient se sortir totalement indemnes de ce merdier absolu, il méritait d'être élu président du pays des Bisounours.

— Arrête tes délires, mon pote ! gronda Jake avec cet accent de surfeur qui ressurgissait souvent dans les situations stressantes. Tu sais très bien que les hauts gradés ne risquent pas de nous couvrir. Nos bons vieux États-Unis d'Amérique veulent se servir d'Al-Masri comme d'un symbole, d'un avertissement à l'intention de tous les autres fanatiques de la planète. « Où que vous vous cachiez, on pourra toujours vous trouver et vous faire comparaître en justice. » Si on le tue, on va s'en prendre plein la tronche. Non, affirma-t-il en secouant la tête, il faut qu'on le ramène en un seul morceau.

Mais, en toute honnêteté, ce n'était pas l'idée d'être rétrogradé ou de se prendre un savon monumental de la part du général qui l'incitait à s'opposer aux autres. Non, non. Il se fichait pas mal des histoires de grades et toutes ces conneries. Ce qui le terrifiait au point d'avoir du mal à respirer, c'était que son cœur battait la chamade comme celui d'une bête affamée à l'idée de dégainer son poignard pour mettre fin – là, tout de suite – à la vie d'Al-Masri.

Parce qu'il n'était pas censé ressentir d'émotions particulières vis-à-vis de ses missions. On attendait de lui qu'il garde un parfait sang-froid, un calme olympien. Qu'il soit détaché. Ce qui, ces derniers temps, était devenu presque impossible. Depuis l'attentat à la bombe, depuis que l'horreur d'avoir à trier tous ces cadavres avait planté en lui une graine qui n'avait cessé de grandir jusqu'à se transformer en monstre aux crocs venimeux, il avait dû lutter contre les pensées vengeresses qui envahissaient son esprit au détriment de toutes les autres.

Il savait pourtant que c'était une pente dangereuse. N'était-ce pas exactement l'état d'esprit qu'invoquaient les terroristes pour justifier de faire sauter des immeubles, des ambassades et des places de marché ? Bien sûr que si. Mais même si son esprit rationnel s'écriait : « mec, qu'est-ce qui te prend de penser des trucs pareils ? », la voix du monstre en lui paraissait gagner un peu plus en force au fil des jours. Et elle ne cessait de répéter la même chose en boucle : « Tue-les tous. Venge tes frères. »

Jake avait honte d'admettre qu'il avait déjà failli lâcher les rênes du monstre en une occasion. L'idée de recommencer le terrifiait. Là, par exemple, il flippait à en mouiller son pantalon en songeant que s'il laissait parler son désir de vengeance et tuait Al-Masri malgré des ordres contraires, il n'y aurait plus rien pour l'empêcher de recommencer. Encore, et encore, et encore.

— Tu penses vraiment qu'on a une chance de se tirer d'ici avant que les troupes d'Al-Masri nous encerclent, *mon ami*[1] ?

— J'ai une idée, répondit Jake en repoussant la bête sanguinaire qui grondait en lui et la peur qu'elle lui inspirait.

---

1. En français dans le texte. (*N.d.T.*)

Il sortit les cartes topographiques et les photos de surveillance de la région et fit signe à ses équipiers de le suivre un peu à l'écart, loin des yeux et des oreilles du chef taliban avant d'étaler le tout par terre.

— Si on grimpe à flanc de montagne et qu'on atteint le plateau, dit-il en pointant un doigt crasseux sur la carte, nos téléphones portables devraient pouvoir recevoir un signal. On pourra appeler la base et demander une évacuation par les airs. Imaginons que ça nous prenne quinze minutes pour l'ascension, deux minutes pour passer l'appel, huit minutes de préparation pour l'hélico et trente minutes de vol pour qu'il nous rejoigne, ça fait un total de cinquante et une minutes. L'armée d'Al-Masri aura besoin d'au moins quarante-cinq à cinquante minutes pour monter jusqu'à nous depuis la vallée. Ce sera juste. Mais nous aurons l'avantage d'être en hauteur et nous devrions pouvoir les tenir en respect pendant les quelques minutes de battement.

À ses yeux, ce n'était pas de l'arrogance de croire que quatre hommes puissent en stopper cent vingt. C'était une question d'entraînement, de précision supérieure, d'armement de haut niveau et de position avantageuse.

— D'accord, tu m'as convaincu, dit Pasteur avec un unique hochement de tête.

— Rock ? demanda Jake en se tournant vers le Cajun. Qu'est-ce que t'en penses, mec ?

Rock le dévisagea pendant quelques interminables secondes et Jake sut que son coéquipier avait une compréhension précise de la situation. Rock était présent le jour où Jake avait failli commettre l'impensable, et le Cajun se doutait certainement que c'était la pétoche à vous rétrécir les valoches face à ce qu'il risquait de devenir qui poussait Jake à prendre cette décision.

— *Oui, mon frère*[1], essayons ça, approuva finalement Rock en lui décochant un étrange regard.

Mon Dieu, faites que ce ne soit pas de la pitié dans ses yeux !

Jake laissa échapper un soupir hésitant. Pour la première fois depuis un moment, pas un seul juron ne s'échappa des lèvres de Boss. Alors que le colosse pensait sans aucun doute qu'ils commettaient une erreur monumentale, il accepta sans broncher le vote de ses hommes et se contenta de se retourner vers Al-Masri en lui faisant signe de se lever.

Le Taliban secoua la tête, narines palpitantes. Pour toute réponse, Boss l'agrippa sous le bras et le souleva de terre comme une simple poupée de chiffon. Il le secoua brièvement avant de le remettre de force sur ses pieds et le propulsa sans ménagement en avant.

— On y va, ordonna-t-il.

Ils entamèrent l'ascension de la montagne. Les éclats de schiste et la terre friable cédaient sous les semelles de leurs rangers couleur sable. Deux pas en avant, un pas glissant en arrière. Ils n'étaient pas aidés par Al-Masri qui faisait tout pour les ralentir, au point qu'ils avaient l'impression que jamais ils n'atteindraient leur destination.

Ils n'avaient pas fait la moitié du trajet jusqu'au plateau que déjà des filets de transpiration striaient leurs peintures de camouflage et détrempaient leurs vêtements.

Jake mourait de soif, la langue collée contre son palais. Et c'est au moment où il leva la main pour saisir le tuyau de son sac à eau que le spectacle le plus flippant qu'il ait jamais vu s'offrit à ses yeux étrécis. Des combattants talibans grouillaient sur le plateau

---

1. En français dans le texte. (*N.d.T.*)

comme autant de fourmis sur une fourmilière, tous armés de AK-47 et tous n'ayant qu'une idée en tête : « tuer les Américains ».

Bordel de merde !

Inexplicablement, ces types avaient réussi à escalader le versant opposé de la montagne alors même que les cartes de Jake ne montraient rien d'autre qu'un à-pic vertigineux...

Bon, de toute évidence, ses cartes étaient fausses. Bien sûr. La suite logique de cette journée pourrie.

— Tous derrière lui ! rugit Boss.

Ils se placèrent en file indienne derrière Al-Masri, se servant du Taliban comme d'un bouclier humain, conscients que ses hommes ne prendraient pas le risque d'ouvrir le feu en direction de leur commandant bien-aimé. Mais comme le groupe faisait mine de rebrousser chemin, Al-Masri tendit la jambe et fit un croche-pied à Rock qui se trouvait juste derrière lui.

Jake et Boss tendirent la main vers leur coéquipier tandis que Pasteur plongeait pour immobiliser le chef taliban. Mais trop tard. Al-Masri était parvenu à sortir le couteau de combat de Rock de son fourreau ventral et, en un clin d'œil, lui enfonça les dix-huit centimètres de la lame dans l'épaule. Lame qu'il retira immédiatement pour viser la carotide du Cajun.

Ce qui se produisit ensuite fut franchement irréel.

C'est cet homme, le responsable...

La pensée était fugitive, mais cela suffit. Car à peine avait-elle résonné sous son crâne que Jake perdit le contrôle de la chose en lui. La rage se répandit dans tout son être, brûlante, mordante.

Cet homme, ce monstre malveillant, a tué et blessé bien trop de mes camarades. Ça doit cesser. Maintenant !

Puis Jake se retrouva comme catapulté hors de son corps. Avec une sorte d'étrange détachement, il eut l'impression de se regarder agir. De se voir lever son arme, viser la tête enturbannée d'Al-Masri et presser la détente.

Le sang forma un arc de cercle écarlate en giclant du crâne du chef taliban. Puis Jake réintégra brutalement son corps, juste à temps pour profiter d'un délicieux sentiment de justice accomplie avant de prendre conscience de ce que ses pulsions sanguinaires allaient peut-être leur coûter.

Oh merde ! Qu'est-ce que j'ai fait ?

— On se replie ! beugla Boss comme la première salve de balles s'écrasait autour d'eux, projetant des éclats de schiste aiguisés comme des rasoirs qui décuplaient le nombre de projectiles.

Repli. Ouais, Jake n'avait pas besoin qu'on lui dise deux fois. Mais comment faire ?

Il pivota sur lui-même pour placer ses pieds de manière à redescendre le long du flanc de la montagne. Mais si l'ascension lui avait paru difficile, la descente était carrément impossible.

Impossible à contrôler, en tout cas.

Il trébucha et glissa, les épaisses semelles de ses rangers dérapant sur les cailloux tandis qu'il se retournait de temps à autre pour tirer derrière lui.

Les SEAL étaient entraînés à faire en sorte que chaque balle compte. Donc, pendant que les hommes d'Al-Masri aspergeaient de plomb la montagne, Jake et les autres ne tiraient que lorsqu'ils avaient une cible à portée. Quand ils atteignirent la protection relative du petit bosquet d'arbres, les corps d'au moins sept Talibans gisaient sur le sol escarpé.

Ce n'était pas suffisant. Loin de là. D'autant que des renforts arrivaient depuis les hauteurs du plateau. Les infos qu'on leur avait fournies à propos du nombre de combattants au service d'Al-Masri étaient clairement erronées. Sacrément erronées, même.

Jake aurait mis sa couille gauche à couper qu'au moins deux cents fanatiques en colère convergeaient vers leur position.

— On est mal ! s'exclama Pasteur, à l'abri derrière un petit tronc d'arbre depuis lequel il continuait à viser et à tirer.

Il tâchait de protéger leur flanc gauche tandis que Jake couvrait le droit. Boss éliminait rapidement les ennemis assez stupides pour arriver droit sur eux et Rock se chargeait de tous ceux qui passaient au travers des mailles du filet des trois autres.

— Faut qu'on se barre de cette montagne de merde ! gueula Boss.

Le silencieux de son M4 continuait à cracher la mort vers les hauteurs en fauchant un par un les combattants talibans.

L'odeur âcre de la poudre se répandait dans l'air tandis que les balles mordaient dans les arbres derrière lesquels ils s'étaient mis à couvert. Celui de Jake, avec son tronc tout fin, ne tiendrait plus debout très longtemps.

— Si on arrive à atteindre la vallée et qu'on se barricade dans l'une des maisons, on pourra tenir notre position jusqu'à l'arrivée de la cavalerie ! cria-t-il en enclenchant un nouveau chargeur.

Ils avaient suffisamment d'armes et de munitions ; le plan avait une chance de fonctionner.

Bien entendu, atteindre la vallée allait constituer la partie la plus délicate et, ouais, il ne pouvait pas nier que ça aurait été mille fois plus facile pour eux avec Al-Masri pour leur servir de bouclier humain et d'outil de négociation.

Qu'est-ce qui m'a pris, bordel ?

La question résonna de nouveau sous son crâne et, en plus du flot d'adrénaline dans ses veines, il se sentit submergé par une vague de culpabilité.

— On se replie ! cria de nouveau Boss.

Une fois encore, le repli prit vite la forme d'une chute à grande vitesse.

La paroi en contrebas du bosquet était encore plus escarpée – si c'était possible – et contrôler leur descente se révéla impossible. Tous les quatre ne tardèrent pas à dévaler la pente en roulant sur eux-mêmes comme des vêtements en boule dans un sèche-linge. Débris et cailloux pointus s'accrochaient à tout ce qui dépassait, leur arrachant sangles et matériel, tandis que les balles continuaient à pleuvoir depuis les hauteurs.

Ils atterrirent au pied de la montagne dans un enchevêtrement de membres endoloris, non loin des minuscules cahutes du village. Jake eut l'impression de se casser le dos en s'écrasant sur Boss et Rock, mais il se dit que Pasteur, qui s'était retrouvé au sommet du tas, aurait sans doute dit la même chose à son sujet.

Ils parvinrent à se dégager suffisamment vite pour reprendre leur retraite, se couvrant mutuellement en courant l'un après l'autre vers le village. Par bonheur, ils ne rencontrèrent aucune résistance de la part des habitants.

Eh bien, malaho *au Grand Kahuna*[1] *dans le ciel pour ce petit miracle !* songea Jake.

Tandis que Pasteur, Rock et lui déclenchaient un tir de couverture, Boss balança l'une de ses énormes rangers contre la porte d'une petite maison en

---

1. Grand sorcier en hawaïen. Terme populaire dans la culture des surfeurs, souvent utilisé pour désigner Dieu. (*N.d.T.*)

torchis. Deux secondes plus tard, ils se précipitaient tous à l'intérieur.

Par chance, la bâtisse était déserte.

De nouveau, Jake s'occupa de la droite, Pasteur de la gauche et Boss se tint pile au milieu tandis que Rock couvrait leurs arrières. Ils continuèrent à mitrailler les troupes qui se rapprochaient, abattant une nouvelle cible à chaque pression sur la détente. Durant un bref répit, Jake tâtonna à la recherche de son téléphone. En vain. *Merde !* Il avait dû le perdre durant leur longue chute à flanc de montagne, en même temps que deux chargeurs de réserve, son lance-grenades M203 et son paquetage.

— J'ai paumé mon téléphone ! s'exclama-t-il.

Du coin de l'œil, il vit Boss, Rock et Pasteur se tâter les poches à la recherche de leurs propres appareils, leur seule et unique chance de se sortir vivants de cette situation infernale.

Boss comme Rock en ressortirent les mains vides. Heureusement, Pasteur avait touché le jackpot.

— Couvrez-moi ! s'écria-t-il.

Avant qu'aucun d'eux puisse l'arrêter, il ressortit au pas de course pour dévaler la rue de terre battue. Les balles se mirent à pleuvoir autour de lui, projetant des geysers de boue et de cailloux tandis qu'il zigzaguait en direction du champ de pavot à l'extrémité sud du village, l'endroit où il aurait les meilleures chances de capter un signal.

C'était l'acte le plus courageux auquel Jake ait jamais assisté, mais il n'eut pas le temps de contempler ce spectacle à vous serrer le cœur car il devait continuer à tirer, continuer à abattre le plus possible de ces ennemis armés de AK pour que Pasteur puisse passer le coup de fil providentiel à la base.

Il n'aurait pas su dire combien de temps s'écoula. Il eut l'impression que ça durait des jours, mais il ne s'agissait sans doute en réalité que d'une quinzaine de minutes.

Puis, le son le plus réjouissant qu'il ait jamais entendu retentit comme un roulement de tonnerre au-dessus de la vallée. Deux pilotes de l'US Air Force dans des avions furtifs venaient de larguer des bombes de six cents kilos sur le versant de la montagne aux limites du village, en un rideau impitoyable de feu et de mort.

Les déflagrations étaient incroyables, assez puissantes pour rendre tout le monde sourd pendant un long moment après l'impact.

Dans leur petite maison, les trois SEAL levèrent un regard inquiet vers le toit en voyant l'un des murs de torchis se craqueler et se fissurer. Le sol se souleva sous leurs pieds, déformé par une série de secousses, mais par bonheur, le toit tint bon. Et lorsque enfin le bombardement cessa, ils jetèrent un coup d'œil par la porte et les fenêtres.

La plupart des troupes d'Al-Masri avaient été annihilées. Là où s'étaient tenus des groupes entiers d'hommes armés ne restaient désormais que des cratères fumants et calcinés. Seuls quelques Talibans blessés et désorientés se redressaient maladroitement pour tenter de continuer le combat.

Jake leva son arme et entreprit d'éliminer les survivants. Ils devaient en finir pour aller retrouver Pasteur.

Cela faisait trop longtemps qu'il était parti. Seul. Dehors. Exposé.

Quand il ne resta plus personne pour brandir un AK-47 rouillé dans leur direction, ils abandonnèrent la protection de leur cachette et se précipitèrent sur la route menant au champ de pavot. Ils arrivèrent au milieu du champ juste à temps pour voir l'un des hommes d'Al-Masri se redresser d'un bond et viser le dos dénué de protection de Pasteur.

— Pasteur ! s'écrièrent simultanément Boss et Rock tandis que Jake lançait un « Steven ! » sonore.

Ils levèrent leur M4, mais le tireur avait eu le temps de lâcher deux balles.

Pasteur tournoya sur lui-même sous l'impact du plomb brûlant. Jake chargea le Taliban tel un train de marchandise lancé à pleine vitesse, hurlant comme un fou de guerre en pressant frénétiquement la détente.

Le corps de l'homme tressauta sous l'effet des balles qui le déchiquetaient mais, même après qu'il se fut effondré, Jake continua à le cribler de plomb.

Pour la deuxième fois de la journée, son monstre intérieur s'était libéré…

Arrivé assez près pour voir le visage de l'homme, il appuya une dernière fois sur la détente pour loger une balle entre ses deux yeux vitreux puis cracha sur le corps en le vouant aux enfers.

Évidemment, c'était lui-même qu'il aurait dû maudire.

Si seulement il n'avait pas été aussi lâche, tellement effrayé par ce qu'il était en train de devenir qu'il avait refusé de prendre la décision la plus juste tactiquement – à savoir tuer Al-Masri sur le flanc de la montagne – ils auraient pu atteindre le plateau avant l'armée du Taliban. Là, profitant d'une position avantageuse sur les hauteurs, ils auraient maintenu les soldats à distance jusqu'à l'arrivée de l'équipe d'extraction.

Puis, comme si cela ne suffisait pas, il avait perdu son sang-froid et abattu Al-Masri au moment précis où ils avaient réellement besoin de lui.

Et à présent, parce que Jake avait déconné à tous les niveaux possibles et imaginables, Pasteur gisait dans une flaque rouge sombre qui ne cessait de s'étendre.

Rejoignant au pas de course Boss et Rock qui s'étaient agenouillés près de Pasteur, Jake hoqueta à la vue d'un trou béant dans la poitrine de Pasteur et d'un second au niveau de l'abdomen. Et pourtant, Pasteur était toujours conscient, serrant son M4 dans une main et son téléphone ouvert dans l'autre. Le téléphone à l'aide duquel il avait déclenché l'attaque aérienne qui leur avait sauvé la vie.

Jake tomba à genoux et aida ses compagnons à appliquer une forte pression sur ces blessures sanglantes, le sang coulant à gros bouillons entre ses doigts tremblants.

— Accroche-toi, mon pote, murmura-t-il.

Il releva la tête pour voir Boss se redresser et retirer son tee-shirt. Ils avaient perdu leur matériel médical durant leur dégringolade et n'avaient plus ni bandages ni poudre cautérisante. Leurs vêtements constituaient leur unique ressource pour tenter d'arrêter les rivières d'hémoglobine qui emportaient avec elles la vie de Pasteur.

— Hélico... en...

Pasteur s'étrangla et fut pris d'une quinte de toux. Des bulles de sang apparurent aux coins de ses lèvres.

— ... en route, termina-t-il.

— Ouais, mec, ouais, chuchota Jake sans chercher à retenir les larmes qui lui coulaient sur les joues.

Il déchira le tee-shirt que lui tendit Boss et appliqua les deux morceaux de tissu contre les plaies déchiquetées de Pasteur.

— T'as assuré comme un chef, articula-t-il malgré la boule qui obstruait son gosier parcheminé. T'as donné les coordonnées parfaites aux petits gars de l'Air Force. Ils ont laminé les mecs d'Al-Masri !

— B... Bien... hoqueta Pasteur.

Jake lutta contre une terrible envie de rejeter la tête en arrière pour hurler toute sa douleur dans l'air brûlant d'Afghanistan.

Les secours n'arriveraient jamais assez vite pour sauver la vie de Pasteur.

— Je vais chercher notre équipement médical, dit Boss.

— Je t'accompagne, souffla Rock.

Le sang qui suintait de l'entaille profonde à son épaule s'écoulait le long de son bras pour goutter depuis ses doigts jusqu'au sol noir du champ de pavot à ciel ouvert.

— Quatre yeux valent mieux que deux, ajouta-t-il.

Jake hocha la tête et regarda, comme anesthésié, ses coéquipiers repartir vers la montagne.

— S... Serpent ? demanda Pasteur dans un gargouillis humide.

Jake connaissait ce son. La plupart des gens auraient appelé ça un « râle d'agonie ».

— Ouais, mon pote ?

— Sh... Shell... (Nouvelles quintes de toux, nouveaux halètements.) Elle est...

Les yeux de Pasteur s'ouvrirent en grand et il s'étrangla sur sa toux.

Jake ne pouvait rien faire. Rien qui puisse aider son coéquipier, son frère d'armes, son ami, tandis que la Grande Faucheuse se penchait sur lui. Il percevait sa présence, semblable à une couverture humide et glacée, et songea que si cette saloperie avait eu une enveloppe charnelle, il l'aurait truffée de plomb avant de la renvoyer dans les abysses puants d'où elle était sortie.

— Elle est... enceinte, termina Pasteur au prix d'un effort terrible.

Enceinte ? Nom de Dieu...

— F... Félicitations, mon frère.

Il ravala ses larmes en espérant que Pasteur n'avait pas conscience de ses sentiments pour Michelle, et ne savait rien de cette fois dans les toilettes du *Trèfle*, un restaurant de grillades où il avait bien failli laisser les choses déraper avec elle. C'était le même soir qu'il avait poussé Michelle dans les bras de Pasteur.

Bien entendu, à l'époque, il était loin de s'imaginer qu'elle réagirait de manière sensée et craquerait pour Pasteur...

Dans un ultime soubresaut, celui-ci se raidit et lutta pour repousser la Mort. Mais la Faucheuse finit par avoir le dessus. Et Jake ne put rien faire d'autre que de rester assis là, en larmes, berçant contre lui le corps de l'un des hommes les plus valeureux qu'il ait jamais connus.

Il refusa de lâcher Pasteur même après que Boss et Rock furent revenus de la montagne les mains vides et se furent laissés tomber à côté de lui, les joues striées de larmes. Il refusa de le lâcher quand débarqua l'unité spéciale des Night Stalkers[1] qui les firent monter dans leur gros hélico Chinook. Il refusa de le lâcher jusqu'à ce que le moment soit venu de nettoyer et de préparer le corps de Pasteur en vue de son retour vers les États-Unis.

Et pendant tout ce temps, une pensée ne cessa de le hanter : *c'est ma faute, tout est ma faute...*

---

1. Unité d'hélicoptères de l'armée américaine, chargée d'apporter un soutien aérien aux forces spéciales. (*N.d.T.*)

1

Chicago, quatre ans plus tard...

— Laissez-les simplement sur le porche, indiqua Michelle d'une voix forte à travers la porte.

Elle essuya sur son tablier ses mains pleines de farine tout en observant le livreur de fleurs à travers le judas.

Quelque chose clochait.

Pour commencer, le livreur tenait son bouquet de roses bleues de telle manière qu'on ne voyait pas son visage. Par ailleurs, elle n'attendait aucune livraison de fleurs.

Bien sûr, elle se montrait peut-être simplement parano. Mais c'était ce qui arrivait quand on était la petite sœur d'un homme secrètement au service du ministère de la Défense. Elle avait tendance à voir des individus louches à tous les coins de rue.

— Mais je suis censé vous faire signer le reçu, madame, répondit-il, sa voix grave étouffée par l'épais bouquet.

Pas question. Son frère lui avait répété en de nombreuses occasions – au point même qu'on pouvait parler de bourrage de crâne – de toujours suivre son intuition. Toujours.

— Désolée, dit-elle, mais je n'attendais pas de fleurs. Vous allez devoir les rapporter.

Le type parut hésiter. Puis il haussa les épaules derrière le bouquet géant avant de se retourner et de déposer les roses sur la marche la plus haute. Après quoi il traversa rapidement la rue et se dirigea, les mains dans les poches de son jean, vers l'endroit où il avait sans doute garé sa camionnette de livraison. Elle ne vit pas vraiment son visage, mais l'arrière de sa casquette était orné du logo en grandes lettres blanches du fleuriste Silly Lilly.

Bon. Visiblement, elle avait fait toute une histoire de pas grand-chose.

Elle ouvrit la porte et récupéra le bouquet puis chercha une carte parmi les fleurs.

Rien.

Heu...

Perplexe, elle secoua la tête et retourna dans la cuisine pour récupérer un vase posé au-dessus du réfrigérateur. Elle le remplit d'eau et y disposa les belles roses bleues avant de placer le vase au milieu de la table de la cuisine. Puis elle repassa derrière le plan de travail pour se remettre à la tâche sur ses pâtes maison.

Elle regardait toujours les fleurs d'un œil intrigué quand son frère débarqua brusquement par la porte de derrière. Frank grimaça lorsque son plâtre heurta accidentellement le montant.

— T'as un problème avec la porte d'entrée ? lui demanda-t-elle.

— Non. Simplement envie d'essayer un autre chemin, répondit-il.

Il s'empara d'un grand bidon de lait et retira le bouchon pour boire directement au goulot.

— Très élégant, commenta-t-elle.

Tout en secouant la tête, elle déroula une partie de sa préparation dans sa machine à pâtes.

Inutile de lui faire des remontrances. Elle avait déjà essayé et cela ne faisait aucune différence, à part exacerber ses propres frustrations.

Frank s'essuya les lèvres d'un revers de la main et vint s'appuyer contre le comptoir.

— Serpent est de retour, lâcha-t-il.

Gros, gros silence, du genre à voir les anges passer et les mouches voler.

Cela dura trente bonnes secondes, jusqu'à ce que Michelle parvienne à ravaler son imbécile de cœur qui lui était remonté dans la gorge. Elle avait toujours appréhendé d'entendre un jour ces mots, même si une partie d'elle-même savait que cela finirait forcément par arriver.

— Ah ouais ? Et qu'est-ce qu'il veut ? finit-elle par demander.

Elle fut soulagée de constater que, contrairement à ses genoux, sa voix ne tremblait pas. Avant qu'elle puisse l'arrêter, Frank s'empara d'une boule de pâte dont il ne fit qu'une bouchée.

— Il dit qu'il aimerait te voir, admit-il sur un ton nonchalant.

En entendant ces mots, l'estomac de Michelle lui fit sa meilleure imitation de gymnaste olympique, mais elle décida d'ignorer cette sensation.

— Tu ne devrais pas manger ça ! s'exclama-t-elle en esquivant la question.

Parce que, en toute honnêteté, elle n'était pas prête. Pas encore.

— Bon, d'accord, manges-en si tu veux, espèce de gros balourd. Mais ne viens pas te plaindre si tu attrapes la salmonellose, ajouta-t-elle.

— Promis, assura Frank avec un clin d'œil. J'irai me plaindre à Becky. Elle est super comme infirmière.

Avec un sourire d'idiot du village, il tapota le plâtre spica bleu qui maintenait immobile son épaule récemment opérée. Michelle savait très bien d'où lui venait cet air de ravi de la crèche : Becky Reichert, la créatrice de motos d'exception qui fournissait leur couverture officielle à Frank et ses hommes chez Black Knights Inc., avait accepté de devenir sa femme.

Une union tout droit sortie d'un conte de fées pour créatrice de moto et agent secret, sans aucun doute.

Et voici la mariée, magnifiquement vêtue de... cuir noir clouté ?

Michelle tenta d'imaginer à quoi ressemblerait une telle cérémonie, sans succès.

— Oncle Frank ! Oncle Frank !

Franklin venait de débarquer en courant depuis le séjour, tenant entre ses mains le papier cartonné bleu sur lequel il avait collé les formes extravagantes de poissons découpés dans du papier de soie.

Le cœur de Michelle se gonfla à la vue de son casse-cou de fils, avec sa tignasse de cheveux blonds indisciplinés et ses yeux d'un gris d'orage.

— Regarde ce que j'ai fait avec Mlle Lisa aujourd'hui !

Frank prit l'enfant au creux de son bras valide et contempla l'œuvre d'art collante et légèrement affaissée comme s'il s'agissait de *La Joconde*.

— Eh ben, regardez-moi un peu ça ! souffla-t-il, la voix emplie d'admiration pour soutenir l'ego du petit garçon de trois ans. On dirait que tu partages ton toit avec un artiste en devenir, Shell !

Du bout de son doigt boudiné, Franklin appuya fermement sur l'un des poissons soyeux pour veiller à ce qu'il adhère bien au papier cartonné. L'odeur typique de la colle d'écolier émanait de l'œuvre d'art pas tout à fait sèche.

— À vrai dire, poursuivit le frère de Michelle, ce petit bonhomme pourrait bien devenir le prochain Picasso.

Franklin fit la moue.

— Pas vrai ! Je veux pas un petit seau ! Je vais fabriquer des motos avec toi, oncle Frank, déclara-t-il avec ferveur avant de gigoter pour indiquer qu'il voulait redescendre.

Frank le déposa au sol et Franklin fila vers la salle de séjour. Dans son petit cerveau, la conversation était apparemment arrivée à son terme. Jusqu'à ce que son oncle lui lance :

— En fait, tu pourras faire tout ce que tu voudras, gamin. Rien n'est impossible !

Franklin se retourna et cligna deux fois ses grands yeux, comme s'il saisissait pleinement toute l'ampleur d'une telle déclaration. Puis il fit volte-face et repartit au pas de course en chantant à tue-tête, accompagné par les jeux de lumière des diodes clignotantes de ses chaussures.

— Franklin et toi devriez venir avec moi ce soir, déclara Frank.

L'estomac de Michelle se vrilla un peu plus à l'idée de se retrouver réellement face à face avec Jake Sommers. Elle aurait pourtant dû être prête à le revoir. Elle aurait dû.

Mais elle ne l'était pas…

— On essaie de faire oublier à Becky les événements d'hier soir. Elle est toujours un peu secouée, poursuivit son frère.

Seulement un peu secouée ?

Michelle chassa un instant la répugnance qu'elle ressentait à l'idée de voir Jake. Moins de vingt-quatre heures plus tôt, Becky Reichert avait abattu par balle un individu sanguinaire et malveillant et elle n'était qu'*un peu secouée* ?

— Rock a dit qu'il allait nous griller des steaks et des saucisses. Et la soirée est idéale pour un barbecue.

De nouveau, ce sourire ravi. C'en était presque inquiétant. Michelle ne put s'empêcher de penser à ces films où les gens sont remplacés par des extraterrestres trop aimables pour être honnêtes.

— Allez ! insista-t-il en captant un début de refus sur le visage de sa sœur. Avec le retour de Serpent et Rock qui est enfin rentré, ce sera comme au bon vieux temps.

— Tu veux dire ce bon vieux temps qui fait que tu m'as cachée à tes collègues de Black Knights Inc. pendant les trois dernières années ?

Après tout ce qu'il s'était passé à Coronado, après l'horreur qu'ils avaient traversée, son frère avait jugé préférable de la tenir à l'écart de cette partie de sa vie. Celle où il œuvrait secrètement pour le gouvernement. Il pensait la protéger en gardant son existence secrète aux yeux de ses employés à Black Knights Inc. Lui éviter de nouvelles frayeurs et d'avoir le cœur brisé encore une fois. Et peut-être avait-il eu raison.

Mais elle en avait eu plus qu'assez de n'exister qu'à la périphérie de son univers. Au moment de son opération de l'épaule, elle s'était rendue à l'hôpital et s'était présentée à tous les Black Knights qui attendaient pour rendre visite à leur patron.

Tiens, zut, ma couverture est foutue ! Ah ben mince alors...

— Ouais, de toute façon, le pot aux roses est découvert, grâce à toi, grommela-t-il en faisant semblant de lui donner un coup de poing dans l'épaule. Donc, autant que tu viennes à l'atelier voir ce que j'en ai fait.

— Je dois finir de rouler cette pâte, rétorqua-t-elle en guise d'excuse.

Ça devenait désespéré. Quand Frank avait cette lueur dans le regard – ouais, hop, la voilà ! – il devenait impossible de lui dire non. Ce qui, évidemment, n'empêcherait pas Michelle d'essayer malgré tout.

— Et j'ai un rendez-vous très tôt demain matin, dit-elle.

— Mais c'est parfait ! Vous n'avez qu'à emporter quelques affaires et passer la nuit sur place.

— Tu... T'es dingue ? bredouilla-t-elle.

C'est de pire en pire !

— D'abord, poursuivit-elle, tu sais bien que je n'aime pas bouleverser les habitudes de Franklin. Et puis veux-tu vraiment qu'un gamin de trois ans gambade à travers ta... (Elle jeta un coup d'œil vers le séjour pour s'assurer que sa chère tête blonde ne dressait pas ses grandes oreilles.)... ta base super secrète pour espions ?

— Je ne le laisserai pas se rendre au poste de contrôle, répondit son frère avec une expression qui semblait dire « fais-moi un peu confiance ». Vous pourrez dormir dans l'ancienne maison du directeur d'usine. Dan ne s'en sert plus.

L'idée de voir tout ce que son frère avait construit était tentante, mais pas autant que celle d'éviter Jake.

— Non, vraiment, je ne peux pas. J'ai du travail à finir ce soir. Franklin doit prendre son bain. Il y a une montagne de linge à plier et...

— Michelle Knight, serais-tu en train d'inventer des excuses ?

Elle le fusilla du regard.

— C'est Michelle *Carter*, au cas où tu l'aurais oublié. Et je ne comprends pas pourquoi tu voudrais qu'on passe la nuit sur place. C'est ridicule.

— Comme je te l'ai dit, Serpent veut te voir. Comme ça, vous aurez l'occasion de rattraper le temps perdu.

— Pourquoi voudrais-je rattraper le temps perdu avec lui ?

Après la façon dont il nous a abandonnés. Elle n'avait pas eu besoin de prononcer ces mots : son ton était on ne peut plus clair. Juste après les funérailles de Steven... *Mon Dieu, les funérailles de Steven*. Même à présent, elle se sentait mal chaque fois qu'elle y pensait...

Jake avait demandé son transfert dans la section Alpha et signé pour une mission de deux ans qui l'emmènerait vers des théâtres d'opération tenus secrets. Et quand enfin il était revenu sur le continent américain, quand elle avait ravalé son orgueil et rejeté tout bon sens en lui écrivant une lettre le suppliant de revenir vers eux, lui rappelant qu'ils étaient sa famille, qu'ils l'aimaient et avaient besoin de lui, qu'avait fait Jake ? Il n'avait pas donné signe de vie, voilà ce qu'il avait fait. Il avait agi comme si elle n'était rien, comme si Frank – soi-disant son meilleur ami – n'était rien.

— Shell ?

Frank posa une main sur son épaule. Elle espérait qu'il ne sentirait pas qu'elle tremblait.

— Que s'est-il passé entre vous ? Est-ce qu'il t'a traitée de la même manière que toutes ces autres...

— Non, se hâta-t-elle de l'interrompre.

Parce que même si quatre ans plus tôt elle avait eu la ferme intention de figurer au tableau de chasse de Jake (et ils étaient passés très près, tout près, cette fameuse nuit au *Trèfle*), elle ne voulait pas que son frère s'imagine que son meilleur pote avait tenté sur elle l'une de ses approches à la Austin Powers façon « on baise tout de suite ou on baise plus tard ? »

À sa grande surprise – et à son grand désarroi – la loyauté et le sens de l'amitié de Jake, ou allez savoir quel autre principe, avaient eu raison de sa libido ce soir-là.

— Jake n'était pas comme ça avec moi, admit-elle.

Elle avait perdu le compte du nombre de fois où elle s'était demandé comment les choses auraient pu se passer s'ils étaient effectivement allés au bout de ce qu'ils avaient commencé dans ces toilettes de restaurant.

— Bien.

Il eut un hochement de tête décidé et ses sourcils froncés laissèrent de nouveau place à ce grand sourire extraterrestre.

— Donc, il n'y a aucune raison pour que tu ne viennes pas au garage pour m'aider à l'accueillir comme il se doit.

Aucune raison ? *Oh, Seigneur, ayez pitié...*

Bien sûr, c'était peut-être mieux ainsi. Ne disait-on pas (qui que ce « on » puisse être) que pour vaincre ses peurs, il faut commencer par les affronter ?

Elle s'efforça de déglutir puis, avec une moue inquiète, appela Franklin pour qu'il prenne son manteau. Puis, en tâchant de ne pas s'évanouir là, tout de suite, sur le carrelage de sa cuisine, elle enveloppa la boule de pâte restante et alla se laver les mains dans l'évier. Ces fichues mains qui tremblaient comme du gravier sur un chemin de campagne durant un tremblement de terre.

Quartier général de Black Knights Inc., Goose Island, Chicago

Porté par le vent, le fumet des steaks en train de cuire se mêlait au parfum de cire des lampions polynésiens et aux arômes musqués de la rivière Chicago, non loin.

— Alors, *mon ami*[1], murmura Rock avec son lent phrasé de Cajun, tu disais que t'étais venu pour Shell ?

Heu... ouais. C'était la première chose que Jake avait laissée échapper à son arrivée la veille au soir.

« Je suis venu pour Shell. »

Quel couillon. Appelez-moi Captain Obvious[2] *!*

— C'est bien ce que j'ai dit, grommela-t-il.

Mal à l'aise, il se cala au fond de son fauteuil bariolé en cèdre rouge. Rock sourit, la blancheur de ses dents contrastant nettement avec les poils bruns de son bouc. Il se pencha vers Jake avec une évidente jubilation.

— Dis-moi, il faut une paire de couilles de quelle taille pour se pointer chez son officier supérieur et déclarer son intention de planter son drapeau, si l'on peut dire, dans sa petite sœur ? Grandes comme le Texas, peut-être ? Ou comme l'Alaska ?

— Arrête tes conneries, grogna Jake.

Il prit une gorgée de sa bière issue d'une brasserie locale et, évitant le regard de Rock, laissa le sien errer à travers la cour clôturée située derrière le garage de motos qui servait de couverture à Black Knights Inc.

Black Knights Inc...

Ils l'avaient vraiment fait.

---

1. En français dans le texte. (*N.d.T.*)
2. En français dans le texte. (*N.d.T.*)

Pendant des années, Rock, Boss et lui avaient longuement discuté, planifié, rêvé de monter leur propre agence clandestine au service du gouvernement.

Rock et Boss étaient allés au bout et l'avaient fait. Sans lui.

Il ne savait pas s'il devait se rengorger de fierté face à ce qu'avaient accompli ses anciens coéquipiers de la section Bravo ou éclater en sanglots parce qu'il avait raté ça. Ce qui était certain, par contre, c'était qu'il s'était rendu malade sur le trajet de la côte ouest jusqu'à Chicago à force de se demander comment ils allaient le recevoir.

Mais il n'aurait pas dû s'inquiéter. Mener une guerre ensemble tissait entre les hommes un lien particulier, un lien d'âme à âme que ni le temps, ni la distance, ni les affiliations familiales ne pouvaient altérer.

Rock et Boss l'accueillaient à bras ouverts. Et, en contemplant l'expression sardonique et familière de Rock, pour la première fois depuis un très long moment il eut le sentiment d'être chez lui, à son aise.

En admettant qu'être à son aise soit compatible avec les nerfs en pelote et l'impression d'être assis sur des charbons ardents en attendant l'arrivée de Shell...

Car malgré tous ses efforts en la matière – et il y avait mis le paquet à plusieurs reprises – il n'avait jamais cessé de l'aimer.

Il n'avait pas cessé de l'aimer cette nuit-là, au *Trèfle*, quand – complètement paniqué après avoir failli la prendre avec force contre le mur des toilettes des hommes – il avait jeté Michelle dans les bras de Pasteur et lu la peine et l'incrédulité envahir son regard. Il n'avait pas cessé de l'aimer ce jour pluvieux où elle l'avait accosté à l'entrée de la base pour lui dire qu'elle était tombée amoureuse de Pasteur. Il n'avait pas cessé de l'aimer quand, deux semaines plus tard, Pasteur l'avait tiré à part sur le chemin du mess pour l'informer à voix basse : « Shell et moi allons nous marier. » Il n'avait pas cessé de l'aimer ce jour fatidique, dans les montagnes d'Afghanistan, où il avait appris qu'elle portait l'enfant d'un autre. Et il n'avait pas cessé de l'aimer durant les années, les trop longues années, qui s'étaient écoulées depuis.

À vrai dire, son amour pour elle n'avait cessé de grandir, jusqu'à en devenir écrasant.

D'une minute à l'autre, elle passerait le seuil de cette porte. D'une minute à l'autre.

Il jeta un coup d'œil à la porte en question. La poignée venait-elle de tourner ?

Non. Ses yeux lui jouaient simplement des tours.

Bon sang, je suis vraiment en train de perdre la boule !

— Et Shell ? demanda le Cajun en interrompant la ronde obsessive de ses pensées. À ton avis, elle va penser quoi de t'avoir de nouveau dans les parages ?

C'était la question du jour, n'est-ce pas ?

Jake haussa les épaules puis son regard se figea sur quelque chose dans le dos de Rock et il eut l'impression qu'on aspirait l'air hors de ses poumons.

— Je sais pas, mon pote, haleta-t-il d'une voix sifflante, incapable de prendre la goulée d'oxygène dont il avait pourtant terriblement besoin. Mais je crois que je ne vais pas tarder à le découvrir.

Pourquoi faut-il qu'il soit toujours aussi beau ?

Ce fut la première pensée de Michelle quand elle s'avança dans la cour et posa les yeux sur Jake. Il était installé sur un fauteuil en bois rouge vif, affalé sur son siège comme le mec le plus tranquille du monde. Et l'audace d'une telle posture au regard de… eh bien, de tout ce qu'il s'était passé, la hérissa instantanément.

Dans la mesure où c'était sa première visite au cœur de Black Knights Inc., elle aurait dû être occupée à scruter les lieux, dévorée de curiosité à l'idée de découvrir précisément ce que son frère avait bâti durant trois ans et demi.

Et c'était le cas. En quelque sorte.

Une minuscule portion de son cerveau enregistra la présence de l'énorme usine reconvertie de deux étages, avec ses briques anciennes et ses fenêtres à vitraux. Son attention s'arrêta l'espace d'une microseconde sur les divers bâtiments qui entouraient la cour bien entretenue et couverte d'un grand auvent rayé rouge et blanc. À l'aide d'un fragment de sa matière grise, elle nota l'existence du brasero pas encore allumé, du gigantesque gril en inox, du panier de basket installé près du bâtiment le plus à l'écart et de l'étrange assortiment de mobilier de jardin aux couleurs vives.

Mais elle n'employa qu'un pour cent de son cerveau à assimiler tout cela. Car dès l'instant où elle avait posé le pied dans la cour, ses yeux s'étaient rivés sur le visage outrageusement beau de Jake et sur ce corps qui aurait pu servir de modèle dans un cours d'anatomie. Et les quatre-vingt-dix-neuf pour cent restants de son esprit n'étaient préoccupés que par une seule et unique question.

Pourquoi, pourquoi, pourquoi faut-il que ce bon à rien de débauché ait toujours aussi fière allure ?

L'univers n'aurait-il pas pu la prendre en pitié, pour une fois, et faire en sorte que le beau gosse devienne gros ou chauve ? N'aurait-il pas pu s'arranger pour qu'il développe un cas sévère de psoriasis sur tout le corps ou faire de lui la victime d'une collection de tics faciaux bizarres ?

Non ?

Maudit sois-tu, Univers !

Évidemment, s'il avait réellement souffert de tels maux, grande sentimentale qu'elle était, cela n'aurait sans doute fait que l'adoucir à l'égard de Jake. Et elle ne pouvait pas se le permettre.

Oh non. Elle ne pouvait absolument pas se le permettre.

Prenant une profonde inspiration, elle se remémora la façon dont il l'avait traitée quatre ans plus tôt, la façon dont il les avait tous traités, puis s'avança d'un pas vif malgré ses genoux qui menaçaient de céder à chaque pas.

Elle aurait voulu pouvoir ramper dans le trou le plus proche et s'y cacher jusqu'à ce qu'il reparte. Car il repartirait, c'était sa manière de faire. Mais puisque ce n'était pas réalisable, elle conserva une apparence aussi calme que possible et lança le commentaire le plus désinvolte qui lui vînt à l'esprit.

— Je vois que les années n'ont pas vraiment eu d'effet positif sur ton sens inné de la mode, Jake.

Dieu merci, sa voix n'était pas aussi nouée que ses tripes. Elle ne pourrait plus jamais voir une corde à nœuds sans repenser à cet instant précis et à la façon dont son estomac se tordait dans son ventre.

— Tu portes toujours ces affreuses chemises hawaïennes. On dirait que tu vas passer une audition pour un remake de *Magnum*.

Même si, avec sa tignasse de cheveux décolorés, son bronzage cuivré et sa barbe de trois jours qui devait même tirer sur quatre ou cinq, il ressemblait plutôt à Josh Holloway.

Et flûte.

Autant l'avouer : elle avait regardé l'intégralité des épisodes de *Lost* rien que pour la ressemblance entre les deux hommes…

Flûte, flûte, flûte.

— *Magnum !* Ah ! s'esclaffa Rock en faisant claquer une main sur sa cuisse. Bien vu, Shell.

— Mmm.

Jake se frotta le menton, une lueur d'humour dans ses beaux yeux couleur d'émeraude tandis qu'il baissait la tête vers la chemise qu'elle venait d'insulter. L'affreux vêtement était accompagné d'un jean miteux et d'une paire de tongs en cuir usées. Il resterait un surfeur californien jusqu'à son dernier souffle.

Et bon sang que ce look lui allait bien. Michelle ne savait plus à quel saint se vouer...

— Je ne sais pas si j'ai déjà entendu une expression plus idiote que celle de « sens inné de la mode », murmura-t-il avec un sourire.

Oh non, pas ces fossettes !

— Et franchement, mec, tu peux parler ! ajouta-t-il avec un regard appuyé vers le tee-shirt Green Day défraîchi, le jean troué et les santiags en alligator éraflées de Rock.

— OK, admit celui-ci sans cesser de glousser. Personne nous confondrait avec Giorgio Armani.

— Sur ce point, on est d'accord, répondit Jake en faisant tinter sa cannette contre la sienne.

Ils semblaient avoir retrouvé leurs anciennes habitudes, leur façon d'échanger plaisanteries et reparties bien senties. Comme s'il ne s'était jamais rien passé. Comme si Jake n'avait jamais anéanti l'âme de Michelle en les abandonnant tous.

L'aspect familier de la scène lui fendait le cœur, au point que sa gorge se serra comme si elle avait avalé le produit de nettoyage industriel qu'elle utilisait sur le siège de toilette amovible de Franklin. Et elle se retrouva incapable de respirer quand Jake lui décocha l'un de ses clins d'œil charmeurs typiques avant d'incliner la tête en arrière pour boire une longue gorgée de bière.

Elle profita de cet instant de distraction pour faire deux choses. D'abord, tenter d'apaiser le tambourinement de son cœur et d'inspirer un peu d'air afin de ne pas s'évanouir. Ensuite, laisser courir son regard courroucé sur le visage de Jake.

Aux coins de ses yeux apparaissaient de fines rides qui n'existaient pas quatre ans plus tôt, de même que la petite cicatrice en forme de croissant près de sa tempe gauche. Mais même ainsi, il donnait toujours l'impression qu'il serait parfaitement à sa place sur une affiche pour vendre une crème de soin de luxe ou un parfum de marque.

C'était vraiment injuste ! Et encore plus quand il se tourna vers elle et fit à son tour courir son regard sur la silhouette de Michelle. Elle sentit ses joues s'enflammer sous l'effet de cette attention... intense. Elle avait l'impression d'avoir mis la tête dans un four à deux cents degrés.

Enfin, elle fut capable de reprendre son souffle. Elle inspira une grande goulée d'air, comme une femme en train de se noyer.

Ah, arrête de me regarder ! aurait-elle voulu lui crier avec la voix capricieuse d'une gamine de cinq ans.

Car malgré les seins plus pleins, les hanches plus larges et la légère rondeur du ventre qu'elle affichait depuis la maternité – et qu'aucune quantité de sport ou de yoga ne semblait pouvoir effacer – il la contemplait de la même manière qu'il l'avait toujours fait. Avec dans les yeux un mélange d'affection, d'humour et de désir à la fois doux et brûlant.

De quoi raviver chez Michelle des émotions qu'elle pensait oubliées. De quoi la pousser à remettre en cause sa décision...

Non. Elle lui avait plusieurs fois donné sa chance et il n'avait fait que la décevoir. C'était un coureur de jupons, exactement comme l'avait été le père de Michelle. Mais au lieu d'en concevoir de la colère, au lieu de lui rentrer dedans avec tout le vitriol qu'il méritait – comme l'aurait fait n'importe quelle femme sensée – elle semblait incapable de ressentir autre chose que de la tristesse.

Une tristesse écrasante...

— Tu es plus belle que jamais, Shell, murmura-t-il sur un ton appréciateur. Le temps qui passe te réussit bien.

Et comment faisait-il cela ? Comment arrivait-il à lui donner envie de croire ce qu'il disait ?

— Ça fait combien de temps que tu n'es pas allé voir un ophtalmo ? répliqua-t-elle.

Tout en réprimant son envie de pleurer, elle s'arrêta près de Rock pour l'embrasser gentiment sur la joue avant de s'asseoir sur la chaise que Frank était allé lui chercher près du brasero éteint.

Bon, Shell, tu t'en sors bien. Continue sur le mode de la conversation légère pour que personne ne devine qu'à l'intérieur tu meurs à petit feu.

— Mes yeux vont très bien, merci, déclara Jake.

Il décocha une œillade au jean de Michelle lorsqu'elle s'assit et croisa les jambes. Voilà au moins une partie de son corps qui n'avait pas gardé les séquelles de la grossesse. Elle était fière de l'admettre : elle possédait une jolie paire de gambettes. Bon, ce n'était pas comme si Jake avait réellement pu les voir, recouvertes qu'elles étaient par un jean fatigué.

D'ailleurs, pourquoi n'avait-elle pas pensé à se changer pour mettre quelque chose d'un peu plus flatteur que ce vieux sweat de l'université du Texas et son Levi's usé jusqu'à la corde ?

Ah oui ! Parce qu'elle était partie de chez elle avec l'esprit en ébullition et la peur au ventre et qu'elle n'avait eu qu'une idée en tête : en finir au plus tôt avec cette petite réunion impromptue. « Fissa », comme aurait dit son frère.

Et les gens disaient que se confronter à ses peurs constituait le seul moyen de les vaincre ? Si on lui avait demandé son avis, elle aurait dit que « les gens » n'étaient qu'une bande de crétins.

— Hé ! s'exclama Jake en la voyant s'installer confortablement au fond de son siège. Ce fichu Cajun reçoit un bisou et pas moi ? Ça fait presque quatre ans que je ne t'ai pas vue, ma chère. J'y ai bien droit, moi aussi, non ? demanda-t-il en se tapotant la joue du bout du doigt.

Et de nouveau cette manière de la regarder avec un plaisir tellement sincère qu'elle se demandait presque si elle avait imaginé la façon dont il l'avait traitée. Puis une brève vision d'elle-même en train de l'attendre sous la pluie à l'extérieur de la base lui transperça le cerveau tel un coup de pioche et les mots durs qu'il avait prononcés alors résonnèrent comme un glas à ses oreilles.

Reste forte, Shell. Ne le laisse pas voir à quel point tu souffres.

Elle déglutit pour ravaler les sanglots qui menaçaient de lui nouer la gorge. Ce souvenir particulier déclenchait toujours chez elle la même réaction.

— Rock y a droit parce que, même si je ne sais pas où il était fourré récemment, je suis plus que certaine qu'on ne l'a pas beaucoup embrassé là d'où il revient. Toi, par contre…

Elle accepta avec joie le verre de chardonnay frais que lui tendit Frank. Ce n'était pas le moment de dire non à une bonne dose de courage liquide.

— Toi, reprit-elle, tu as probablement consacré ces deux dernières années avec la section Alpha à passer en revue toutes les filles qui traînent du côté de la base et que tu n'avais pas encore eu le temps de draguer durant ton bref passage dans la section Bravo. Et je ne doute pas qu'elles se soient montrées extrêmement amicales.

Au lieu de répliquer du tac au tac comme à son habitude, Jake serra les mâchoires d'un visage qu'on aurait soudain cru de pierre, les yeux brillants dans la faible lumière de la cour.

Bon, voilà qui règle au moins le problème de ces satanées fossettes...

— Certaines choses changent, Shell, dit-il à mi-voix.

Le cœur de Michelle fit une embardée devant la solennité de son ton. Solennité et quelque chose d'autre qu'elle n'arrivait pas à définir.

— Ouais, ouais, dit-elle.

Elle contempla l'extrémité usée de ses chaussures en tâchant de résister à son désir de le croire. Elle était tellement crédule, parfois.

— Mais d'un autre côté, d'autres ne changent jamais, ajouta-t-elle.

Un silence tendu s'abattit alors sur la cour, uniquement rompu par le bruit des bottes de Rock qui abandonna son siège pour se diriger d'un pas tranquille vers l'énorme gril en inox. Il souleva le couvercle pour transférer plusieurs gros steaks grésillants sur une grande assiette. D'un œil distrait, Michelle l'observa recouvrir l'assiette de papier aluminium avant de déposer une dizaine de grosses saucisses sur le gril.

Pendant tout ce temps, elle sentit que le regard perçant de Jake restait braqué sur elle.

Oui, certaines choses ne changent jamais.

L'effet qu'il avait sur la température corporelle de Michelle, par exemple...

Rajustant sa casquette tachée de transpiration, Rock s'était détourné du gril. Son regard fit plusieurs allers-retours rapides entre Jake et Michelle.

— Oh là là... Vous êtes en train de me rendre aussi nerveux qu'un chat à la longue queue dans une pièce pleine de rocking-chairs. Et si vous faisiez la paix avec un petit bisou, tous les deux ? Le passé, c'est le passé. Tourner la page, tout ça.

Tourner la page ?

Facile à dire...

Elle jeta un coup d'œil vers Jake. Le ton inhabituel qu'elle avait perçu dans sa voix et l'étrange expression qui était passée sur ses traits s'envolèrent lorsqu'il lui fit un clin d'œil en indiquant de nouveau sa joue.

— Ouais, Shell. Le passé, c'est le passé. Bouge un peu ton joli derrière et viens poser tes lèvres là où il faut.

Elle comprit qu'elle n'avait d'autre choix que de lâcher son verre de chardonnay et de quitter sa chaise. Face à des hommes comme son frère ou Jake, des hommes entraînés à repérer et à analyser le plus petit témoignage d'émotion humaine, faire une histoire à propos d'un petit bisou sur la joue reviendrait à agiter d'énormes drapeaux en hurlant à pleins poumons que le retour soudain de Jake ne la laissait pas indifférente.

Or, elle refusait de lui donner cette satisfaction.

Avec une profonde mais discrète inspiration, elle rassembla son courage et s'approcha de lui. Cachant dans son dos ses mains qui tremblaient, elle s'inclina au niveau de la taille afin qu'aucune partie de son corps ne puisse même effleurer celui de Jake, et posa une bise de pure forme sur sa joue chaude et rugueuse.

Elle sentit quelque chose de douloureux se déployer au creux de sa poitrine en humant un mélange d'eau de mer, de sable chaud, de linge propre et de crème solaire à la noix de coco. L'odeur de Jake évoquait toujours une journée à la plage.

— Eh ben voilà ! Une grande famille heureuse ! lança Rock, l'air ravi.

2

Fermant les yeux au contact des lèvres chaudes et pulpeuses de Shell, Jake inspira l'odeur de vanille douce qui l'accompagnait partout où elle allait.

Il se souvenait de la première fois qu'il l'avait vue, le jour où elle avait obtenu une mutation depuis le Texas jusqu'à la Californie du Sud qui faisait d'elle une toute nouvelle et brillante représentante pharmaceutique de San Diego.

Il avait poussé la porte du *Trèfle* au moment où elle se jetait dans les bras de Boss avant d'enchaîner sur une petite danse de joie. Les ondulations de ses hanches dangereusement plantureuses avaient eu un effet immédiat sous la ceinture de Jake.

Trois choses l'avaient aussitôt frappé...

Un : pour dire les choses simplement, elle était à tomber. C'était une bombe, un canon californien, un dix sur dix. Du moins pour les mecs estimant qu'un dix sur dix pouvait tailler du quarante-deux, ce qui était l'avis de Jake. Non seulement elle avait l'un de ces visages craquants en forme de cœur et une bouche à la Angelina Jolie surmontée d'un joli grain de beauté, mais elle était grande comme une princesse amazone et affichait des courbes assez amples pour donner des palpitations cardiaques à un surfeur habitué des vagues vertigineuses.

Deux : elle sentait la vanille, ce qui n'avait pas manqué de lui rappeler que sa propre odeur laissait à désirer. Après trente-six heures d'entraînement intense où il s'était retrouvé à ramper à travers un marécage, il constituait une publicité ambulante pour une improbable fragrance « Eau de chaussette et aisselles sales ».

Trois, le plus important : c'était la petite sœur de son supérieur direct. Ce qui la classait d'autorité dans la colonne « pas touche ! ».

Évidemment, il avait instantanément oublié ce troisième point quand elle avait enfin tourné vers lui ses yeux gris et changeants semblables à l'océan Atlantique après une tempête.

Houba, houba, houba ! avait-il songé dans un élan de grande finesse intellectuelle.

Et quand ensuite elle lui avait souri ? Il avait littéralement senti son cœur s'arrêter, sans exagération.

Il n'y avait rien de plus à dire : c'était à cet instant, debout sur le seuil du *Trèfle*, qu'il était tombé raide dingue d'elle.

Quand il rouvrit les yeux, son crétin de cœur languissant battait la chamade dans sa poitrine. Il la contempla d'un air affamé comme elle retournait à son siège et portait délicatement son verre à ses lèvres magnifiques. Que n'aurait-il pas donné pour être ce vin s'écoulant dans cette délicieuse bouche, sur cette langue douce et agile... Hou là.

Gare ta gondole, Sommers, on n'est pas à Venise !

Impossible de laisser son esprit s'engager sur ce chemin à moins de vouloir attraper immédiatement le gourdin. Ce qu'il voulait à tout prix éviter.

Parce que alors tout serait terminé avant même qu'il ait eu une chance de commencer. Un simple regard à la bosse dans son pantalon et elle lèverait les yeux au ciel à sa manière toute particulière, ne voyant en lui que l'insatiable coureur de jupons qu'elle avait connu quelques années plus tôt.

Tout l'inverse de ce qu'il espérait lui montrer. En tout cas s'il voulait la reconquérir.

Or, il était bien déterminé à y parvenir, malgré cette expression de tristesse méfiante qui passait sur ses traits chaque fois qu'elle le regardait.

Bien entendu, ne *pas* avoir ce genre de pensées s'avérait particulièrement difficile sachant qu'il n'avait pas fait l'amour depuis plus de deux ans et que Shell avait trouvé le moyen de devenir plus belle que jamais.

À trente-quatre ans, elle s'approchait de la perfection. Elle arrivait à ce moment particulier de la vie d'une femme où le corps perd les derniers traits un peu trop saillants de la jeunesse pour développer une forme de douceur onctueuse dont un homme peut se délecter.

Il ouvrit la bouche pour lui demander comment elle allait, pour lui dire à quel point elle lui avait manqué. Mais il en fut empêché par l'irruption soudaine d'une boule d'énergie vêtue d'une salopette en jean et de baskets clignotantes.

— Oncle Frank ! Oncle Frank !

La boule d'énergie s'arrêta en dérapant près de Boss et se cramponna à la jambe du colosse comme une bernache à la coque d'un navire de guerre. Il tenait dans une main une sucette à la cerise et, à en juger par les taches rouges autour de ses lèvres et sur ses petites joues rondes, il avait encore des progrès à faire en matière de visée.

— La zolie madame m'a montré les motos et je m'ai assis sur une. Pas celle à toi, la rouge avec le feu. J'aime bien le feu. Elle m'a dit que c'est elle qui a fait la peinture. Je pourrai avoir une moto rouge avec du feu quand je serai grand ?

Il n'attendit pas que Boss réponde et poursuivit en bredouillant tant il était excité :

— Mais après j'ai voulu aller en haut et... et... et elle n'a pas voulu. Elle a dit que c'était que pour les grands. Pourquoi c'est seulement pour les grands, oncle Frank ?

Chez lui, le prénom de Boss se prononçait « Fouank ».

Boss ouvrit la bouche pour répondre, mais n'eut pas le temps de prononcer un mot que le petit garçon reprenait son monologue.

— Mais bon, je m'en fiche vu que j'ai eu une sucette à la place !

Le marmot brandit la friandise baveuse dangereusement près de l'œil de Boss quand celui-ci se pencha vers lui pour le prendre au creux de son bras valide.

Voici donc Franklin.

Jake s'était demandé s'il ne risquait pas de ressentir une pointe de jalousie en découvrant le petit garçon. Heureusement, il n'en était rien. Peut-être parce qu'il semblait souhaitable, d'une manière ou d'une autre, qu'il perdure autre chose de l'union entre Pasteur et Shell que la jalousie cataclysmique qui s'emparait de lui quand il les imaginait ensemble. Ou peut-être parce que, malgré ses regards scrutateurs, il ne distinguait pas le moindre trait de Pasteur dans le petit visage de Franklin.

Le mioche était cent pour cent Shell ou, plus précisément, cent pour cent Knight car c'était le portrait craché de Boss... sans la demi-douzaine de cicatrices, évidemment.

Jake se leva pour s'approcher de Boss et du petit garçon tout collant qu'il tenait dans ses bras.

— Bon, pas de doute à avoir sur l'identité de ce petit mec, hein ?
— Qui t'es, toi ? demanda Franklin.
Il examina Jake de son regard gris acier soupçonneux et s'arrêta sur ses pieds.
— Il fait trop froid pour porter des tongs maintenant, annonça-t-il gravement. Maman l'a dit.
— Salut, petit gars.
Jake lui tendit la main, mais eut la surprise de voir Franklin, soudain très timide, blottir sa tête sous le menton de Boss. Deux secondes plus tôt, le gamin était pourtant un vrai boute-en-train ! Jake opta pour une autre tactique.
— Je m'appelle Jake. Et ta maman a raison : il fait effectivement trop froid pour mettre des tongs. Mais je ne peux pas m'en empêcher. Mes orteils aiment respirer, ajouta-t-il avec une grimace et un haussement d'épaules.
Dans un geste prudent, le garçon serra la main de Jake entre ses petits doigts rouges et collants avant de couler un regard en biais vers sa mère. Il se pencha vers Jake et, tout sourire, lui chuchota sur un ton de conspirateur :
— Moi aussi, mes orteils aiment respirer.
Jake se mit à rire et se retourna pour dire à Shell qu'elle étouffait les orteils de son fiston. Mais l'accablement qu'il lut sur son visage le fit froncer les sourcils.
— Shell ? Y a un truc qui va pas ?

« Y a un truc qui va pas ? »
Oui, y a un truc qui va pas ! Rien ne va, même !
Elle n'aurait pas dû retenir son souffle chaque fois qu'elle voyait Jake se mouvoir avec la souplesse et la grâce d'un grand fauve. Elle n'aurait pas dû avoir le tournis simplement en se retrouvant auprès de lui.

Et *lui* n'aurait pas dû avoir le droit de revenir ainsi dans leur vie sans demander la permission à personne, en incitant Shell à oublier les choses affreuses qu'il avait dites et faites. En l'incitant à douter soudain des décisions qu'elle avait prises à propos... à propos de tout, en fait.

Et le voir avec Franklin...

Seigneur...

Elle ouvrit la bouche sans avoir la moindre idée de ce qu'elle allait dire... car elle n'allait certainement pas lui avouer tout ça. Heureusement, elle fut sortie d'affaire – *merci, petit Jésus !* – par l'arrivée inopinée de Becky Reichert, Vanessa Cordero et une brune qu'elle ne reconnut pas.

— Désolée pour la sucette, dit Becky tandis que Shell portait une main à sa tempe.

Il fallait s'y attendre : dix minutes à peine en compagnie de Jake et elle avait déjà gagné un aller simple pour Migraine-ville. Pourquoi diable avait-elle laissé Frank la persuader de venir ?

Parce que tu cèdes toujours dès qu'il s'agit de ton frère, voilà pourquoi. Et tu avais l'impression totalement infondée que cela pourrait en fait te faire du bien.

Elle aurait bien aimé savoir précisément qui étaient « les gens » pour aller en personne leur botter le train.

Shell s'efforça de respirer à fond et d'évacuer la tension accumulée dans sa nuque et ses épaules tout en se tournant vers la fiancée de son frère.

Becky apportait un plateau où s'empilaient des pommes de terre au four et un bol de salade de la taille d'une petite baignoire. Vanessa et la brune étaient pour leur part munies de pain, d'assiettes de condiments pour les saucisses et de ce qui ressemblait à des tartes à la noix de pécan.

Elles étaient visiblement décidées à nourrir une armée entière.

— C'est la seule idée que j'ai trouvée pour le distraire de son envie de monter à l'étage, expliqua Becky tandis que Michelle posait son verre et se relevait d'un bond pour l'aider.

— Pas de souci, répondit-elle à sa future belle-sœur.

Laquelle, au passage, n'avait pas l'air le moins du monde secouée par les récents événements. En fait, Shell aurait même été jusqu'à dire que Becky Reichert paraissait incroyablement calme. Pas étonnant que Frank ait complètement craqué pour elle. La jeune femme avait de toute évidence des nerfs d'acier ; une caractéristique que son frère, l'agent secret toujours à fond les manettes, trouvait forcément irrésistible.

— Ça ne l'empêchera pas de bien profiter du dîner, assura-t-elle. En matière d'appétit, il tient de son oncle Frank.

Une expression horrifiée passa brièvement sur le joli visage de Becky lorsqu'elle se tourna pour découvrir l'ampleur du festin qui faisait ployer les pieds de la vieille table de pique-nique.

— Oh mince, grommela-t-elle. On dirait qu'on n'en a pas fait assez.

— On survivra ! affirma Michelle en riant.

Elle était ravie que Becky ait fait diversion afin de lui laisser le temps de retrouver son sang-froid.

Ce qui s'avéra néanmoins plus facile à dire qu'à faire.

Parce que toute cette situation – ce qu'il s'était passé entre Jake et elle, ce qui était arrivé à Steven après qu'ils avaient tenté de faire leur vie ensemble, et ce que vivait Franklin qui grandissait chaque jour sans père – était si affreusement injuste qu'elle avait parfois envie de s'arracher les cheveux par poignées en hurlant à pleins poumons.

C'était surtout l'absence d'un père pour Franklin qui la chagrinait. Car elle se souvenait d'avoir regardé, enfant, ses amis profiter de la présence rassurante d'un homme – quelqu'un qui les chatouillait, rigolait avec eux, leur apprenait à faire du vélo – et ressenti un grand vide douloureux dans son cœur en sachant que ce ne serait jamais son cas.

Elle avait fait beaucoup d'efforts pour veiller à ce que Franklin ne connaisse pas ce vide, mais la Destinée, cette sorcière incroyablement injuste, était intervenue pour priver Michelle et son fils du futur qu'ils méritaient. Et elle ne pouvait s'empêcher de rejeter une grande partie de la responsabilité sur les larges épaules de Jake...

— Je... heu... je t'avais surnommée Mlle Couche-toilà, lui confia Becky à voix basse.

D'accord ! La confidence eut au moins l'intérêt d'arracher Michelle à ses sombres pensées.

— Hein ?
— Quand je pensais que tu étais l'amante de F...
Michelle leva la main pour l'interrompre.
— Beurk ! Je préfère que tu ne termines pas ta phrase.

Son frère l'avait informée en riant qu'avant qu'elle ait fichu en l'air sa couverture, les Black Knights s'étaient imaginé que les visites furtives de leur chef jusqu'au domicile de Michelle à Lincoln Park constituaient autant de rendez-vous avec une amante secrète. Idée aussi hilarante que ridicule. Surtout quand l'on savait que la plupart du temps, Frank posait de l'enduit dans la salle de bains ou changeait les couches de Franklin. On était loin, très loin, de draps en satin et de murmures sexy sur l'oreiller...

— Ouais, je sais, je sais, répondit Becky avec une grimace. Mais je me suis dit qu'il valait mieux que je t'en parle au cas où l'un des gars le mentionnerait.

Michelle ne put s'empêcher d'éclater de rire.

— Mlle Couchetoilà, hein ?

Becky hocha la tête, l'air contrit.

— Je crois que ça me plaît. Boss Knight. Serpent Sommers. Rock Babineaux. Et Couchetoilà Carter. Ça sonne bien, non ? J'ai toujours rêvé d'avoir un nom de code à la cool. Merci.

— T'es fêlée ! déclara Becky avec un petit rire de gorge. Ça doit être de famille, conclut-elle avec un regard plein d'affection vers Frank.

— C'est exactement ça, répondit Michelle.

Elle s'apprêtait à dire à Becky à quel point elle était ravie que son frère ait enfin trouvé son égale, mais Frank enroula soudain son bras valide autour de sa taille et s'écria par-dessus son épaule :

— Serpent, amène-toi ! Je veux vous présenter, Shell et toi, à Eve, la meilleure amie de Becky.

Du doigt, il indiqua la jeune femme brune et mince occupée à dresser la table. Entendant son nom, elle se retourna vers eux.

— Eve, je te présente ma très belle et très talentueuse sœur, Michelle Carter. Et ce petit être aux doigts gluants, là-bas, qui terrorise Cacahuète...

Du coin de l'œil, Michelle vit son fils occupé à caresser le plus gros et le plus laid des chats de la Création, une créature moitié American Shorthair, moitié Va-savoir-quoi. En plus de ses cinq bons kilos en trop, il était couvert de cicatrices et sans doute victime d'une maladie de peau si l'on en croyait sa fourrure pelée et inégale.

— ... est son fils, Franklin. Quant à lui, c'est Jake Sommers, termina Frank avec un geste du menton.

— Ravie de vous rencontrer, dit Eve.

Elle serra timidement la main de Michelle avant de tourner son attention vers Jake.

— Enchantée, monsieur Sommers.

Michelle leva les yeux au ciel quand Jake dégaina ses fossettes de tueur face à la pauvre Eve.

— Appelle-moi Jake ou Serpent, répondit-il avec un sourire qui accentua encore ses fossettes. Je prends un coup de vieux chaque fois qu'on m'appelle M. Sommers.

Et encore une à son tableau de chasse.

Il semblait incapable de s'en empêcher. Comme le père de Michelle, il suffisait qu'on le mette face à une jolie fille pour qu'il se mette à exsuder le charme comme un cèdre sa sève.

Guère désireuse de se retrouver involontairement prise à son piège, Michelle s'éloigna pour rejoindre Franklin et le malheureux matou que le petit garçon caressait désormais à rebrousse-poil. En chemin, elle ferma les écoutilles pour ne pas entendre les bobards de séducteur que Jake n'allait pas manquer de balancer en direction d'Eve.

De toute façon, elle les avait déjà tous entendus auparavant...

Vanessa Cordero regarda Serpent serrer la main d'Eve. Elle n'en revenait pas de se retrouver une nouvelle fois en présence d'un individu devenu légendaire parmi les rares élus à avoir réussi la formation exigeante des SEAL. L'homme était connu non seulement pour ses performances exceptionnelles sur le terrain, mais aussi pour son succès sans pareil auprès des femmes. En le voyant exposer ses fossettes charmeuses aux yeux d'Eve, Vanessa n'eut pas de mal à comprendre pourquoi tant de jeunes Californiennes avaient succombé à son sex-appeal.

Mais en surprenant le regard lourd de désir qu'il lança vers Michelle, elle comprit que son statut de Don Juan au sein des SEAL était derrière lui.

C'est donc pour ça qu'il est de retour...

Elle s'était demandé, la veille, ce qu'il avait voulu dire par : « je suis venu pour Shell ». Elle avait sa réponse. C'était une chose étrange que d'être témoin du moment exact où le cœur d'un homme faisait un bond. Plus étrange encore : Michelle paraissait ne s'être rendu compte de rien.

La voix de Rock la tira de ses réflexions songeuses.

— Hé, *chérie*[1], tu veux bien me préparer une assiette pour Toran dans sa guérite à l'entrée ? Je m'occuperai d'aller lui porter.

Mais alors qu'elle se retournait, enthousiaste et prête à lui répondre, elle constata, gênée, que ce n'était pas à elle qu'il s'était adressé.

Évidemment.

Comme s'il avait pu l'appeler par ce petit nom français ou passer son bras sec et musclé autour de ses épaules. Pour ce qu'elle avait pu en voir, Rock était à peine conscient de son existence. Ce qui rendait plus ridicule encore sa manie de se transformer en personnage de Disney dès que le Cajun se trouvait à proximité : yeux écarquillés, battements de cils et une envie irrésistible de pousser la chansonnette.

Mon Dieu, elle aurait ri de l'absurdité de la situation si cela n'avait pas été à ce point embarrassant...

Et même en cherchant bien, elle ne parvenait pas à comprendre ce qui la touchait à ce point chez lui.

On ne pouvait pas dire qu'il était particulièrement beau. Il n'avait pas le physique de vedette de cinéma d'Ozzie, Spectre ou Serpent.

---

1. En français dans le texte. (*N.d.T.*)

Mais on ne pouvait pas non plus dire qu'il était laid.

Il était simplement... présent. Le genre d'homme que l'on croisait dans la rue sans le remarquer. Un individu à l'apparence tout ce qu'il y avait de plus ordinaire. Du moins, jusqu'au moment où on y regardait de plus près. Parce que lorsqu'on prenait le temps de véritablement s'intéresser à lui, on s'apercevait que ses cheveux bruns n'étaient pas vraiment bruns, mais plutôt d'une profonde couleur auburn. Et ses yeux noisette n'étaient pas simplement noisette ; ses iris couleur whisky étaient pailletés de flocons couleur d'or et d'herbe printanière. Son nez n'était ni commun ni inintéressant. Au contraire, il approchait même la perfection. Et sa bouche... Ah, quiconque capable de faire abstraction de son bouc ne pouvait que reconnaître la sensualité de cette bouche.

Si l'on ajoutait à cela cet accent cajun sexy et un corps svelte et sculpté par une vie rigoureuse et un entraînement plus rigoureux encore – sans compter l'effet de sa multitude de tatouages et de sa démarche virile tout en souplesse sur la libido féminine – il était facile de comprendre pourquoi certaines femmes s'entichaient franchement de lui.

Mais elle n'était pas n'importe quelle femme. Elle était Vanessa Cordero, superstar des spécialistes des communications. Elle avait passé toute sa vie d'adulte à travailler au contact d'agents de terrain bodybuildés et n'avait jamais réagi à leur présence comme elle réagissait face à Rock.

Une situation qui n'était pas seulement très incongrue mais également très malvenue dans la mesure où elle menaçait de compliquer son nouveau job au sein de Black Knights Inc., l'entreprise de sécurité la plus prestigieuse et la plus secrète au monde.

— Hé !

Becky, qui était arrivée derrière elle, lui mit entre les mains un grand verre de thé glacé et une assiette garnie d'une énorme part de tarte.

— Tu peux me faire une faveur et aider Rock à porter tout ça jusqu'à la guérite ? C'est pour Toran.

— Heu… d'accord, répondit Vanessa après un coup d'œil vers l'assiette surchargée que Rock maintenait soigneusement en équilibre devant lui.

— Merci !

Becky s'éloigna nonchalamment, sans soupçonner une seconde l'émoi qu'elle venait de susciter dans le cœur de Vanessa avec cette proposition. Un émoi qui redoubla quand Rock s'approcha en tirant son téléphone portable de la poche de son jean.

— Avant qu'on sorte, je vais juste contacter les mecs dehors pour être sûr qu'ils n'ont repéré aucun intrus sur le périmètre de sécurité, lui dit-il d'un air absent.

Le son de sa voix grave et sexy la fit frissonner. Ou peut-être la chair de poule était-elle due au petit vent du soir ? Elle espérait que c'était le cas parce que… Mince, elle n'était pas à ce point irrécupérable, si ?

Avisant le regard étrange qu'il lui lançait, elle s'aperçut qu'elle n'avait pas répondu et se contentait de le dévisager d'un air fasciné, bouche entrouverte, à deux doigts d'entonner une chanson de princesse Disney.

Argh ! Que quelqu'un m'abatte tout de suite, ce sera plus simple !

Et dans la mesure où un mafieux de Las Vegas avait mis à prix la tête de chacun des Black Knights, être abattue constituait une possibilité bien réelle. Raison pour laquelle la plupart des Black Knights étaient postés dans les bâtisses alentour pour garder un œil sur le quartier général de BKI.

— Oh, heu, très bonne idée, murmura-t-elle avant de fermer les paupières face au ridicule de cette réplique.

Dieu merci, Rock ne parut rien remarquer. Il avait composé le numéro et porté l'appareil à son oreille.

Reprends-toi, Cordero ! Ce n'est qu'un agent, un agent comme tous ceux auprès desquels tu as bossé toute ta vie.

Elle savait malheureusement qu'il n'en était rien. Elle était incapable de mettre le doigt dessus mais, à sa façon, Rock était... différent.

Pour tâcher de chasser ces pensées pendant que Rock échangeait quelques mots avec le Black Knight à l'autre bout du fil, elle se tourna vers le groupe qui s'était rassemblé autour de la table.

Michelle était sur le point de s'asseoir, mais un coup d'œil aux mains collantes de son fils lui fit changer d'avis.

— Aucune chance que je te laisse manger avec des mains pareilles, jeune homme, dit-elle.

Le petit Franklin gémit comme si aller se laver les mains tenait de la torture chinoise. Impossible alors de ne pas remarquer le regard torride que Serpent posa sur la jeune femme tandis qu'elle se dirigeait vers le garage avec son fils. Cela n'avait en tout cas pas échappé à Boss qui décocha un coup de poing dans l'épaule de Serpent en grommelant :

— Arrête de mater ma petite sœur comme si c'était la réincarnation de Vénus.

— Aïe ! s'exclama Serpent.

Il se massa l'épaule en faisant la grimace puis sourit largement à Boss en levant les mains comme pour protester de son innocence.

— Tu vas me gâcher mon dîner, gronda Boss.

— Comme si c'était possible ! se moqua Becky.

Vanessa ne put que secouer la tête. Elle avait encore du mal à faire coïncider l'image des hommes les plus dangereux de la planète avec celle des types qu'elle avait rencontrés chez Black Knights Inc., qui organisaient des barbecues à l'improviste et se vannaient sans merci les uns les autres. Parfois, l'endroit ressemblait plus à une colocation entre grands ados attardés qu'à une agence top secret d'espions.

— Le périmètre est dégagé. On peut y aller, annonça Rock de sa voix traînante.

Ce qui voulait dire qu'elle allait se retrouver seule avec lui pendant les deux prochaines minutes.

Bon sang. Voilà que ça la reprenait.

— Hé, Rock ? appela Becky avant qu'ils sortent par la porte de derrière.

— Ouais, *chère* ?

— Pendant que tu seras dehors, tu voudras bien jeter un œil à la moto de Serpent pour être sûr qu'il n'y a ni micro ni autres bidules malvenus ?

Les Black Knights ne laissaient jamais entrer un véhicule sans s'être assurés au préalable qu'il était tout à fait sécurisé. Dans leur métier, la vigilance était payante.

— J'ai hâte de voir la peinture de près, ajouta-t-elle. Le motif peau de serpent sur le réservoir donne presque l'impression d'être en trois dimensions.

— Ça, je le dois à un tatoueur génial de Los Angeles, expliqua Serpent.

Il sortit un trousseau de sa poche de devant et lança les clés à Rock. Même chargé de son énorme assiette garnie de steak, salade et pommes de terre, Rock les rattrapa sans mal au vol.

— T'as enfin fait restaurer la vieille Honda ? s'enquit Boss.

Puis la conversation prit une tournure incompréhensible où il était question de pistons, de volants d'inertie et autres cylindres auxquels Vanessa n'entendait absolument rien.

Cependant – et c'était une surprise – son intérêt pour ces sujets était monté en flèche depuis son recrutement. Parce que, autant l'avouer, elle aurait fait des pieds et des mains pour posséder sa propre moto Black Knights personnalisée.

Elle ne s'était jamais imaginée susceptible d'adopter le mode de vie motard. Mais la première fois qu'elle avait vu le groupe des Black Knights monter en selle et s'élancer sur la route, elle avait ressenti une féroce envie de faire de même.

Rock interrompit le fil de ses pensées.

— Après toi, dit-il.

Elle se dirigea vers la porte et sortit par l'arrière de l'atelier. Elle n'avait pas fait plus de quelques pas dehors qu'elle ressentit le besoin de regarder par-dessus son épaule. Avoir Rock derrière elle lui donnait comme l'impression d'être... prise en chasse. Un sentiment qui prit tout son sens quand elle le surprit en train de fixer ses fesses avec le regard d'un lion contemplant une antilope blessée.

D'accord... Peut-être avait-il remarqué son existence, après tout.

Gloups. Elle n'était pas certaine de savoir si cette idée la remplissait d'une excitation digne d'une lycéenne amoureuse ou lui nouait les tripes de peur. Pourtant, des profondeurs de son être, d'un recoin caché dont elle ignorait l'existence, jaillit une petite démone cornue qui lui fit lancer à haute voix :

— On profite de la vue, cow-boy ?

Le regard de Rock remonta immédiatement vers son visage, un sourcil haussé quasiment jusqu'à la naissance de ses cheveux.

— Indéniablement, *ma belle*[1], grommela-t-il. Mais j'ai appris que quand j'en profite un peu trop, je me retrouve dans de sales draps.

— On salit parfois les draps pour de bonnes raisons, s'entendit-elle rétorquer.

Elle manqua s'étrangler. Qui était cette femme qui lançait des répliques salaces ? Pas elle, en tout cas.

C'est officiel, les amis. Je suis possédée par un démon. Du genre succube qui adore la moto et balancer des vannes grivoises, apparemment.

— *Oui*[2].

Rock s'humecta lentement les lèvres et aspira brièvement sa lèvre inférieure avant d'ajouter :

— Tu t'y connais en la matière, *chère* ?

Mon Dieu... À cet instant, le démon qui avait momentanément pris possession de Vanessa disparut sans laisser de trace, la laissant désemparée, incapable d'aligner deux mots ou deux pensées cohérentes. Tout au plus parvint-elle à déglutir bruyamment en haussant maladroitement une épaule tremblante.

Les yeux de Rock s'assombrirent et un petit sourire passa sur sa bouche magnifiquement sexy.

— Bon, tu sais où me trouver quand tu auras la réponse, *ma cocotte*.

---

1. En français dans le texte. (*N.d.T.*)
2. En français dans le texte. (*N.d.T.*)

3

— Alors, t'as quelqu'un dans ta vie ? chuchota Jake en observant attentivement le visage de Shell tandis que les ombres du crépuscule envahissaient lentement la cour.

Elle berçait doucement son fils endormi en accompagnant de sa voix l'interprétation que donnait Rock d'une vieille chanson de Kenny Rogers.

Même s'il détestait la musique country autant qu'un enfant déteste les petits pois, Jake devait bien admettre qu'il aurait écouté sans hésiter tous les classiques du répertoire pour le plaisir d'entendre la douce voix de Shell flotter dans l'air du soir.

Bon sang, qu'est-ce qu'elle lui avait manqué ! Y compris ce regard noir qu'elle venait de lui lancer.

C'était la femme la plus gentille et la plus chaleureuse qui soit. À sa connaissance, elle n'avait jamais raté l'anniversaire d'un seul des SEAL. Elle était toujours la première à envoyer des fleurs à l'hôpital quand ils étaient blessés. Elle avait souvent affronté la foule des centres commerciaux pour acheter des vêtements civils de rechange afin qu'ils n'aient pas à passer leurs rares heures de liberté dans les magasins. Elle mémorisait les noms des frères et sœurs, des parents, des animaux de compagnie et n'oubliait jamais de vous demander comment s'était passée l'opération de la vésicule de l'oncle Rupert ou si mamie Ivy avait bien profité de sa croisière en Alaska.

À l'époque, il y avait toujours un repas chaud disponible dans le petit studio de Shell pour un commando affamé de retour de mission ou un clic-clac pour l'agent qui aurait trop bu pour rentrer par lui-même jusqu'à la base.

En bref, elle leur offrait un petit chez-eux loin de chez eux. Un havre de paix vers lequel revenir au sortir de certaines des missions les plus dangereuses de leur vie.

Mais elle pouvait aussi ratatiner les noix de la plupart des hommes lorsqu'elle dégainait ce regard très particulier. Par chance, Jake n'était pas comme la plupart des hommes.

— Ma vie amoureuse ne te regarde pas, maugréa-t-elle.

La moue qu'elle fit déclencha chez Jake une image mentale terriblement claire de l'air qu'elle aurait avec les lèvres refermées autour de…

Mais arrête !

Il était plus que temps de faire quelque chose pour reprendre la main sur sa libido devenue folle.

— Je prends ça pour un non, dit-il avec un sourire.

Il sentit se dissiper une partie de la tension qui l'habitait. Sa mission de reconquête serait mille fois plus simple s'il n'y avait pas d'autre homme dans le paysage. Et il était reconnaissant pour ce petit miracle car la convaincre qu'il avait changé et qu'elle devrait lui laisser sa chance s'annonçait déjà assez difficile en soi. En particulier compte tenu de la dernière conversation qu'ils avaient eue, celle à l'entrée de la base.

Le souvenir lui transperça le cerveau telle une lame chauffée au rouge...

Il pleuvait. Sortie précipitamment de sa voiture en criant le nom de Jake, Shell se retrouva immédiatement trempée. À cet instant, il ressentit à la fois un immense désir et une immense colère. Parce qu'il l'aimait toujours même si elle ne l'aimait plus. Et il savait exactement pourquoi elle était venue...

— Je t'en prie, Jake ! lança-t-elle en courant vers lui pour tenter de le retenir par le bras. On peut parler ?

— Je n'ai pas le temps, gronda-t-il.

Il repoussa sa main sans s'arrêter sur l'expression blessée de son visage.

— Cette météo fait le bonheur des officiers. Ces sadiques nous envoient en entraînement dans quinze minutes. Tu peux m'appeler demain.

— Et tu décrocheras ? demanda Shell. Tu n'as pas répondu à mes cinquante dernières tentatives.

Le doute se lisait dans ses grands yeux écarquillés.

— Tu sais ce qu'on dit. La cinquante et unième fois est toujours la bonne, répliqua-t-il, moqueur.

— S'il te plaît, Jake. Je... J'ai quelque chose d'important à te dire.

Elle écarta les mèches humides qui lui retombaient sur le visage. Son mascara ruisselait en deux traînées jumelles le long de ses joues, mais Jake se persuada que c'était à cause de la pluie et pas parce qu'elle avait pleuré, malgré ses yeux rougis et bouffis.

Pourquoi aurait-elle pleuré, après tout ? Sa vie était en train de tourner au conte de fées, non ?

— Je sais ce que tu vas me dire, déclara-t-il en serrant les dents.

Un coup de tonnerre fendit l'air déjà chargé de tension. Comme si ses nerfs déjà à bout avaient besoin de ça !

— *Tu sais ?*
— *Ouais. Et j'ai pas envie de l'entendre.*
— *Mais je... je croyais que...* (Elle secoua la tête, ses cheveux humides collés à ses joues.) *Steven t'en a parlé ?*

Il éclata d'un rire amer.

— *Pasteur n'a pas dit un mot. Simplement, ça se voit comme le nez au milieu de la figure.*
— *Vraiment ?*
— *Mais bien sûr !*

Il se renfrogna en essuyant les gouttes de pluie qui constellaient son visage.

— *Tu montes en gamme. T'échanges un troufion pour un officier. Hé, je comprends !* ajouta-t-il avec un haussement d'épaules en la voyant ouvrir la bouche pour se défendre. *Tu voulais te dégoter un soldat d'élite et Pasteur constitue un choix bien plus avantageux que moi. Non seulement sa paie est meilleure, mais il est bien le genre à te mettre la bague au doigt. Alors que moi, bien sûr, je ne m'intéressais qu'à ton joli petit cul.*

Shell le dévisagea, bouche bée.

— *C'est ça !* lança-t-il sans chercher à dissimuler son mépris. *Garde tes lèvres entrouvertes de cette façon, avec ta moue à damner un saint, et dans moins d'une semaine, tu verras Pasteur mettre le genou à terre pour te promettre son amour éternel.*
— *T... T'es pas sérieux !* s'exclama-t-elle.
— *Ah non ?*

La bouche tordue par une affreuse grimace, il laissa toute la souffrance qui bouillonnait en lui ressortir dans une rafale de paroles terribles.

— *Ne va pas t'imaginer que tu es différente de toutes les autres filles que j'ai serrées au* Trèfle. *La seule chose qui te sépare d'elles, c'est que toi, tu ne m'as jamais fait jouir !*

Elle chancela en arrière, une main plaquée sur la gorge, comme s'il l'avait frappée.

— Je ne m'étais pas trompée à ton sujet, lâcha-t-elle d'une voix étranglée à peine audible au cœur du crépitement de la pluie. Tu es sans cœur et je ne veux plus jamais te revoir !

Ouais, songea-t-il de retour dans le présent.

Même quatre ans après, il se sentait toujours aussi coupable pour la façon dont il l'avait traitée ce jour-là.

La convaincre que je ne suis plus le même et qu'elle devrait tenter de nouveau l'aventure avec moi sera loin d'être simple…

À vrai dire, c'était même un foutu miracle qu'elle daigne ne serait-ce que lui parler. Mais c'était typique de Shell. Indulgente et adorable.

— Tu es plus belle que jamais, lui dit-il.

— Et toi, tu te répètes, rétorqua-t-elle, les yeux au ciel.

Il ne put s'empêcher de sourire, car chaque fois qu'elle faisait cela, chaque fois qu'elle roulait des yeux, il devait se retenir de toutes ses forces pour ne pas la soulever hors de sa chaise longue et la prendre sur ses genoux.

Merde.

Encore ces pensées scabreuses. Avoir passé les quatre dernières années à se languir d'elle au point d'en devenir physiquement malade ne l'aidait pas à rester concentré. Alors se retrouver ici, maintenant, assis à côté d'elle ? Il était presque surpris de ne pas être en train de baver comme un chien enragé.

Et, afin d'éviter de succomber à ses instincts de cabot baveux, il cherchait un moyen d'entretenir la conversation. À force de rester simplement là à la contempler, il sentait ses glandes salivaires prêtes à enclencher le turbo.

Il opta pour un sujet qu'elle serait logiquement ravie d'aborder.

— Ton frère a l'air heureux.

— Mmm, se contenta-t-elle de lâcher en guise d'approbation.

Merveille d'obstination qu'elle était, elle n'avait visiblement pas l'intention de saisir la perche conversationnelle qu'il lui tendait. Il fit malgré tout une nouvelle tentative.

— Je n'aurais jamais imaginé qu'il existait une femme avec assez de tripes pour tenir tête à Boss. Mais Becky a l'air du genre à bouffer des cailloux et chier des briques.

— C'est vulgaire, commenta Shell avec un regard désobligeant. Mais pas loin de la vérité. Tu as toujours ta manière bien à toi de manier les mots, Jake.

Il lui décocha un clin d'œil ; elle leva de nouveau les yeux au ciel. Rock en avait terminé avec Kenny Rogers et s'attaquait à présent à un morceau de Fleetwood Mac.

Au moins, ce n'est plus de la country, se dit Jake.

Il en profita pour prendre une profonde inspiration en se demandant comment aborder le sujet suivant.

— Shell... dit-il finalement à mi-voix.

Elle tourna vers lui un regard qui semblait particulièrement orageux à la lueur du feu. Orageux et triste. Il espérait pouvoir l'aider sur ce point et dès à présent.

— Je voudrais que tu saches que...

Il fut interrompu par une série de sonneries, de bips et de petites mélodies rock qui résonnèrent à travers la cour. Tous les téléphones portables des Black Knights prenaient brusquement vie.

Boss saisit immédiatement le sien et le porta à son oreille en aboyant :

— J'écoute !

Les autres Black Knights désactivèrent leurs appareils et attendirent les instructions. Lesquelles ne tardèrent pas, mais Jake fut surpris que le premier nom lancé par Boss soit le sien :

— T'es armé, Serpent ?

À peine ses mots avaient-ils franchi les lèvres de Boss que l'adrénaline envahit le corps de Jake.

— Non. Le rouquin géant à l'entrée m'a fouillé avant de me laisser passer.

— Viens avec moi, dit Boss avec un petit geste du menton.

— *Rogers*.

Pour un peu, Jake aurait presque ajouté un salut militaire.

Ouais, les vieilles habitudes ont la peau dure, se dit-il.

Il bondit hors de sa chaise et suivit Boss jusqu'à l'une des petites dépendances qui entouraient la cour. Le grand costaud retira une clé d'aspect étrange du cordon qu'il portait autour du cou et l'inséra dans une serrure complexe. La porte s'ouvrit dans un sifflement.

D'accord, on avait donc affaire à un environnement protégé par un sas, ce qui semblait un peu beaucoup pour une petite entreprise de sécurité privée.

Qu'est-ce qu'ils cachent là-dedans ?

La preuve d'une vie extraterrestre ? Des documents révélant la vérité derrière l'assassinat du président Kennedy ? Elvis en personne, bien vivant et occupé à se taper des sandwichs à la banane et au beurre de cacahuète ?

Quand Boss lui fit signe d'avancer, il hésita l'espace d'une fraction de seconde – un minuscule instant, notez bien, juste le temps de se préparer à rencontrer une colonie de petits hommes verts – avant de jeter un coup d'œil à l'intérieur.

Bon, d'accord, ni Elvis bedonnant ni extraterrestres aux yeux exorbités. Mais il comprit tout de suite l'intérêt d'une sécurité maximale : l'endroit contenait un arsenal suffisant pour filer la gaule à toute la section Bravo !

— Fais ton choix, lança Boss d'une voix détendue.

Comme s'il n'y avait rien de remarquable au fait de posséder assez d'armes pour équiper une division entière.

— Je dois m'inquiéter ? demanda Jake.

Il n'avait pas eu de mal à reconnaître l'expression sur les traits durcis de Boss ; une expression qu'il avait vue à maintes reprises durant leurs années passées ensemble.

— Nan...

Puis Boss secoua la tête, comme s'il réévaluait sa réponse.

— Écoute, on vient de choper un assassin qui tentait de placer des explosifs sur l'enceinte ouest...

— Un assassin ? l'interrompit Jake. Bon Dieu, Boss, qui vous avez foutu en rogne, cette fois ?

Son ancien chef haussa les épaules et secoua de nouveau la tête.

— C'est une longue histoire que je n'ai pas le temps de te raconter maintenant. Pour le moment, contente-toi de savoir qu'on a un nombre inconnu de mecs aux fesses et que, même si j'ai confiance dans les mesures de sécurité que j'ai mises en place, je me sentirais mieux si tu pouvais rester vigilant dans les minutes à venir en gardant un œil sur Shell et Franklin. Tu veux bien ?

— La question ne se pose même pas.

Boss lui posa l'une de ses pognes massives sur l'épaule.

— Merci, mon pote. Et crois-moi quand je te dis que ça ne va pas être une tâche facile, surtout qu'il va falloir que tu persuades Shell de rester ici pendant que le reste d'entre nous sera à l'intérieur pour tenter de faire cracher sa Valda à ce salopard.

Jake tourna la tête vers la cour.

— T'es certain que cet endroit est sûr ?

Boss hocha la tête.

— À ce moment précis, c'est le coin le plus sûr de tout le complexe.

Jake le crut sur parole ; Boss savait de quoi il parlait, les locaux lui appartenaient.

— Des assassins, hein ?

Il secoua la tête et désigna du pouce la toile de tente rayée rouge et blanc tendue au-dessus de la cour. Elle n'était pas là la veille, au moment de son arrivée depuis la côte ouest.

— J'imagine que c'est pour ça que vous avez déroulé l'auvent ?

— Ouais. Une petite protection contre les regards indiscrets. C'est aussi pour ça que j'ai passé ma journée à courir dans tous les sens comme un poulet décapité et que je n'ai pas eu l'occasion de te souhaiter correctement la bienvenue, vieux. J'en suis désolé. Donc, j'en profite pour te le dire maintenant : je suis content de te revoir.

— Et moi content d'être revenu.

Boss n'imaginait sans doute même pas à quel point. Le colosse hocha la tête et fit mine de se détourner puis hésita.

— Heu, Serpent ? Ce n'est pas parce que je ne crois pas qu'on ait de raisons de s'alarmer qu'il faut…

Jake leva la main.

— T'inquiète. Je vais faire super attention.

Boss opina du chef et respira profondément. Puis son front se creusa de rides songeuses.

— Tu l'aimes, n'est-ce pas ?

Inutile de demander de qui il était question.

— Je l'ai toujours aimée. Et je l'aimerai jusqu'à ce que je sois mort et enterré.

— Alors qu'est-ce qui s'est passé à Coronado ?

Jake avait beau savoir que la question arriverait sur le tapis, Boss l'avait pris par surprise. Surtout au regard de la situation pressante. Mais bon, soit. Apparemment, ils allaient aborder le sujet. Là, tout de suite.

Et tant pis pour les assassins qui essaient de faire sauter la baraque...

Boss avait toujours été multitâche. Aucune raison de penser que les choses avaient changé.

— J'étais plutôt perturbé à l'époque, admit Jake. T'es au courant du genre de trucs auxquels je devais faire face, de ce que j'ai failli faire durant la patrouille après l'attentat dans la caserne. Au bout du compte, j'avais l'impression de ne plus pouvoir me faire confiance. Et ça me foutait une trouille d'enfer.

Il secoua la tête et se passa une main dans les cheveux.

— Je pensais mettre Shell à l'écart pendant quelque temps. Histoire de me donner le temps de comprendre ce qui m'arrivait. Mais je l'ai surtout poussée dans les bras de Pasteur.

Boss le dévisagea pendant quelques instants.

— Et Pasteur n'a pas hésité à accepter ce cadeau, j'imagine.

Ouais, même pas une fraction de seconde...

— De nous deux, Pasteur a toujours été le plus malin, répondit-il avec un haussement d'épaules. Et après ça, je suis devenu tellement jaloux que j'avais du mal à me supporter moi-même. En partie parce que je savais que Pasteur valait mieux que moi. Lui et Shell étaient tellement mignons ensemble, j'avais l'impression d'être devant la version grandeur nature d'une sitcom des années 1960. Ça m'a rendu dingue.

— Parfois, ce sont les opposés qui s'attirent et font qu'une relation peut tenir, dit Boss d'un air songeur.

Jake secoua la tête.

— Ouais... Alors comme ça, sous prétexte que tu viens de te dégoter une petite fiancée, t'es devenu un Jedi expert des relations ?

Au lieu de s'offusquer, Boss adopta l'expression suffisante de l'homme confiant dans l'amour de sa compagne.

— Et maintenant ? demanda-t-il. Tu as vaincu ton démon intérieur et tu es prêt à la traiter comme elle le mérite ?

— Je ne dirais pas que je l'ai vaincu à proprement parler, admit Jake. Il est toujours là, en moi, mais il ne me fait plus peur. Quant à Shell, la traiter comme elle le mérite est ma seule et unique intention... si elle veut bien me laisser faire.

— Ce ne sera pas facile.

— Tout ce qui a de la valeur se mérite.

— Bonne réponse, mon pote.

Voyant Boss hocher la tête d'un air approbateur, Jake eut la certitude que les prochaines paroles à franchir ses lèvres seraient : « et que la Force soit avec toi ». Au lieu de quoi il désigna l'intérieur de la réserve de munitions et lui dit :

— Prends tout ce dont tu as besoin.

Surpris par la simplicité avec laquelle la conversation s'était déroulée, Jake s'approcha du pas de la porte. Mais Boss l'arrêta de nouveau.

— Hé, Serpent ?

— Ouais ?

— Je ferai ce que je pourrai pour t'aider avec Shell.

Gorge serrée, Jake le remercia d'un petit geste du menton. Il mesura alors à quel point ce grand salopard lui avait manqué et ressentit une immense gratitude à être accueilli ainsi à bras ouverts dans le giron du groupe qu'il avait autrefois abandonné.

C'est d'un pas beaucoup plus léger qu'il se retourna et passa le seuil du paradis de l'arsenal.

Ahhhh ouais ! fut la première pensée qui lui vint.

Il se sentait comme un gamin dans une confiserie. Une confiserie pleine de bonbons potentiellement mortels. Son regard gourmand passa d'étagère en étagère, toutes pleines à craquer d'armes plus impressionnantes les unes que les autres. Mais sa priorité restait Shell et Franklin.

Il se dirigea donc rapidement vers un présentoir tout proche et récupéra un simple Glock 19. En faisant sortir le chargeur, il constata que l'arme était prête à servir. *Cool.* Il réenclencha le chargeur d'un geste sec et glissa l'arme dans son dos, sous la ceinture de son jean, en prenant soin de la dissimuler sous son tee-shirt ample.

Il sélectionna ensuite un couteau Smith et Wesson doté d'une lame de douze centimètres à double tranchant. Après avoir vérifié qu'il était correctement aiguisé en passant le pouce sur la pointe, il le rangea dans son fourreau sur mesure et l'accrocha à la poche avant de son pantalon. De nouveau, il prit soin de cacher le tout sous son tee-shirt. Puis, il se dit que même s'il ne portait pas de bottes, rien ne l'empêchait d'utiliser un holster de cheville pour emporter un autre pistolet…

Passant au présentoir suivant, il fit courir ses yeux sur la sélection d'armes luisantes et choisit un Kel-Tec .380 Auto. Ils avaient parfois tendance à s'enrayer quand on les tenait d'une main trop molle. Mais Jake ne commettait pas ce genre d'erreur. Et même si le Kel-Tec ne contenait que six balles, c'était le seul pistolet assez petit pour tenir contre son mollet sous son jean.

Après l'avoir sanglé à sa cheville, il se saisit d'un chargeur supplémentaire pour chaque pistolet et les fourra dans ses poches avant de ressortir. Il referma la porte derrière lui et jeta un coup d'œil aux autres dépendances en se demandant quel genre de surprises elles recelaient.

Bon sang, ils ont vraiment fait du super boulot.

Il s'accorda un moment pour admirer avec fierté ce que Boss et Rock avaient bâti au cœur de Chicago. Puis son regard se posa sur Shell, et toutes ces émotions positives s'évaporèrent comme de la crème solaire durant une canicule.

Bon Dieu...

Une peur glacée lui envahit les veines. Car même s'il s'était confronté sans ciller à certains des pires enfoirés ayant jamais existé, l'idée qu'il puisse arriver quelque chose à Shell, surtout alors qu'il était chargé de la protéger, lui donnait des sueurs froides et laissait ses mains moites.

— Alors ? demanda-t-elle comme il se rasseyait.

Il prit soin de se positionner de façon à pouvoir facilement dégainer ses armes. De son côté, Shell oscillait machinalement de gauche à droite pour bercer son fils endormi ; mais l'expression de son visage était tout sauf sereine.

— Que se passe-t-il ?
— Ton grand frère s'est fait des ennemis, admit-il.

Il la vit déglutir avec difficulté, gorge serrée.

— Que... Quel genre d'ennemis ?

Pendant une seconde, il envisagea de lui sortir le bobard habituel : « t'inquiète pas, poulette, tout est sous contrôle ». Mais ça ne passerait pas, il le savait. Il opta donc pour la vérité brute.

— Le genre à vouloir sa peau.

— Quoi ? lança-t-elle d'une voix soudain aiguë.

Blotti contre sa poitrine, Franklin choisit ce moment pour remuer avec un grognement de mécontentement suivi d'un reniflement avant qu'elle parvienne à le rendormir avec quelques mots apaisants. Baissant la voix, elle demanda :

— Qui veut le tuer ?

— Aucune idée.

Jake haussa les épaules avec l'espoir de la rassurer en feignant la décontraction. Mais, à en croire les palpitations rapides de la veine du cou de Shell, ce n'était pas une réussite.

Il va visiblement falloir travailler tes dons de comédien, Sommers.

D'accord, il allait tenter autre chose.

— Il n'y a vraiment aucune raison de s'inquiéter, tu sais.

Elle haussa un sourcil incrédule.

— Ah non ?

— Nan, vraiment… lança-t-il sur un ton léger.

Pourtant, les poils sur sa nuque s'étaient redressés au garde-à-vous à la seconde où les portables s'étaient tous mis à sonner et ils vibraient toujours comme autant de petits détecteurs de danger.

— Tant qu'on reste dans l'enceinte du complexe, on est en sécurité. Les murs sont assez épais pour nous protéger de pratiquement n'importe quoi. Sans parler des caméras de sécurité qui surveillent l'intégralité du périmètre.

— Ouais… souffla-t-elle.

Elle serra Franklin contre elle et pressa son nez dans la chevelure du garçonnet.

— Ce n'est pas la sécurité qui m'inquiète, mais les raisons qui nécessitent de telles mesures de protection. Je n'aurais pas dû venir ici. Je n'aurais pas dû amener Franklin...

— Regarde-moi, Shell, ordonna-t-il d'une voix douce.

Son cœur fit un salto arrière quand elle tourna ses yeux gris mélancoliques vers lui.

— Jamais je ne laisserai quoi que ce soit t'arriver, tu m'entends ? Jamais.

Je préférerais mourir.

Et s'il n'y avait qu'une vérité dans ce monde, c'était celle-là.

Ne me dis pas des trucs comme ça ! eut-elle envie de crier.

En premier lieu parce que c'était précisément le genre de paroles – des mots tendres et non cruels – qu'elle avait voulu entendre durant ce jour pluvieux, quatre ans plus tôt. Et les entendre à présent ne faisait que lui rappeler amèrement qu'il était trop tard.

Trop tard pour quoi que ce soit. Trop tard pour tout.

À son plus grand dam, des larmes brûlantes s'accumulaient derrière ses yeux, des larmes qu'elle refusait de le laisser voir. Elle détourna vivement la tête pour déposer un nouveau baiser réconfortant au sommet du crâne de Franklin.

— Je t'en prie, Shell, ne pleure pas, chuchota-t-il.

Flûte. Échec total de sa tentative pour se la jouer cool.

— Je sais que tu as peur, ajouta Jake, mais je te protégerai, promis.

Il la croyait au bord des larmes à cause de la peur ?
Hé, qui irait imaginer autre chose, grosse idiote ?
Des types essaient d'entrer ici pour tuer ton frère !

Et pour être honnête, elle avait peur. Elle était même terrifiée. Mais ce n'était pas ce qui lui embuait le regard. La sueur qui s'écoulait le long de sa nuque et détrempait ses cheveux ? Ouais, ça, c'était la peur. Mais pas les larmes. Oh non. Les larmes étaient liées à Jake...

Mieux valait évidemment le laisser penser ce qu'il voulait, faire comme s'il avait vu juste. Cela lui permettrait au moins d'utiliser ses craintes comme excuse pour maintenir la conversation sur des bases à peu près stables car, pour la première fois depuis son arrivée, ils étaient seuls.

Ce petit détail n'avait pas échappé à l'attention de Shell. D'autant plus qu'elle soupçonnait Jake d'avoir attendu toute la soirée que cela se produise. Il était évident qu'il avait quelque chose à lui dire ; elle le lisait dans ses beaux yeux verts chaque fois qu'il la regardait.

Et elle n'avait aucune envie de l'entendre. Car, quoi qu'il puisse dire, cela ne changerait rien à ce qu'il s'était passé. À ses yeux, les propos de Jake ne pourraient que raviver ses souffrances et ses regrets. Et Dieu sait qu'elle en avait déjà connu assez pour toute une vie.

Une fois certaine d'avoir recouvré la maîtrise d'elle-même et de ses fichues glandes lacrymales, elle se retourna vers lui.

— Je ne peux pas m'empêcher d'avoir peur, Jake. Tu ne sais pas ce que c'est d'être une mère. Même dans des circonstances normales, la peur n'est jamais loin. Quand on doit garantir la sécurité d'un enfant, on...

— Lui aussi, je le protégerai, promit Jake.

De nouveau, cette expression de parfaite sincérité. *Comment fait-il ça ?*

— Je sais, Jake.

Il haussa les sourcils et elle parvint à décocher un petit sourire.

— Même après tout ce qui s'est passé entre nous, je n'ai jamais douté de ton courage.

— Ouais, puisque tu en parles…

Non, non, non !

— Est-ce qu'on pourrait rester sans parler pendant quelques instants ? le supplia-t-elle sans chercher à dissimuler le désespoir dans son regard. J'ai besoin d'un peu de calme et de silence pour apaiser mes nerfs.

Il serra les mâchoires et elle vit bien qu'il se retenait difficilement de parler. Mais il finit par hocher la tête. Et, dans le silence qui s'abattit sur la cour, Michelle n'entendit plus qu'une chose : les martèlements affolés de son cœur faible et ridicule.

Rock se tenait face aux fenêtres du premier étage du garage, en compagnie de Vanessa et de Boss. Ils regardèrent Wild Bill et Angel – respectivement expert en explosif (et frère de Becky) et ancien du Mossad ayant rejoint l'équipe dans de mystérieuses circonstances – franchir le portail d'acier actionné manuellement en poussant devant eux l'individu qu'ils avaient capturé.

Tout en observant l'aspirant assassin qui se débattait vainement sous la prise des Black Knights, il laissa son esprit se tourner vers la cour en contrebas.

Je me demande comment Serpent se démerde à présent qu'il a Shell pour lui tout seul. Sans doute pas très bien, se dit-il.

Il n'était pas nécessaire de disposer du talent particulier de Rock pour jauger les gens ni de son aptitude à capter les indices les plus subtils, pour constater que les sentiments de Shell envers Serpent étaient loin d'être amicaux. N'importe qui doté de deux yeux en état de marche aurait remarqué que chaque fois qu'elle posait le regard sur lui, elle semblait sur le point soit d'éclater en sanglots, soit de tourner les talons et de s'enfuir. Rock ne pouvait s'empêcher de se demander ce qu'il s'était passé exactement entre…

— Eve est en chemin ? demanda Boss à Becky qui venait de les rejoindre, interrompant au passage les pensées de Rock.

Oui, et voilà un autre mystère. Car même s'il était évident qu'Eve Edens était de nature timide, cela n'expliquait pas l'expression horrifiée qui s'était peinte sur son joli visage à la seconde où elle avait entendu que Wild Bill arrivait. Après quoi elle s'était empressée de décamper en moins de temps qu'il n'en fallait pour le dire.

— Ouais, elle rentre chez elle, la queue entre les jambes, confirma Becky en passant un bras autour de la taille de Boss.

Elle reporta ensuite son attention sur les trois hommes qui approchaient. Lorsqu'ils passèrent sous l'éclairage jaunâtre d'un réverbère, elle laissa échapper un gloussement avant d'ajouter, pince-sans-rire :

— Attention, Batman, des ninjas !

Rock prit un air amusé. Le tueur, quelle que puisse être son identité, était entièrement vêtu de noir. Et il avait même eu les *couilles*[1] d'enfiler une de ces espèces de cagoules avec une simple fente pour les yeux et une paire d'étranges bottes à semelles souples aux extrémités fendues entre les orteils.

— Ce ne serait pas plutôt l'un des acteurs de *Tigre et Crétin* ? lança Vanessa.

Un ricanement s'échappa des lèvres de Rock avant qu'il puisse le réprimer.

---

1. En français dans le texte. (*N.d.T.*)

Eh bien, on est pleine de surprises ce soir, miss Cordero !

Lorsqu'elle avait commencé à flirter avec lui un peu plus tôt, il avait été tellement pris au dépourvu que, l'espace d'une minute, il s'était senti aussi bête et lourd qu'un sac rempli de marteaux. Il pouvait néanmoins se targuer de s'être repris suffisamment vite pour lui balancer une ou deux répliques bien senties.

Malheureusement, malgré leur émoustillant petit tête-à-tête, il semblait évident que Vanessa faisait fausse route à son égard. Parce que, *merde*, il n'y avait pas que du désir dans ses yeux quand elle le regardait. Le désir était quelque chose qu'il aurait su gérer plus vite qu'un combat au couteau dans une cabine téléphonique. Mais les visions de belle robe blanche et de bague au doigt qu'il voyait danser dans sa jolie petite tête l'arrêtaient net. « Ils se marièrent et vécurent heureux jusqu'à la fin de leurs jours » n'était pas une option pour lui...

Le cri de Bill l'arracha à ses pensées.

— Hé ! Qu'est-ce que vous voulez qu'on fasse de notre ami le ninja ici présent ?

— Escortez-le jusqu'à la salle d'interrogatoire, ordonna Boss.

Après quoi il se tourna vers Rock pour demander :

— T'es prêt ?

Rock hocha la tête.

— Oui, je suis prêt.

Il prit une profonde inspiration puis se dirigea vers les escaliers. Sur le chemin du rez-de-chaussée, il serra les mâchoires avec une telle force que c'était presque miraculeux qu'il ne recrache pas des fragments d'émail, voire quelques plombages. Au moment d'entrer dans la petite réserve confinée qu'ils avaient transformée en salle d'interrogatoire en apprenant que Johnny Vitiglioni avait envoyé des tueurs après eux, il retira sa casquette de baseball puis inclina la tête de gauche à droite en faisant craquer les vertèbres de son cou.

Zut[1]. Il détestait ce qui allait suivre. Farfouiller dans la psyché d'une personne lui donnait toujours l'impression de se salir les mains...

---

1. En français dans le texte. (*N.d.T.*)

4

Bon Dieu, mais qu'est-ce qui leur prend autant de temps ?

Jake n'était pas du genre à demeurer à l'écart des événements. Il était même plutôt habitué à être pile au cœur de l'action. Autant dire que rester ainsi dans la cour à se tourner les pouces le faisait enrager.

Il avait l'impression de constituer une cible facile, comme s'il s'était entaillé la jambe sur un morceau de corail et barbotait à présent dans des eaux infestées de grands requins blancs.

Oh, il savait que Boss ne les aurait jamais laissés là s'il avait estimé qu'ils couraient un réel danger. Et ce qu'il avait dit à Shell sur l'efficacité des mesures de sécurité du complexe était vrai. Mais cela n'empêchait pas qu'un flot brûlant d'adrénaline lui inonde les veines. Ses genoux s'agitaient sous l'effet d'une énergie si difficilement contenue qu'il faillit renverser la bière qu'il tenait à la main.

Au prix d'un véritable effort – et afin de ne pas rendre Shell plus nerveuse qu'elle ne l'était déjà – il résista à son envie de revérifier le chargeur de son Glock. Puis il parvint, de justesse, à reprendre le contrôle de ses jambes tressautantes et à se laisser aller contre le dossier de sa chaise longue.

Malheureusement, l'apparence de calme qu'il s'imposait n'enrayait nullement le cycle sans fin des pensées noires qui tournoyaient sous son crâne.

Qui peut vouloir la mort de Boss ? Le connard en question est-il au courant de l'existence de Shell et de Franklin ?

Et puis retour à la question de départ : *qu'est-ce qui leur prend autant de temps ?*

Il balaya discrètement la cour du regard pour identifier points d'accès et voies d'évacuation potentielles et déterminer où il se placerait pour les protéger au mieux dans le cas improbable où un assassin escaladerait le mur d'enceinte.

Bon sang, rien que l'idée...

OK, je pourrai toujours les faire entrer rapidement dans l'atelier si nécessaire, se dit-il pour se rassurer.

Puis il fronça les sourcils en s'apercevant que cela ne serait plus vrai si l'agresseur déboulait par le coin nord-ouest.

Ouais, ce coin nord-ouest constituait une faiblesse. En arrivant par là, l'intrus se retrouverait à un mètre à peine de la porte de derrière de Black Knights Inc. et les empêcherait d'accéder à leur seule voie de repli sûre.

Ce sera donc le coin sud-est, à l'opposé.

C'était là qu'il se retrancherait. Depuis le sud-est, il pourrait hisser Shell et Franklin par-dessus le mur pour rejoindre la rivière Chicago de l'autre côté. Tous les deux se retrouveraient en sécurité dans l'eau tandis que lui neutraliserait la ou les personnes assez stupides pour s'en prendre à ceux qu'il aimait.

Et s'il ne pouvait pas les neutraliser ? S'il était dépassé par leur nombre ? Eh bien, dans ce cas, il donnerait à Shell le temps de rejoindre un lieu sûr à la nage avec Franklin tandis que lui resterait et se battrait jusqu'à son dernier souffle pour...

Waouh. Sans s'en rendre compte, il venait d'inclure le petit Franklin parmi les gens qu'il aimait.

Ce qui signifiait... quoi ? Qu'il aimait le mouflet ?

C'était logique. Il aimait Shell, c'était certain, et Franklin faisait partie de la vie de Shell et... Bon, cette fois, son pouls battait vraiment la chamade. Jamais auparavant il n'avait eu pour mission de protéger un enfant...

Avisant que Shell se mordillait la lèvre inférieure, il en conclut que le silence qu'elle lui avait réclamé n'apaisait pas vraiment sa tension. Aussi, pour essayer de lui faire oublier la situation, et accessoirement cesser d'imaginer ce que cela ferait de mordiller cette lèvre pulpeuse – sincèrement, même sous le feu des mortiers, il aurait continué à fantasmer sur la bouche de Shell – il décida qu'il était temps de laisser enfin sortir les excuses qu'il attendait de lui présenter depuis... une éternité.

En contemplant l'expression sur les traits de Jake, Michelle sentit son cœur bondir dans sa poitrine.

— Shell ?

Et quand il prononçait son nom de cette façon, même après toutes ces années et même alors qu'elle avait les nerfs plus tendus que des cordes de piano, son estomac aussi faisait des sauts périlleux.

— Quoi ?

— Il y a... il y a quelque chose que j'ai envie de te dire depuis très longtemps.

Pour la première fois depuis l'instant où le frère de Shell avait disparu à l'intérieur du garage, Jake avait cessé de scruter les alentours. Il gardait à présent les yeux braqués sur l'étiquette qu'il était nerveusement en train d'arracher à sa cannette de bière.

Jake, nerveux ?

Boum. Oh-oh, nouveau bond dans sa poitrine.

Espèce d'idiote !

Ne te fais pas avoir, Shell. Garde l'esprit clair pour un moment encore.

— Jake, dit-elle, quoi que ce puisse être, laissons tomber, d'accord ? Contentons-nous...

— Je suis tellement désolé ! laissa-t-il échapper avant qu'elle puisse terminer sa phrase.

D'accord. Il allait donc falloir en passer par là.

Faisant de son mieux pour consolider toutes ses barrières émotionnelles, elle prit une profonde inspiration avant de demander :

— Tu es désolé ? De quoi ?

Elle avait toute une liste de raisons en tête.

— D'avoir causé la mort de Pasteur, chuchota-t-il.

Heu... Ce n'était *pas du tout* ce à quoi elle s'était attendue. Elle n'aurait pas été plus stupéfaite s'il lui avait soudain poussé une grande barbe blanche et qu'il avait prétendu être le Père Noël.

— Jake, ce n'était pas ta faute. Tu as fait ce que tu pensais...

— Si, c'était ma faute ! insista-t-il en se passant une main sur le visage avant de secouer la tête.

— Pas du tout, lui assura Shell. C'est ridicule.

Elle avait quelques informations sur ce qu'il s'était passé dans cette montagne balayée par le vent. Son frère lui avait révélé l'essentiel après les funérailles de Steven. Et même si elle avait prié pour voir un jour Jake le Serpent mordre la poussière, elle ne voulait pas que cela se passe de cette façon, déchiré par les remords et la culpabilité.

— C'était un vote. Juste et équitable. Steven a pris ses propres décisions ce jour-là, ajouta-t-elle.

Elle espérait que son ton le convaincrait car elle avait du mal à résister à son envie de se lever de sa chaise longue pour poser une main réconfortante sur son épaule musculeuse. Or, elle savait par expérience qu'une fois qu'elle touchait Jake, il lui devenait presque impossible de s'arrêter.

— Steven était un adulte qui a…

À cet instant, il releva les yeux pour la dévisager. Ils étaient d'un vert si intense, si tourmenté.

— Est-ce que Boss t'a parlé des attentats à la bombe dans la caserne des Marines ?

Michelle secoua la tête, prise de court par le brusque changement de sujet.

— Heu… non. Il… il n'a jamais rien dit à ce sujet.

Il hocha la tête et se remit à plier et déplier l'étiquette qu'il avait fini par décoller de sa bière. Puis il se redressa pour scruter de nouveau les alentours. Il avait beau prétendre qu'il n'y avait aucune raison de s'inquiéter, il n'en demeurait pas moins en alerte.

Michelle y trouva une sorte de réconfort. Mais, évidemment, le petit soulagement que lui apportait l'assurance qu'il était prêt à bondir à tout instant se dissipa bien vite à mesure que le silence entre eux s'éternisait jusqu'à devenir pesant et presque tangible.

N'y tenant plus, elle se racla la gorge et demanda à mi-voix :

— Est-ce que vous… vous étiez sur place quand c'est arrivé ?

Elle se rappelait avoir vu des images de cet atroce événement au journal télévisé. Une telle scène de carnage et de destruction que même les plus stoïques étaient tentés de courir vomir dans les toilettes les plus proches. À l'époque, elle avait été saisie d'une terrible inquiétude, en se demandant si son frère et tous les hommes qu'elle en était venue à considérer comme des membres de sa famille gisaient quelque part au milieu des ruines calcinées.

Puis Frank avait téléphoné en plaisantant comme il le faisait toujours, sans dire un seul mot à propos de l'attentat. Elle en avait conclu que la section Bravo était en poste dans un autre endroit d'Afghanistan.

— Est-ce que... heu... est-ce que ça te gêne si on tourne nos chaises dans l'autre sens ? demanda soudain Jake.

De nouveau, elle fut prise de court.

Hein ?

Cette conversation ressemblait de plus en plus à une chasse au trésor verbale dans laquelle elle aurait raté tous les indices.

— Heu, d'accord, si tu veux.

Elle se leva et le regarda, perplexe, tourner en hâte leurs sièges dos au feu.

— Je veux que mes yeux s'habituent à l'obscurité. Et je tiens aussi à garder un œil sur ce coin, expliqua-t-il en désignant l'endroit en question d'un petit geste du menton.

D'accord... Le rythme cardiaque de Michelle, qui n'était pas d'une très grande stabilité depuis le début de la soirée, s'emballa de nouveau.

— Qu'est-ce qu'il y a là-bas ? demanda-t-elle dans un souffle en essayant de percer le rideau de l'obscurité.

— Justement, je n'y vois rien et c'est là tout le problème.

Quoi ?

Mais Jake se rassit et reprit sa bière.

— Bon, où j'en étais ?

Elle n'en était plus très sûre. La tête lui tournait.

— Ah oui : tu me demandais si on était sur place quand l'attentat a eu lieu. La réponse simple et rapide est « oui ».

Assaillie par le vertige et la nausée, elle se laissa tomber sur son siège. L'idée qu'elle était passée tout

près de les perdre tous l'emportait sur toute autre pensée.
Très près. Trop près.
— On était logés à l'écart des Marines. Il faut savoir que les SEAL et ces têtes de pioche de Marines ne cohabitent pas très bien. Vu que nous sommes une bande de brutes indisciplinées et bagarreuses par nature alors qu'eux sont entraînés sans relâche pour garder une mise impec et obéir soigneusement à toutes les règles. C'est comme l'huile et l'eau, ça se mélange mal, termina-t-il avec un grand sourire.

Même terrifiée comme elle l'était, malade à l'idée d'avoir failli perdre son frère et tous les mecs de la section Bravo, elle dut se tancer mentalement pour ne pas succomber au charme si particulier de ses fossettes plus marquées que jamais.

Et oui, compte tenu du danger dans lequel elle était et de l'horreur de leur sujet de conversation, elle avait pleinement conscience du ridicule d'une telle réaction. Mais il faut dire que Jake avait toujours eu cette capacité à troubler ses pensées, charmant mufle qu'il était.

— Mais ça ne veut pas dire qu'on ne mangeait pas dans le même mess que ces types ni qu'on ne partageait pas une bière autour des mêmes feux de camp, poursuivit Jake.

Son sourire disparut et une ombre passa dans son regard. De toute évidence, ses souvenirs étaient douloureux.

— Durant ce mois-là, nous autres les batraciens de la section Bravo avons eu l'occasion d'apprendre à connaître ces mecs.

— J'ai entendu dire que durant la guerre les soldats se font très vite de nouveaux amis, dit-elle d'une voix douce. Du fait de l'expérience partagée, notamment.

— Ouais.

Il opina du chef et se détourna, une expression angoissée sur le visage. Fidèle à lui-même, le cœur de Michelle, celui-là même qu'elle s'évertuait à durcir face à lui, commença à fondre.

Jake demeura silencieux. Seuls les crépitements discrets du feu dans leur dos troublaient le silence qui avait envahi la cour. Après lui avoir laissé du temps pour rassembler ses pensées et pris le sien pour dominer son sentimentalisme qui la poussait à tendre la main vers lui, elle s'aventura à poser la question :

— Donc vous étiez... sur place ce jour-là ?

— Ouais, confirma-t-il avec un hochement de tête.

Elle savait ce qui allait suivre et rassembla son courage pour l'entendre. Malgré la tentation de s'enfoncer deux doigts dans les oreilles en chantant « ob-la-di, ob-la-da » à tue-tête, elle refréna son envie de se lever et de faire comme si leur conversation n'avait jamais eu lieu. À la place de quoi elle serra Franklin un peu plus fort contre sa poitrine, puisant du réconfort dans la présence et les ronflements du petit garçon face à l'horreur qui, elle le sentait, allait émerger des mots de Jake.

Elle avait appris une chose en étant la sœur d'un soldat : quand un combattant voulait parler, on le laissait faire. Pas de questions. Pas d'interruptions.

Et même après tout ce qu'il s'était passé entre eux, après les choses terribles qu'il avait dites et faites, elle ne pouvait pas se détourner de lui à cet instant, alors qu'il était vulnérable, même si elle sentait que ce qu'il était sur le point de révéler risquait de faire céder ses défenses.

— On était encore tout équipés, chargés des trente kilos de matos qu'on rapportait de la mission qu'on venait de terminer...

Il jeta un coup d'œil par-dessus son épaule pour lancer l'étiquette de bière chiffonnée dans les flammes. Le papier s'embrasa instantanément dans un éclat bleuté qui projeta d'étranges ombres dansantes à travers la cour. Un effet particulièrement bizarre étant donné l'atmosphère qui régnait sur les lieux. Michelle se surprit à retenir son souffle.

— On aurait cru que c'était la fin du monde. Tous les hommes présents, nous compris, se sont mis à courir. Mais pas pour fuir. Certainement pas. Nous étions tous des soldats, donc nous avons foncé vers l'explosion et la boule de feu qui s'élevait vers le ciel… Ça donnait l'impression que l'enfer venait de percer la croûte terrestre, raconta-t-il à voix basse.

Il se recala contre le dossier de la chaise en cèdre rouge et ajusta légèrement sa position pour tenir compte de l'arme glissée sous sa ceinture. Oui, même si Jake avait tenté de se la jouer discret, elle savait très bien que son frère lui avait fourni tout le nécessaire.

Merveilleux. Elle était désormais à la fois glacée jusqu'aux os et en train de transpirer à grosses gouttes à travers son soutien-gorge.

Mais qu'est-ce qui t'a pris de venir ici ? Et d'amener Franklin ?

C'était une chose de côtoyer des agents secrets en acceptant le danger que cela impliquait. Mais la présence de son enfant changeait entièrement la donne. Elle n'aurait jamais dû mettre en doute la décision originelle de Frank de les tenir à l'écart du complexe de BKI…

— Je me souviens de la chaleur, poursuivit Jake à mi-voix. Je n'avais jamais rien ressenti de pareil. C'est la première chose qu'on a prise dans la tronche en tournant au coin du bâtiment pour découvrir ce qui restait de la caserne. Ça et l'odeur. Un truc indescriptible, comme des effluves de mort à la puissance mille.

Les narines de Michelle frémirent à cette seule évocation. Par chance, elle ne capta pour sa part que des odeurs de bûches de pin fumantes et de petit garçon bien au chaud.

— Il ne restait plus qu'un énorme cratère à l'emplacement de la caserne : un immense trou brûlant et noirci d'au moins cinq mètres de profondeur. Et tout autour de nous, on apercevait ce qui restait de ces deux cents valeureux Marines. Des bras, des jambes, des torses étaient accrochés à des arbres en feu, des rangers et des combinaisons de camouflage calcinées retombaient un peu partout comme des confettis pendant une parade.

Quand il s'arrêta un bref instant pour inspirer lentement, le souffle tremblant, Michelle battit des paupières pour chasser les larmes qui, elle s'en apercevait soudain, s'étaient accumulées derrière ses yeux. À l'instant où elle s'apprêtait à abandonner toute prudence et tendre la main pour le réconforter, un petit bruit, un minuscule craquement semblable au son d'un pas dans un lit de feuilles mortes se fit entendre depuis le coin de la cour qui inquiétait tant Jake.

Elle fixa les ombres du regard tandis que Jake dégainait silencieusement un énorme pistolet noir. Il était immédiatement passé d'une vigilance tranquille à l'attitude d'un fauve prêt à bondir. Le cœur de Michelle se mit à battre si fort qu'il lui devint impossible de respirer. Mais malgré toutes ses tentatives pour habituer ses yeux aux ténèbres, la seule chose qu'elle puisse voir était...

Rien. Absolument rien. Rien qu'une noirceur d'encre. Exactement comme il l'avait dit. Elle attendit, figée. Elle avait peur de cligner les yeux, peur de faire le moindre mouvement, bien qu'elle ait inconsciemment recouvert de sa main le visage de Franklin. L'oreille à l'affût, elle guetta la répétition de ce minuscule bruissement, mais...

Silence.

À l'exception des craquements du feu et des petits ronflements émanant des douces lèvres de son fils, la cour était plongée dans un calme absolu. Et puis... le bruit se reproduisit.

— Reste derrière moi ! siffla Jake en bondissant de sa chaise pour se placer automatiquement entre eux et la menace.

Shell, merveilleuse femme qu'elle était, n'hésita pas à se lever à toute vitesse et à agripper d'une main la ceinture du jean de Jake tout en tenant de l'autre son fils encore endormi.

— On va se replier, tout doucement, vers le sud-est, chuchota-t-il discrètement.

Il maintenait son Glock pointé vers le recoin plongé dans l'obscurité. On aurait dit que l'endroit absorbait toute la lumière. Un vrai trou noir.

Mais Jake n'avait pas besoin de ses yeux pour savoir que quelque chose s'y déplaçait. Ses oreilles captaient chaque bruit. Des sons évoquant des semelles souples sur des dalles de pierre dure. Son cœur – qui demeurait habituellement imperturbable même face à des militants armés ou sous une pluie de mortiers – menaçait de jaillir hors de sa poitrine. Car l'idée de quelqu'un braquant une arme vers la tête de Shell...

C'était absolument terrifiant. Cela faisait très, très longtemps qu'il n'avait pas eu peur à ce point.

Et pourquoi fallait-il que la menace provienne de ce coin particulier ?

Heu, sans doute parce que le connard qui se tenait là, caché dans l'ombre épaisse, avait étudié l'agencement des lieux et identifié cette faiblesse. C'était en tout cas ce que Jake lui-même aurait fait, et bordel, cela ne faisait rien pour apaiser sa tension.

— Sortez de là ! ordonna-t-il d'une voix claire et puissante.

Il continuait à reculer pas à pas pour escorter Shell et Franklin vers le seul emplacement qui leur offrait une possibilité de fuite.

Comme personne n'émergeait de l'obscurité, il ajouta :

— Si vous ne vous montrez pas dans la demi-seconde, j'arrose le coin de plomb brûlant !

Alors même que son doigt commençait à presser la détente, que les muscles de son bras se raidissaient à la fois pour stabiliser l'arme et encaisser le recul, une silhouette prit forme à l'endroit exact où le mur nord s'accolait au bâtiment de l'usine.

D'abord lentement, et proches du sol, les contours d'une ombre émergèrent du coin obscur et se glissèrent, centimètre par centimètre, dans le cercle de lumière dorée du feu crépitant.

— Putain de merde ! souffla Jake.

À la même seconde, Shell laissa échapper un soupir tremblant qui caressa les poils sur la nuque de Jake et fit courir un frisson le long de son échine. Puis elle éclata d'un rire où se mêlaient le soulagement et l'hystérie.

Le cœur battant toujours comme celui d'un surfeur piégé à l'intérieur d'un rouleau entièrement fermé, il se retourna vers elle.

— C'est pas drôle, réussit-il à gronder en rangeant le pistolet dans sa ceinture.

Bon, en toute honnêteté, si, c'était assez drôle.

— Je sais bien, répondit Shell entre deux rires nerveux.

Elle oscillait doucement d'un côté puis de l'autre avec Franklin qui, malgré tout ce qui venait de se produire en moins de deux minutes, continuait à dormir d'un sommeil de plomb. Jake se demanda si même une explosion atomique aurait pu réveiller ce fichu gamin.

— Mais, ajouta-t-elle, tu imagines la tête de Frank s'il était sorti pour découvrir qu'on avait truffé de plomb son pauvre matou après l'avoir pris pour un tueur ?

Il baissa la tête vers le chat en question. L'animal, d'une laideur sans nom, n'avait visiblement aucune conscience du chaos qu'il avait créé ni d'être passé à deux doigts de perdre l'une de ses neuf vies. Il frottait sa corpulente silhouette entre les jambes de Shell tout en levant vers elle des yeux jaunes emplis d'adoration.

Jake s'apprêtait à lui rétorquer que le chat et Boss l'auraient tous les deux bien mérité quand, inexplicablement et comme sortie de nulle part, une envie irrépressible très différente s'empara de lui.

D'un geste ample, il agrippa la jeune femme et l'attira à lui, petit garçon endormi compris, pour sceller ses lèvres avec les siennes.

Vanessa remuait sur son siège, scrutant les visages durs des Black Knights. Ils s'étaient rassemblés autour de la table de réunion à l'étage au-dessus du garage et attendaient de voir quelles informations Rock pourrait tirer de l'homme qui avait été engagé pour les tuer.

Engagé pour les tuer.

D'accord. La situation semblait soudain on ne peut plus réelle. Vanessa ne pouvait plus prétendre que la mise à prix de sa tête n'était qu'une menace vague et sans substance. La preuve que quelqu'un était prêt à payer une grosse somme pour la voir morte se trouvait en salle d'interrogatoire, questionnée par Rock.

Un malaise remonta progressivement depuis les tréfonds de son estomac, et la saucisse qu'elle avait mangée au dîner menaça brusquement de faire le trajet inverse.

Alors qu'elle ouvrait la bouche pour briser ce silence tendu, un bruit sec – tel le claquement d'une main que l'on abat sur un bureau – leur parvint depuis le rez-de-chaussée.

Wild Bill fit la grimace.

— Alors il est passé à l'étape deux.

— Hein ? demanda-t-elle en ravalant la bile qui lui était remontée dans la gorge.

Quelqu'un est prêt à payer une grosse somme pour me voir morte...

Elle ne cessait de ressasser cette pensée, au point qu'elle craignait de devenir complètement folle. Sans parler de sa pomme de terre en robe des champs qui faisait la queue derrière la saucisse.

Ce fut Angel, l'ancien agent du Mossad qui avait rejoint BKI à peu près au même moment qu'elle, qui lui répondit de sa voix rauque.

— La première étape d'un interrogatoire consiste à convaincre le suspect en se montrant amical. Et quand ça ne fonctionne pas, on passe aux menaces de douleur physique et à la peur que cela provoque.

Vanessa se tourna vers Boss.

— Rock va le tabasser pour obtenir les informations ?

— Sûrement pas, grommela Boss, les doigts serrés autour de sa tasse de café. On ne s'abaisse pas au même niveau que nos ennemis.

À cet instant, Becky leva les bras au ciel.

— Bon, ça suffit ! lança-t-elle. Vous voulez bien arrêter avec vos airs mystérieux façon « je ne peux rien dire mais c'est du lourd » et simplement raconter la vérité à Vanessa ? C'est une Black Knight maintenant, et elle finira bien par le découvrir de toute façon !

— Quoi ? Qu'est-ce que je vais découvrir ? s'inquiéta Vanessa en dévisageant les membres du groupe.

Becky n'essaya pas de dissimuler son exaspération envers Boss avant de se tourner vers elle pour lui répondre :

— Rock est un expert en matière d'interrogatoire. Il peut soutirer n'importe quelle info à n'importe quel individu parce qu'il possède un talent incroyable pour s'immiscer dans l'esprit d'autrui.

Qu'est-ce qu'elle raconte ?

— Ozzie te dirait que Rock est comme Spock, poursuivit Becky.

Génial, une analogie avec *Star Trek* signée Ozzie, le roi de la science-fiction. Que demander de plus ?

— Bref, il maîtrise la fusion mentale vulcaine sur le bout des doigts.

La « fusion mentale vulcaine ». Ouais. Becky avait prononcé ces mots comme s'il s'agissait d'un phénomène réel.

Le bruit des bottes de cow-boy de Rock remontant lourdement les marches métalliques mit brutalement fin aux échanges autour de la table.

— Alors ? demanda Boss quand Rock eut gravi la dernière marche.

— Alors...

Rock fit pivoter une chaise et s'assit à califourchon dessus. Lorsqu'il posa ses avant-bras tatoués sur le dossier, Vanessa remarqua que les muscles sinueux de ses biceps, exposés par les manches courtes de son tee-shirt Green Day, étaient parcourus de frémissements nerveux.

Il n'aime pas faire ça, comprit-elle.

Quel que soit ce talent flippant qu'il maîtrisait, s'en servir le mettait dans tous ses états, et pas de manière plaisante. Évidemment, elle comprenait très bien à quel point il devait être troublant de fouiller dans les recoins de l'esprit d'une personne à la recherche de ses faiblesses, surtout pour exploiter ensuite lesdites faiblesses contre elle.

Rock secoua la tête et laissa échapper un soupir fatigué.

— Notre Shogun, dont le vrai nom est Larry Marrow, n'aurait pas assez de bon sens pour vider une botte pleine de pisse avant de l'enfiler. Ce stupide *fils de pute*[1] pensait que s'il avouait quoi que ce soit à propos de Johnny ou de la prime sur nos têtes, je le tuerais. J'ai eu beau lui répéter que je n'allais pas le tuer, il ne me croyait pas.

À peine le nom de Larry Marrow avait-il passé les lèvres de Rock que Becky avait dégainé son ordinateur portable pour rassembler toutes les informations possibles à son sujet, de son groupe sanguin à son équipe de baseball préférée. En matière d'informatique, elle avait été à la meilleure école qui soit : celle d'Ethan « Ozzie » Sykes. Car en plus d'être le roi de la science-fiction, celui-ci était également le petit génie des Black Knights.

— Quoi d'autre ? demanda Boss sans prêter attention aux tapotements des doigts de Becky sur le clavier.

Avec un nouveau soupir, Rock passa une main sur son bouc. Vanessa remarqua que ses doigts tremblaient de manière presque imperceptible.

---

1. En français dans le texte. (*N.d.T.*)

Et voilà que, comme une idiote, elle était plus tentée que jamais de se la jouer Disney. Elle avait de toute évidence une faiblesse pour le profil du guerrier blessé.

— D'après ce bon vieux Larry, reprit Rock, l'ensemble des échanges entre Vitiglioni et lui se sont faits par le biais d'une série de boîtes postales privées. Et Johnny aurait paraît-il utilisé un faux nom. Larry n'avait aucune idée de la manière de trouver Johnny.

Rock grimaça et secoua la tête.

— En fait – et ça, ça va te plaire – il semblerait que Larry ait répondu à l'une de ces petites annonces cryptiques dans le magazine *Soldier of Fortune*[1].

— C'est pas vrai, tu déconnes ? gronda Boss. Alors on va se retrouver dans le collimateur de toutes les raclures et autres aspirants tueurs à gages entre ici et Tombouctou ? C'est bien ce que tu es en train de me dire ?

Rock hocha la tête.

— Larry m'a aussi informé que la prime est de cinquante mille dollars par tête de pipe. Nos têtes, en l'occurrence.

Bill laissa échapper un sifflement appréciateur que Becky accompagna d'un chapelet de jurons que Boss lui-même n'aurait pas reniés.

Mon Dieu, songea Vanessa en tendant la main vers la bière posée devant Becky.

— Je peux ?

— Fais-toi plaisir, répondit distraitement Becky.

La tête inclinée en arrière, Vanessa avala de longues gorgées mousseuses pour essayer d'emporter la

---

[1]. Magazine américain à destination notamment des mercenaires et membres de milices privées. (*N.d.T.*)

107

bile acide qui s'accumulait dans son gosier depuis une demi-heure.

Donc, s'il fallait récapituler les péripéties de ces derniers mois...

Elle avait commencé par rejoindre un groupe clandestin au service de la défense du pays. Puis elle avait eu la très mauvaise idée de succomber au magnétisme animal de l'un de ses collègues. Et voilà qu'elle se retrouvait pile-poil dans le viseur d'un nombre inconnu de flingueurs.

Alors, elle est pas belle, la vie ? Heu... Carrément pas. La réponse à cette question était un retentissant « carrément pas ! ».

Elle puisait cependant un certain réconfort dans l'idée que les autres Black Knights étaient dans le même bateau. Car si quelqu'un pouvait se tirer indemne d'une telle situation, c'était bien les guerriers d'exception de BKI.

Rock sortit un morceau de papier de la poche de son Levi's usé.

— Cette adresse est censée être un lieu de rendez-vous. Une fois en possession d'une preuve attestant de notre mort, Larry s'apprêtait à y retrouver Johnny vendredi à dix-neuf heures précises pour récupérer sa récompense. S'il ne pouvait pas y aller vendredi, un autre rendez-vous était prévu pour mardi à la même heure. J'imagine qu'après ça, Johnny pensait qu'on serait tous morts parce que ce cher Larry n'avait pas d'autres dates.

— Donne ! dit Becky avec un petit geste de la main.

Rock lui tendit le papier autocollant.

— Hé, mais c'est en ville ! s'exclama-t-elle avec excitation.

— *Oui*, confirma Rock.

— Ce qui voudrait dire que Johnny est ici, à Chicago ? ajouta Becky en haussant un sourcil.

— Exactement. Ou en tout cas qu'il sera présent vendredi et mardi prochain.

En entendant cela, Vanessa sentit les martèlements de son cœur remonter jusqu'à ses tempes. Sa tête n'avait jamais été mise à prix auparavant et savoir que l'homme qui avait fait d'elle une cible allait être tout près... eh bien, cela projetait une situation déjà intenable vers des niveaux de stress carrément stratosphériques.

Bref, la vie était toujours aussi belle...

— Je pense qu'on devrait placer des hommes au point de rendez-vous dès maintenant, déclara Bill en repoussant en arrière des mèches de son épaisse chevelure brune. Histoire d'observer les allées et venues et de fouiner un peu si l'occasion se présente. Pour voir si quelqu'un dans le coin a vu Johnny. Plus vite on le chopera pour mettre fin à cette histoire, mieux ce sera !

— Je suis d'accord, répondit Boss. Mais étudions un peu l'aspect logistique. Tout le monde effectue déjà des rotations par groupe de quatre pour surveiller le périmètre. Et puisque Spectre a décidé que c'était l'occasion idéale pour emmener sa jeune épouse faire un voyage de noces intempestif, ça ne nous laisse... *Aïe !* Je peux savoir ce que j'ai fait pour que tu me frappes, Becky ?

La paume de celle-ci s'était abattue sur la partie charnue de l'épaule massive de Boss. Elle répondit, sans bouger la main, d'une voix pleine d'indignation :

— D'abord, Spectre est parti avec Ali parce qu'il estimait que c'était le meilleur moyen de la protéger de la vengeance de Johnny. Et tu le sais aussi bien que moi. Ensuite, une lune de miel n'est jamais quelque chose d'intempestif. Souviens-t'en ! lui lança-t-elle en lui pointant un doigt sous le nez.

En voyant tressaillir un muscle de la mâchoire de Boss, Vanessa crut qu'il allait remettre Becky à sa place. Mais son visage couturé de cicatrices se fendit d'un grand sourire. Il saisit la main de Becky et embrassa le bout de son index toujours braqué vers lui.

— Message reçu, dit-il.

L'émotion clairement audible dans sa voix n'avait rien à voir avec de la colère. Tous deux échangèrent un regard si ardent que Vanessa elle-même sentit le rouge lui monter aux joues.

— Bon Dieu, maugréa pour sa part Bill, je serai ravi d'aller surveiller l'appartement de l'autre côté de la rivière si ça me permet de ne plus vous voir vous faire constamment les yeux doux. Sinon je vais finir par vomir !

Il n'avait pas tort. Entre Boss et Becky qui parvenaient tout juste à ne pas passer leur temps à se toucher et l'incapacité de Vanessa à cesser de dévorer Rock des yeux, la tension sexuelle dans la pièce était palpable.

Sans parler de Serpent et de Michelle…

Les étincelles qui jaillissaient entre eux auraient suffi à convaincre n'importe quelle fille un tant soit peu intelligente à se mettre à couvert, car une explosion aux proportions épiques était sur le point de se produire.

— Je suis sûr que tu survivras, grogna Boss en lâchant à contrecœur la main de Becky pour se tourner vers le groupe. Mais on en revient à ce que je disais : dans la mesure où Becky doit rester ici et coordonner les déplacements et les communications entre chaque groupe, ça ne laisse que Rock et moi pour surveiller le lieu de rendez-vous.

— Sans vouloir balancer un bâton dans tes roues, Boss, intervint Rock, tu n'es pas franchement le mec le plus discret qui soit, même dans tes meilleurs jours. Et avec ce plâtre bleu pétant, tu détones autant qu'une poche arrière sur une chemise.

— Fait chier ! jura Boss en fusillant le fameux plâtre du regard comme s'il s'agissait d'un démon sorti des enfers.

— Moi, je peux y aller, laissa échapper Vanessa sans prendre le temps de réfléchir à ce qu'elle disait.

Génial, Vanessa. Une pure idée de génie, vraiment !

— Tu as déjà mené des opés de surveillance ? s'enquit Boss en la dévisageant avec curiosité.

— Bien sûr.

Mais que faisait-elle ? Il venait de lui offrir la parfaite excuse pour se rétracter.

— Alors très bien.

Boss abattit sa large paume sur la table, l'équivalent du marteau d'un juge, signifiant ainsi à tout le monde que la décision était prise.

— Toi et Rock garderez un œil sur le point de rendez-vous et verrez si vous pouvez localiser Johnny.

Le cœur de Vanessa se mit à tambouriner contre ses côtes quand elle vit Rock lui décocher un regard scrutateur sous ses paupières mi-closes.

Je crois que je viens de faire une connerie...

Mais elle n'eut pas vraiment le temps d'envisager toutes les conséquences de son erreur car Boss reprit la parole :

— Bon, Johnny est prêt à engager n'importe quel gugusse avec un portefeuille vide et des balles plein le chargeur pour nous éliminer. Vous savez ce que ça signifie, n'est-ce pas ?

— *Oui*, répondit Rock en inclinant la tête. Ça veut dire que le seul moyen d'éloigner les mouches de la merde dans laquelle il nous a mis consiste à tuer

Johnny ou à le faire disparaître d'une manière ou d'une autre.

— Exactement, répondit Boss.

Avec une petite grimace, il glissa un doigt épais sous son plâtre pour soulager une démangeaison.

— Si Johnny n'est plus là, la récompense s'évapore avec lui. En faisant disparaître l'argent, on fait disparaître la menace.

— Et quand ce sera fait, comment fera-t-on passer l'info pour que les lecteurs bas du front de *Soldier of Fortune* au service de Johnny apprennent que le contrat sur nos têtes est annulé ? s'enquit Angel.

Tournant la tête, Vanessa vit un grand sourire moqueur se peindre sur les lèvres de Bill.

— Hé, Becky ? demanda-t-il d'une voix taquine.

Sa sœur tourna vers lui un regard prudent.

— Ça te dirait de donner une nouvelle conférence de presse ? Les médias t'adorent depuis que tu t'es fait enlever par des pirates.

— Beurk ! J'espérais bien en avoir fini avec les journalistes après ce fichu désastre, se plaignit Becky.

On pouvait dire une chose à propos de ce poste chez BKI : on ne s'ennuyait jamais ! La preuve : Becky Reichert avait été capturée par des pirates. Oui, sérieusement. Des pirates. Des vrais. Si Vanessa avait bien compris, l'un d'entre eux arborait même un bandeau sur l'œil...

— Bon, on fait comme ça.

Boss s'écarta de la table et se tourna vers Becky. L'expression d'effroi sur les traits de la jeune femme lui fit secouer la tête et poser une main réconfortante sur son épaule.

— Tu seras super, comme la première fois. En attendant, je vais appeler nos amis de la police de Chicago pour que nous puissions remettre

M. Marrow entre leurs douces mains. Bill, Angel, reprenez votre poste. Il faut qu'on soit prêts pour la prochaine tentative.

La prochaine tentative...

Comme s'il était absolument évident qu'il y en aurait une.

Mon Dieu...

5

Les larges paumes de Jake étaient chaudes contre les bras de Michelle. Il appuya ses cuisses musclées contre les siennes tandis qu'il les enveloppait, elle et son fils endormi, pour l'embrasser avec un talent et une fougue aussi mémorables que quatre ans plus tôt.

Mon Dieu, aidez-moi !

Car à cet instant, elle était incapable de lui résister seule.

Il avait le même goût, la même odeur et, pire, la même façon de la toucher. Tout en muscles noueux et en peau lisse, avec une barbe de trois jours qui picotaient les lèvres de Michelle.

En un mot : mâle.

Tout ce qu'un homme devait être. Il lui procurait tout ce qu'une femme aimait ressentir entre des bras masculins : le sentiment d'être désirée, chérie, protégée...

Oh, comme elle aurait voulu le laisser l'embrasser à en perdre haleine, l'embrasser jusqu'à lui en faire oublier toutes les conséquences !

Mais elle était déjà montée sur ce manège avec lui auparavant, avait vu son propre père jouer de ce grand huit émotionnel et elle savait que, comme toujours, ce serait finalement son cœur qui en paierait le prix. Même si, sur l'instant, elle pouvait avoir l'impression du contraire, elle savait que l'excitation et le plaisir de ce moment ne valaient pas les souffrances qui s'ensuivraient.

L'effort nécessaire pour échapper à son étreinte fut terrible, mais elle y parvint, malgré la sensation d'abandonner son cœur derrière elle. C'est à ce moment-là que Jake rendit les choses mille fois plus difficiles encore en laissant échapper :

— Je t'aime, Shell.
— Qu... quoi ? bredouilla-t-elle.
— Je t'aime, répéta-t-il.

Comme ça, tranquille. Il employait ces mots avec une telle facilité, une telle insouciance.

Il fit un pas vers elle et elle battit en retraite en manquant se prendre les pieds dans ce fichu chat qui se frottait contre ses mollets. Jake tendit la main pour l'aider à garder son équilibre, mais elle l'esquiva. Ses doigts lui faisaient l'effet d'un fer chauffé au rouge menaçant de la brûler à l'extérieur de la même manière que ses mots la ravageaient à l'intérieur.

— Je t'aimais à l'époque, je t'aime aujourd'hui et je n'ai jamais cessé de t'aimer dans l'intervalle, poursuivit-il, malgré le désarroi qui s'était peint sur son visage en voyant qu'elle évitait son contact.

Il rangea ses mains dans les poches de son jean rapiécé et Michelle ferma les yeux en sentant son cœur – celui-là même qu'elle aurait juré avoir endurci contre lui – se briser de nouveau le long des lignes de fracture que Jake avait causées quatre ans plus tôt...

Ce n'était pas vrai. Il y croyait peut-être parce qu'ils n'avaient jamais eu la chance de terminer ce qu'ils avaient commencé et qu'il avait confondu un désir déchaîné avec de l'amour, mais ce *n'était pas vrai*. Il ne l'aimait pas. Des hommes tels que lui ne connaissaient pas le sens de ce mot, même s'ils étaient très prompts à le brandir quand ça les arrangeait.

Serrant son fils contre elle, elle lutta pour ne pas éclater en sanglots et se changer en une misérable flaque. C'était exactement la raison pour laquelle elle était contre l'idée de le voir, la raison pour laquelle « les gens » n'étaient que des imbéciles. Ce moment précis, là, maintenant. Car elle n'était pas assez forte pour lui résister. Elle ne l'avait jamais été.

Mais il faut que tu le sois, Michelle. Pour le bien-être de Franklin...

— Non, Jake, murmura-t-elle.

Elle ferma les paupières, elle faisait de son mieux pour respirer malgré l'étau d'angoisse qui lui écrasait la poitrine.

— Non, tu ne m'aimes pas, dit-elle.

— Dis-moi qu'il reste une chance ! supplia-t-il. Dis-moi que tu ressens encore quelque chose pour moi.

Elle ouvrit les yeux pour scruter ses traits. Sa gorge la brûlait comme les braises rougeoyantes du feu derrière lui. Elle déglutit avant de lui répondre d'une voix étranglée.

— Tu as eu ta chance. Plusieurs même. Mais tu les as toutes gâchées. Maintenant, c'est trop tard.

Bien trop tard.

— Non, répliqua-t-il en secouant la tête. Je refuse de croire ça.

— C'est la vérité.

Elle refoula l'océan de larmes qui menaçait de l'emporter, déterminée à ne pas céder à cette voix en elle qui lui hurlait de s'abandonner aux bras de Jake, de le croire malgré ses mensonges usés qu'elle avait déjà entendus auparavant. Puis elle proféra à son tour un mensonge :

— Je ne t'aime plus.

Le voyant se figer, elle estima qu'il valait mieux lui donner le coup de grâce pendant qu'elle en avait encore le courage.

— Je ne suis même pas sûre de t'avoir jamais aimé, murmura-t-elle d'une voix rauque.

Est-ce qu'il... ? Était-ce des larmes dans ses yeux ? Mon Dieu, mais oui ! Et lorsqu'elle crut que ces larmes allaient se mettre à couler – ce qu'elle n'aurait jamais pu supporter – tout le visage de Jake se durcit.

La buée dans son regard se résorba si vite qu'elle en resta interdite et fit un nouveau pas en arrière.

— Je peux te faire changer d'avis, déclara-t-il.

Menton baissé, il gardait les yeux braqués sur elle sous ses sourcils froncés.

Voilà. L'individu arrogant qu'elle connaissait si bien, le mercenaire qu'elle avait longtemps côtoyé, était de retour. Cela lui donna le courage de secouer la tête.

— Non. Tu n'auras pas l'occasion de...

C'est ce moment que choisit son frère pour ouvrir bruyamment la porte de derrière du garage.

Jake pivota sur lui-même, sa main agrippant automatiquement l'arme qu'il avait rangée dans son dos. Ce qui rappela à Michelle que, malgré le ridicule de leur débâcle face à Cacahuète, toute la conversation et ces rapprochements imprudents s'étaient déroulés au cœur d'une situation franchement dangereuse.

Quelqu'un essayait de tuer son grand frère et Jake et elle en profitaient pour s'embrasser et se disputer à propos de leurs sentiments ? Il était temps d'aller voir un psy !

— Serpent, lança son frère. Je voudrais que tu ailles chez Michelle et que tu prépares des affaires pour elle et Franklin. Ils vont rester ici pendant quelques jours.

— Quoi ? ! s'exclama Michelle.

Elle dévisagea son frère, bouche bée, les paroles déchirantes de Jake momentanément oubliées. L'éclat de voix avait dérangé Franklin qui grommela d'une voix endormie et porta son pouce à sa bouche. Une fois son doigt dodu entre les lèvres, il s'apaisa de nouveau.

Alors seulement elle reprit la parole dans un murmure sifflant :

— T'es dingue ! On ne va pas s'installer ici !

Frank lui décocha alors un regard si sévère qu'elle eut l'impression que tous ses organes se tassaient sur eux-mêmes.

— Si, insista-t-il. C'est exactement ce que vous allez faire.

Si Boss n'avait pas été aussi laid et susceptible de lui balancer une droite en pleine face en retour, Jake se serait précipité vers lui pour l'embrasser. Il était en train de perdre la bataille contre Shell, sans la moindre idée de la manière de faire tourner le vent. Et soudain, Boss était arrivé...

— M... Mais, tu n'es pas sérieux ! bredouilla Shell en tapotant distraitement le derrière de Franklin qui marmonnait dans ses bras.

— Au contraire, on peut difficilement faire plus sérieux.

Boss se passa une grande main dans les cheveux puis s'installa sur une chaise longue.

— Disons qu'on est au milieu d'une situation un peu tendue et que j'ai peur que ça déborde sur toi et

Franklin. Il y a peu de chances que ça se produise, mais je tiens à prendre toutes les précautions.

— Une situation un peu tendue ? C'est comme ça que tu décris le fait d'avoir une énorme cible peinte dans le dos ? (Voyant Boss jeter un coup d'œil à Jake, elle ajouta :) Ouais, il m'a raconté que quelqu'un voulait ta peau.

Boss se contenta de hausser une épaule. Une expression incrédule se peignit sur le visage de Shell.

— D'accord. Et quand est-ce que tu as été mis au courant de cette situation *un peu tendue* ? demanda-t-elle.

— Hier soir, quand on a obtenu une preuve crédible de la réalité de la menace. J'ai pensé que ça s'arrêterait peut-être là, mais visiblement non. Et ce soir, le sérieux de la situation nous apparaît clairement.

— Hier soir ?

Jake vit les yeux de Shell s'étrécir. Il était heureux de ne pas être la cible de ce regard foudroyant. Pour une fois.

— Et quand est-ce que tu avais prévu de me parler de tout ça ?

— Je viens de le faire.

— Oui, grommela-t-elle. Ce qui m'amène à ma deuxième question : comment as-tu pu nous faire venir, Franklin et moi, alors que tu savais que des hommes t'avaient dans leur collimateur ? Pourquoi nous faire entrer au cœur même du problème ?

— Crois-moi, vous êtes plus en sécurité dans le complexe que n'importe où ailleurs.

— Bon sang, mais qu'est-ce qui se passe, Frank ?

— Un type de Las Vegas du nom de Johnny Vitiglioni a embauché une bande d'hommes de main attardés pour nous éliminer, expliqua Boss.

Shell laissa échapper un hoquet effaré. Jake résista à l'envie de lui prendre la main pour la réconforter.

Si l'on en croyait leur échange précédent, elle n'apprécierait guère son contact.

Quant à lui, il ferait son possible pour ne pas s'en offusquer. De toute façon, même en admettant que ça le blesse – bon, autant être honnête, c'était effectivement le cas – il était déterminé à encaisser en silence.

Il l'avait bien mérité, après tout...

Dans tous les cas, une chose était certaine à propos de Shell : elle n'avait pas la rancune tenace. Son cœur était bien trop généreux pour ça, merveilleuse femme qu'elle était. Elle finirait par lui pardonner ses erreurs passées, si monstrueuses soient-elles. C'était ce qu'il aimait le plus chez elle : son cœur immense et grand ouvert. Il n'avait qu'à s'y fier, se fier à elle, et...

— Il y a une prime de cinquante mille dollars sur chacune de nos têtes, termina Boss.

Oh merde ! L'esprit de Jake fut brusquement arraché à la question de sa relation – ou plutôt de son absence de relation – avec Shell.

Donc, celui qui veut leur mort est très sérieux.

Car cinquante mille dollars, cela représentait beaucoup d'argent, même dans le monde des tueurs à gages, et quand on le multipliait par le nombre de Black Knights, on arrivait à une petite fortune.

Il écouta attentivement Boss leur résumer une histoire de sénateur corrompu, de ventes d'armes illégales, de dossiers volés et d'une poursuite à travers le pays qui s'était terminée par l'envoi *ad patres* de deux tueurs par la main des Black Knights.

Boss haussa les épaules comme si le contrat sur sa tête n'était qu'un dérangement mineur, un moucheron agaçant bourdonnant autour de sa table de pique-nique.

121

— Il semble que Vitiglioni ait lancé une vendetta contre nous. Et tant que nous ne nous serons pas débarrassés de lui afin de bloquer à la source l'argent qu'il est prêt à dépenser pour nous voir morts, nous devrons nous montrer extrêmement vigilants. D'où la présence de nos hommes sur les toits tout autour du complexe et l'ambiance façon « cirque Barnum » ici même, termina-t-il en désignant le chapiteau au-dessus de leur tête.

— Qu'est-ce qui empêcherait ce Vitiglioni de se munir d'un lance-roquettes ou d'un missile léger pour tenter de détruire le complexe entier en une seule fois ? demanda Jake dont l'esprit était déjà concentré sur l'aspect logistique.

— Rien, admit Boss. Sinon que ce n'est qu'un escroc sans envergure et qu'il aurait beaucoup de mal à mettre la main sur un truc de ce genre. Et dans la mesure où les mecs qu'il a embauchés pour faire le sale boulot ont répondu à une annonce dans *Soldier of Fortune*, je te parie ce que tu veux qu'ils n'ont rien de plus dangereux que des armes de poing, des fusils et peut-être un peu de C-4. Au passage, il faudrait plus qu'un lance-roquettes pour ratiboiser le garage.

Il sourit et gratifia Jake d'un clin d'œil complice.

— Les parois de l'usine font un mètre d'épaisseur et sont renforcées avec le même alliage que celui qu'on utilise pour les trains d'atterrissage des avions. Il faudrait une bombe de deux tonnes pour ravager Black Knights Inc.

— C'est très rassurant, Frank, intervint Shell. Non, vraiment. Mais je ne comprends pas en quoi ça me concerne. Je ne comprends pas pourquoi je devrais m'installer ici.

— Parce que quand Vitiglioni comprendra qu'il ne peut pas nous atteindre, il pourrait décider de s'en prendre à une cible plus accessible.

Jake faillit rendre son dîner rien qu'à cette pensée.

— Alors tu es en train de me dire que tu vas faire venir les familles de tout le monde ? demanda Shell, incrédule. Celles de Mac, d'Ozzie et…

— Allons, Shell, répliqua son frère, leurs familles n'habitent pas ici, à Chicago. Une ville où, comme par hasard, les tueurs se sont tous retrouvés. Ta situation est différente et tu le sais. Je n'aurais peut-être pas été aussi inquiet il y a une semaine. Mais après le petit numéro surprise que tu nous as joué à l'hôpital, je dois veiller à prendre les précautions nécessaires.

Rock avait raconté à Jake la situation particulière entre Shell et Boss. Ce dernier avait maintenu secrète l'existence de sa sœur, et celle-ci avait décidé de changer la donne en allant d'elle-même se présenter aux employés de BKI.

Une petite partie de lui pensait « bien joué, Shell ! ». Car il avait du mal à imaginer à quel point il avait dû être difficile pour elle de rester à l'écart d'une facette de la vie de son frère qu'elle avait eu l'habitude de partager pendant des années. Bien sûr, après tout ce qu'il s'était passé en Californie, il comprenait parfaitement le choix de Boss. Et maintenant que Shell se retrouvait potentiellement dans le collimateur des tueurs pour être apparue au côté du personnel de Black Knights Inc., il se prenait à souhaiter qu'elle soit restée cachée.

— T'avais prévu ça depuis le début, n'est-ce pas ?

Les yeux de Michelle lancèrent des éclairs et Jake eut la conviction que si Boss avait été ne serait-ce que partiellement inflammable, il se serait immédiatement transformé en une énorme boule de feu.

— Quoi ? Prévu qu'un mafieux à la noix de Vegas mette notre tête à prix ?

123

— Non. Tu avais prévu de m'acculer dans cette situation avant même de passer chez moi ce soir. C'est pour ça que tu as essayé de me convaincre de prendre des affaires pour que Franklin et moi passions la nuit ici.

Boss haussa les épaules.

— Ouais ? Et alors ? Si tu avais coopéré, tu aurais tout le nécessaire maintenant au lieu de m'obliger à envoyer Serpent.

— Tu m'as délibérément manipulée !

— Non. J'ai simplement choisi de ne pas me disputer avec toi sur le moment. Je sais à quel point tu peux te montrer surprotectrice et comment tu te braques quand quelque chose risque de modifier les habitudes de Franklin.

— Tu sais très bien pourquoi je suis aussi stricte à ce sujet, gronda-t-elle.

— Ce n'est pas parce que notre bon à rien de père a foutu la merde dans notre enfance que tu dois surveiller chaque minute de celle de Franklin.

— On. Ne. Passera. Pas. La. Nuit. Ici ! énonça-t-elle lentement en marquant chaque syllabe.

— D'accord, répondit Boss.

Jake sentit son pouls s'accélérer face à cette brusque capitulation. Bon sang, il avait besoin de l'aide de Boss dans cette histoire et si le colosse abandonnait aussi aisément...

— Si tu ne veux pas séjourner ici, poursuivit Boss, tu peux emmener Serpent chez toi pour te servir de garde du corps.

Ah, l'affreux salopard ! Quel génie !

Shell avait déjà commencé à faire non de la tête avant qu'il ait terminé sa phrase.

— Aucune chance ! Fais-moi escorter par un autre Black Knight mais...

— Il se trouve, l'interrompit Boss, que nous sommes déjà en sous-effectif. C'est le seul qui soit disponible pour ce job.

Le couteau qui s'était enfoncé dans le cœur de Jake quand Shell avait dit qu'elle ne l'aimait pas, le même qui s'était retourné dans la plaie lorsqu'elle avait prétendu ne l'avoir jamais aimé, sembla reculer de quelques centimètres. Car Jake ne plaisantait pas en affirmant qu'il pourrait la faire changer d'avis. Avec suffisamment de temps et dans les bonnes circonstances, il avait la certitude de pouvoir la convaincre.

Et Boss paraissait décidé à lui offrir lesdites circonstances sur un plateau d'argent. Et, à en croire l'air horrifié de Shell, elle pensait la même chose.

Un léger sourire se forma sur les lèvres de Jake.

— M... Mais je ne... je ne veux pas qu'il...

La voix de Boss recouvrit l'objection qu'elle tentait de formuler.

— Je pense aussi que tu devrais demander à Lisa de prendre le reste de la semaine. Tu n'auras sans doute pas envie de devoir lui expliquer pourquoi Serpent te suit partout comme ton ombre. Ça déclencherait trop de questions. Dis-lui simplement qu'une vieille connaissance récemment arrivée en ville est disposée à s'occuper de Franklin et qu'elle devrait profiter de l'occasion pour prendre des congés payés largement mérités. En fait, pourquoi tu ne l'appelles pas tout de suite ? lança Boss en dégainant son téléphone portable pour le tendre à sa sœur.

À l'air obstiné de Shell, Jake comprit qu'elle était très tentée de lui balancer son téléphone au visage. Au lieu de quoi elle prit une profonde inspiration avant de maugréer :

— Il doit y avoir une autre solution.

— Non, affirma Boss en secouant la tête. Soit tu ramènes Serpent chez toi, soit Franklin et toi restez ici pour me permettre de veiller sur vous.

— Mais j'ai des clients, des rendez-vous ! rétorqua-t-elle en prenant soin de ne pas monter dans les aigus pour ne pas réveiller le petit garçon endormi. Je ne peux pas me contenter de poireauter ici en attendant que vous...

— Raison pour laquelle le mieux sera de laisser Serpent te servir de garde du corps durant les jours qui viennent. Il surveillera tes arrières et s'occupera de Franklin afin que tu puisses mener tes affaires comme d'habitude. Ça te va, Serpent ?

Boss s'était tourné vers lui et il eut la certitude que si Shell n'avait pas été en face de lui, le colosse lui aurait fait un clin d'œil.

— Ça me va, répondit-il en réprimant de nouveau une folle envie de faire un gros bisou baveux à son ancien commandant.

— Bien.

Boss se redressa et fit claquer sa main contre sa cuisse.

— Bon, Serpent et moi avons quelques points de détail à discuter, dit-il. Pendant ce temps, Shell, pourquoi tu n'appelles pas Lisa ? Puis tu pourras prendre tes affaires et nous retrouver au Hummer.

Boss reporta son attention sur Jake.

— Serpent, tu devrais sans doute effectuer quelques manœuvres d'esquive pour semer d'éventuels poursuivants sur le chemin. Histoire de minimiser les risques. D'ailleurs... (Il claqua les doigts.) Vous allez sortir par le tunnel sous-marin.

Le tunnel sous-marin ? Ils avaient un tunnel sous-marin ?

Trop cool.

Pour la deuxième fois, il ressentit un élan de fierté face à ce que Boss et Rock avaient su se construire ici, à Chicago. Et, pour la deuxième fois, la fierté s'accompagna d'un soupçon de regret de n'avoir pas été là pour le bâtir avec eux...

— On enverra un des gars avec ta moto demain matin. Il te la déposera et reprendra le Hummer, poursuivit Boss.

— Ça me paraît bien.

Mieux que bien, en fait. C'était carrément génial. Car cela voulait dire qu'il allait avoir Shell pour lui tout seul.

— Parfait, dit Boss.

Il hocha la tête puis fronça les sourcils.

— Attends une minute... Je ne t'ai pas demandé si tu pouvais conduire. Tu as bu combien de bières ?

Pas assez pour m'empêcher d'avoir envie de soulever ta sœur par-dessus mon épaule pour la porter jusqu'à l'une des chambres et lui faire l'amour jusqu'au lever du soleil.

D'un autre côté, tout l'alcool du monde n'aurait pas noyé ce désir-là...

— Seulement deux durant les trois dernières heures. Je suis prêt à partir.

— Mais je ne *veux* pas qu'il..., tenta de nouveau d'expliquer Shell.

— Tu sais quelles sont tes options.

Boss avait planté son regard dans celui de sa sœur, une main maintenue en l'air par le plâtre et l'autre fermement posée sur sa hanche. Malgré le côté franchement ridicule de la posture, il parvenait à la rendre menaçante.

— Qu'est-ce que tu choisis ? demanda-t-il.

Shell se tourna alors vers Jake en le fusillant du regard comme si tout cela était sa faute. Il lui répondit par un sourire à fossettes et un clin d'œil.

— Pfff !

Elle se laissa prudemment tomber sur l'une des chaises longues et, visiblement irritée, composa d'une main un numéro sur le téléphone tout en soutenant Franklin de l'autre.

— Je savais bien que je n'aurais pas dû venir ici ce soir, souffla-t-elle.

Pendant ce temps, Boss dirigeait de nouveau Jake vers la réserve. Après qu'ils se furent éloignés un peu, Jake posa la question qui le tracassait :

— Quels sont vraiment les risques que ce dénommé Johnny s'attaque à Shell et à Franklin ?

— Elles sont minimes, assura Boss.

À l'aide de sa clé, il ouvrit l'épaisse porte métallique de l'armurerie.

— C'est nous que Johnny veut voir morts. C'est nous qui avons tué son cousin et son beau-frère. Mais j'avais déjà pris la décision de les héberger ici ou d'envoyer l'un des gars à son domicile avant que tu arrives. Autant te dire que je suis content que tu te sois pointé. Et ça te donne une chance de la convaincre que tu n'es pas comme notre père.

— Ouais. Heu... Je crois comprendre que vous avez un passif à ce niveau vu que tu l'as qualifié de bon à rien.

Son ancien commandant soupira puis glissa un coup d'œil en biais vers Shell, laquelle parlait à voix basse dans le téléphone en hochant la tête, malgré l'expression tout sauf conciliante de son visage.

— On ne peut pas dire que j'ai souvent parlé de notre cher papa, hein ?

— Souvent ? On peut carrément dire « jamais ». J'avais toujours cru que votre vieux était mort.

Boss lui fit signe d'entrer dans l'armurerie et, lorsqu'il passa le seuil, Jake fut accueilli par l'odeur métallique des armes, celle légèrement piquante de l'huile d'entretien et celle plus âcre de la poudre.

Il trouvait ce mélange particulièrement agréable, ce qui en disait long sur la vie qu'il s'était choisie.

— J'ignore si notre père est mort ou vivant, admit Boss. Ça fait presque vingt-huit ans que je n'ai pas eu le moindre contact avec lui.

Jake haussa un sourcil.

— Mon père avait un faible pour les femmes plus jeunes et il trompait plus ou moins ouvertement notre mère. Quand j'avais douze ans et Shell six, il a fini par arrêter d'essayer de jouer le rôle du bon père et du bon mari. Il s'est tiré. Notre mère ne s'en est pas remise et Shell... Eh bien, je dirais que c'est sans doute elle qui a été la plus affectée par le départ de papa. Ça l'a rendue prudente, méfiante même...

La vision de la petite fille blessée et terrifiée que Shell avait autrefois été fendit le cœur de Jake. Il prit conscience du courage dont elle avait dû faire preuve pour ravaler ses peurs quatre ans plus tôt et lui laisser une chance, à lui, l'homme à femmes et fier de l'être. Une chance qu'il s'était empressé de foutre en l'air et de balancer aux orties.

Bon sang, t'es vraiment un con, Sommers...

— Je crois que c'est ça qui m'a étonné en Californie, quand j'ai vu que vous aviez vraiment l'air de vous entendre tous les deux, ajouta Boss, songeur. Inattendu, vu tes similitudes avec notre père.

— Je ne ferais jamais un truc pareil à ma femme ! se défendit Jake, affreusement contrarié de se retrouver dans le même sac qu'un mari adultère.

— Hé, je sais bien ! répliqua Boss. Mais Shell non. Et à l'époque non plus. J'imagine que c'est pour ça qu'elle a été si prompte à se mettre avec

Pasteur après que les choses ont dégénéré entre vous.

Elle s'était mise avec Pasteur parce qu'il l'avait carrément jetée dans ses bras, et parce que Shell était assez intelligente pour reconnaître un homme honorable quand elle en voyait un.

— Pourquoi tu me racontes tout ça ? demanda Jake, yeux étrécis, en scrutant les traits de Boss pour tenter de deviner ses pensées.

— Parce que, comme je te l'ai dit tout à l'heure, ça ne va pas être simple. Et parce que je crois que tu auras de meilleures chances de réussite si tu sais précisément à quoi t'attendre…

Comme si toutes les merdes accumulées entre Shell et moi ne suffisaient pas…

Boss le dévisagea en retour.

— Mais elle en vaut la peine.

— Ça, je le sais, mec, souffla Jake. Cela dit, j'avoue que j'aimerais bien mettre la main sur ton paternel et l'ouvrir en deux pour m'avoir rendu la tâche encore plus difficile.

— Ha ! Alors sois prêt à faire la queue, t'es pas le seul à lui en vouloir.

Boss abattit l'une de ses grandes paluches sur son épaule et le fit pivoter en direction des rayonnages où s'alignaient toutes les armes dont un agent de terrain puisse rêver.

— Maintenant, et même si je doute que Vitiglioni et ses sbires s'en prennent vraiment à Shell, j'estime qu'il vaut mieux prévenir que guérir. Prends ce dont tu as besoin.

Jake fit un pas vers les étagères puis hésita et se retourna.

— Pourquoi est-ce que tu prends le risque de m'aider avec elle ? demanda-t-il, en guettant d'un œil expert la réaction du colosse.

— Parce que c'est une fille bien et qu'elle mérite un type bien. Or, j'ai toujours trouvé que t'en étais un, Serpent.

Jake sentit une bouffée de chaleur lui gonfler la poitrine. Car, pour être franc, il avait passé plusieurs années à douter de lui-même. Feignant l'embarras, il essuya une larme imaginaire.

— Arrête, Boss, tu vas me faire rougir !

— Un vrai casse-couilles, ajouta Boss, mais un type bien quand même. Évidemment, ça ne m'empêchera pas de me glisser discrètement dans ta chambre pour te trancher la gorge dans ton sommeil si jamais tu lui fais du mal.

6

Hôtel Stardust, *Chicago, Illinois*

Écoutant le couple qui profitait de la vie dans la chambre d'à côté, Johnny envisagea de glisser la main sous son pantalon pour se joindre à la fête. Triste, mais le plaisir solitaire était le seul dont il avait profité depuis qu'il était en planque.

C'est à ce moment que le téléphone portable prépayé posé sur la table de chevet se mit à bourdonner. Surpris, Johnny faillit tomber du morceau de carton plein de bosses qui tenait lieu de matelas dans cet hôtel crasseux.

— Putain, quoi encore ? grogna-t-il en refusant de répondre aux vibrations de l'appareil.

La seule personne à avoir accès à ce numéro était sa sœur et elle n'était censée l'appeler qu'en cas d'urgence.

Urgence ? *Ouais, tu parles...*

Au cours de cette journée, Mary avait déjà eu trois « urgences ».

La première pour réclamer les clés de sa Lamborghini. Parce qu'elle refusait d'être vue conduisant vers Tahoe dans sa simple Mercedes Benz. *Connasse pourrie gâtée !*

Ensuite, elle avait demandé s'il pouvait déposer vingt mille dollars sur son compte courant. Elle se moquait bien de savoir que depuis le fiasco avec le sénateur – qui avait causé la mort de son mari et de leur cousin et incité le FBI à fourrer le nez dans les affaires de Johnny – il avait été contraint de transférer tous ses fonds vers un compte étranger, d'entrer dans la clandestinité et de cesser toutes dépenses pour rester à l'écart des radars du gouvernement. Non, rien de tout cela ne comptait pour elle parce qu'elle avait jeté son dévolu de gamine sans cœur sur un diamant jaune canari chez Tiffany's et qu'elle avait l'habitude d'obtenir exactement ce qu'elle voulait, quelles que soient les conséquences pour les gens autour.

Ce qui le ramenait à l'urgence *numero tres* qui, comme les deux autres, n'en était pas une du tout. Elle l'avait simplement appelé parce qu'elle s'ennuyait et voulait savoir si certains des Black Knights ou des membres de leurs familles étaient déjà morts.

Heu, non. Si c'était le cas, il l'aurait immédiatement prévenue. Comme il le lui avait répété environ un million de fois !

Le bourdonnement insistant du portable lui fit cracher un juron et balancer l'un des oreillers malodorants à travers la pièce en imaginant qu'il s'agissait du frêle petit corps de sa cadette. Puis il se redressa en position assise et appuya sur le bouton pour prendre l'appel avec assez de force pour se tordre l'ongle.

— Putain, mais qu'est-ce que tu veux encore, Mary ? aboya-t-il en tâchant de couvrir de sa voix les bruits du couple de la chambre d'à côté.

— T'es où ? cria-t-elle d'une voix suraiguë.

Il écarta l'appareil de son oreille et envisagea brièvement de l'envoyer rejoindre l'oreiller à l'autre bout de la pièce.

— D'abord, avec quel téléphone tu m'appelles ? s'enquit-il.

Il ne pouvait pas prendre de risques, pas avec les fédéraux au cul.

— Le prépayé, soupira-t-elle. Je suis pas idiote.

Ouais, ouais. Cause toujours.

— Et d'où est-ce que tu m'appelles ?

— Depuis la pièce sécurisée, comme tu me l'as appris. Allez, Johnny ! Personne ne nous écoute, alors arrête tes conneries et dis-moi où tu es.

— Je suis à l'hôtel, répondit-il en serrant les dents.

— Mais tu devrais pas être en train d'organiser les choses ? C'est pas pour ça que t'es là-bas ?

Il porta une main à son front en priant pour réussir à garder patience.

— Je t'ai dit que j'avais embauché un détective pour dégoter des ragots et des infos sur les Black Knights et leurs proches. Ça prend du temps, Mary.

— Ouais, et pendant ce temps-là, qu'est-ce que *toi* tu fais pour venger le meurtre brutal de mon cher et merveilleux mari ? répliqua-t-elle.

Oh, arrête ton char !

Pour commencer, personne n'aurait jamais songé à employer le terme « merveilleux » pour décrire le mari de sa sœur. Et par ailleurs, s'il avait effectivement été tué, Johnny n'avait aucun mal à imaginer des manières bien plus brutales de mourir qu'une balle dans le crâne. Au moins, il était mort sans avoir eu le temps de souffrir.

— Si tu veux tout savoir, dit-il, j'ai suivi les Black Knights jusqu'à un hôpital du coin hier, et une fois sur place, j'ai découvert…

— Mais attends, pourquoi tu ne les as pas tous tués alors que t'en avais l'occasion ? l'interrompit-elle sur un ton agacé.

Par tous les saints, elle ne comprenait vraiment rien à rien. Quoi ? Elle s'attendait à ce qu'il sorte un pistolet en plein hôpital, avec une centaine de caméras susceptibles d'enregistrer le moindre de ses mouvements et une armée d'agents de sécurité prêts à l'abattre à la minute où il ouvrirait le feu ?

Pauvre conne. Ce n'était que l'une des nombreuses insultes qu'il avait sur le bout de la langue, mais il la ravala en même temps que toutes les autres.

— Tuer les Black Knights n'aurait pas beaucoup de sens. Mais tuer leurs familles, oui. C'est la loi du talion. Œil pour œil, dent pour dent.

Il avait hâte de voir la tête qu'ils feraient une fois que leurs proches commenceraient à tomber comme des mouches. Ils méritaient toute l'horreur qu'il s'apprêtait à leur déverser dessus pour avoir tué son beau-frère et son cousin. Même si, pour être tout à fait honnête, sa soif de vengeance était surtout motivée par les pertes financières qu'il avait essuyées et les contrats perdus après son passage forcé dans la clandestinité.

Au terme de quinze ans à prospérer sans jamais attirer l'attention du gouvernement, l'idée qu'une bande de motards en blousons de cuir aient réussi à le griller le mettait furieusement en rogne.

— Alors, si tu vas pas les tuer, pourquoi t'as mis une annonce dans *Soldier of Fortune* ? voulut savoir Mary.

Le ton qu'elle employait hérissait Johnny. Il ferma les paupières et se massa la tempe. Comment pouvait-on être aussi bouché ?

— Parce que, si tout va bien, les pauvres empotés qui ont répondu à l'annonce vont distraire les Black

Knights le temps que j'exerce ma vengeance sur leurs familles.

— Et s'ils parviennent réellement à tuer l'un d'eux ?

— Eh bien, ça sera un bonus, non ? Mais je doute sérieusement qu'aucun d'eux réussisse un truc pareil. J'ai passé plus d'une heure au bar de l'autre côté de la rue hier soir au cas où l'un de ces apprentis tueurs à gages viendrait réclamer sa récompense. Pas un seul ne s'est présenté.

Il n'allait évidemment pas s'en plaindre. L'idée de se séparer de cinquante mille dollars ne l'enthousiasmait guère, même pour une bonne cause.

— Alors, qu'est-ce que t'as découvert à l'hôpital hier ? demanda sa sœur.

— Que l'un des Black Knights a une sœur et un neveu qui habitent ici, à Chicago. J'ai tenté de lui faire le coup de la livraison de fleurs chez elle, cet après-midi, mais elle est plus méfiante que la plupart des meufs. Elle a refusé d'ouvrir la porte. Pas grave, j'y retourne ce soir. Et cette fois, je vais lui faire la peau, ainsi qu'à son gosse.

— Oh, super ! s'enthousiasma Mary. Bon, tiens-moi au courant alors.

Elle raccrocha sans dire au revoir, mais Johnny se foutait bien de la grossièreté de sa sœur car le couple d'à côté se préparait pour le grand final. Et, malgré la vulgarité de leurs ébats – ou peut-être à cause d'elle – Johnny avait senti son membre se durcir par avance.

Ce soir, il rendrait visite à Michelle Knight et, avant de la trucider, il prévoyait de mettre fin à sa période de disette sexuelle.

À cette idée, un frisson d'anticipation lui parcourut l'échine.

Si, à son réveil ce matin-là, quelqu'un avait annoncé à Michelle qu'elle se retrouverait à emprunter le tunnel secret des Black Knights pour ramener Jake chez elle, elle aurait répondu : « ouais, quand les poules auront des dents ! ».

Bon, eh bien, les volailles du monde entier devaient avoir brusquement changé de régime alimentaire parce que c'était exactement ce qu'elle était en train de faire.

C'est pas possible !

Cette pensée ne cessait de la tourmenter, mais pour se convaincre qu'elle n'était pas plongée en plein rêve – ou en plein cauchemar – elle n'avait qu'à tourner la tête vers le profil taillé à la serpe de Jake dans l'éclat lumineux du tableau de bord du Hummer. Sauf erreur de sa part, un petit rictus narquois se devinait même au coin de sa bouche.

Tout se passait exactement comme lui le voulait, aucun doute là-dessus.

« Je peux te faire changer d'avis. » Il avait prononcé ces mots avec une certitude si absolue que Michelle frissonnait rien qu'en y repensant. Car une toute petite part d'elle-même – d'accord, peut-être pas si petite que ça – craignait qu'il n'ait raison.

Cela dit, quand le Hummer émergea du tunnel sombre et humide dans un parking à étages de l'autre côté de la rivière et qu'elle vit, dans le rétroviseur, la paroi de béton se refermer sans bruit derrière eux pour dissimuler le passage secret, elle se rappela que Jake était le cadet de ses soucis.

Ils avaient d'autres chats à fouetter. Des chats qui se présentaient sous la forme de porte-flingues sous contrat.

Mon Dieu.

Elle essuya la moiteur de ses paumes sur son jean et tenta de respirer profondément pour se calmer. En vain. D'autant plus que Jake pensait de toute évidence aux mêmes chats qu'elle. Il sortit du garage en trombe et tourna brutalement au coin du bâtiment pour dévaler la rue à grande vitesse.

— Désolé, souffla-t-il avec un coup d'œil à l'arrière.

Franklin s'y trouvait, sanglé dans son siège pour enfant, dormant toujours d'un sommeil de plomb... ou plus exactement du sommeil des gamins de trois ans épuisés.

— Je dois m'assurer qu'on n'est pas suivis, expliqua Jake.

— Ne t'inquiète pas, répondit-elle.

Elle agrippa la poignée au-dessus de la porte, celle que Frank appelait toujours la poignée « oh merde ! », quand Jake négocia le virage suivant comme s'il conduisait une voiture de sport plutôt que l'énorme et encombrant Hummer. Elle ne put s'empêcher de fermer les yeux en grimaçant quand ils ratèrent d'un cheveu le pare-chocs arrière d'une Mercedes garée au coin de la rue.

— En matière de sommeil, Franklin est comme son oncle, capable de dormir au milieu des pires situations.

— Ouais, j'avais remarqué ! lança Jake sans quitter des yeux les rétroviseurs.

Quelques pâtés de maisons et violents changements de direction plus tard, il laissa échapper un soupir et se cala plus confortablement au fond de son siège.

— On est bons ? demanda-t-elle.

— On est bons, confirma Jake avec un hochement de tête.

— Ah, ouf !

D'accord, là j'ai gagné la couronne de la Reine des chochottes. Pfff ! songea-t-elle en levant les yeux au ciel.

Il la gratifia d'un grand sourire, ses fossettes creusant des ombres dans sa barbe de trois jours, et tendit la main pour allumer la radio. La douce voix de KT Tunstall se répandit à travers l'habitacle.

Michelle tourna vivement la tête vers la fenêtre et, pour ce qui semblait être la millième fois de la soirée, se retrouva au bord des larmes.

Il fallait que ce soit cette chanson qui passe à ce moment-là, n'est-ce pas ?

Jake lança un regard vers Shell en se demandant si elle pensait à la même chose que lui.

— Tu te souviens de cette chanson ? Elle passait le jour où les mecs de la section Bravo et moi avons fait cet énorme feu de camp sur la plage à Coronado pour fêter notre dernière journée de liberté avant de repartir pour l'Afghanistan. C'est là que j'ai enfin eu les tripes de te dire ce que je ressentais, de rassembler assez de courage pour t'embrasser. Tu te souviens ?

Tout le corps de Michelle s'était crispé. Ouais, elle s'en souvenait…

Jake prit le risque de poursuivre :

— Les mecs jouaient au football. On est allés se promener sur la plage et tu… tu m'as dit que tu m'attendrais.

— Et c'est ce que j'ai fait, murmura-t-elle d'une voix étranglée.

— Oui, tout à fait. Je suis revenu quatre mois plus tard pour te retrouver égale à toi-même, toujours aussi merveilleuse, simple et belle. Mais moi, j'avais changé…

Il était blessé, en colère et, pire, brisé de l'intérieur. Et il avait reporté sa souffrance et sa colère sur elle. Il avait fait et dit des choses qu'il ne pouvait pas retirer.

Mais il pouvait au moins s'expliquer et lui faire des excuses.

Au moment où il ouvrait la bouche pour entamer lesdites excuses et explications, la voix de Franklin se fit entendre depuis le siège arrière.

— Maman, je veux faire caca !

— Tu peux attendre un peu qu'on arrive à la maison, chéri ? demanda Shell en se retournant sur son siège.

Même dans la pénombre qui régnait dans la voiture, Jake remarqua qu'elle avait les yeux embués.

S'il détestait voir Shell triste, ces larmes lui donnaient une raison d'espérer. Car elles signifiaient que, malgré tout ce qu'il s'était passé, et même si elle prétendait le contraire, elle tenait toujours à lui.

Il se sentit soudain incroyablement léger. Si le toit du Hummer ne lui avait pas fait obstacle, il se serait sans doute envolé vers le ciel nocturne.

— Non, maman ! répondit Franklin en secouant vigoureusement la tête dans le rétroviseur. Je veux tout de suite.

Michelle se tourna vers Jake.

— Jake, est-ce que tu... ?

— Je t'ai devancée, répondit-il.

D'un coup de volant rapide, il vira sur la droite pour s'engager sur le parking d'une station-service. Il se sentait ridiculement heureux à l'idée de faire quelque chose d'aussi ordinaire, d'aussi banal, que de trouver des toilettes pour le petit garçon. Quelque chose que l'on faisait quand on formait... une famille.

Ouais, je crois que ça pourrait vraiment me plaire...

— Oh, on va bien s'amuser, murmura Rock en examinant la réception du motel minable aux chambres payables à l'heure.

L'endroit qui lui tiendrait lieu de foyer durant les quelques jours à venir.

Il aperçut une pauvre plante en plastique bancale dans un coin, deux prostituées excessivement maquillées qui paressaient sur un canapé de velours rouge élimé et un type en marcel avec un cigarillo aux lèvres assis derrière les barreaux d'acier qui séparaient le comptoir de la réception du reste du hall d'entrée.

Pour ajouter à l'atmosphère miteuse, l'endroit sentait le sexe mêlé aux relents d'alcool bas de gamme et de tabac froid.

— J'ai vu pire, chuchota Vanessa.

Elle lui passa un bras autour de la taille et tituba comme si elle était soûle. Cela faisait partie du rôle. Avec sa perruque blond platine, ses vertigineux escarpins en cuir rouge, sa minijupe quasi inexistante, ses lèvres couleur rubis et son mascara assez généreux pour donner une crise cardiaque à un raton-laveur en chaleur, elle était censée tromper son monde et avoir l'air d'une fille de joie qui venait de lever un client plein aux as.

À savoir Rock.

Il avait piqué le costume Armani qu'il avait sur le dos dans la penderie de Christian, en même temps que des mocassins Gucci trop grands d'une pointure qui frottaient au niveau des talons.

Le temps que la mission se termine, il aurait gagné de belles ampoules à chaque pied, cela ne faisait aucun doute.

Il étala son bras en travers des épaules de Vanessa et se pencha pour lui susurrer à l'oreille :

— Ça, c'est sûrement une histoire que j'aurais plaisir à entendre, *chère*.

— Je te la raconterais bien, murmura-t-elle en retour, mais ensuite il faudrait que je te tue.

Une réplique classique au sein des forces spéciales, mais il rejeta la tête en arrière et rit à gorge déployée comme si c'était la chose la plus drôle qu'il ait jamais entendue. Parce que, *mon Dieu*, la sensation de sa hanche pressée contre la sienne le brûlait comme un fer rougi.

Les quatre prochains jours s'annonçaient infernaux. Et c'est l'esprit fixé sur cette idée qu'il surprit son propre reflet dans le miroir à dorures moucheté de noir accroché par-dessus le papier peint en lambeaux.

Il avait du mal à se reconnaître.

Avec ses lentilles de contact bleu clair, son menton fraîchement rasé et la teinture d'un noir de jais qu'il s'était passée dans les cheveux – sans parler de sa montre en or et du diamant de quatre carats qui scintillait à son lobe d'oreille – il avait tout du mafieux de Chicago par excellence.

Al Capone, le retour !

L'un des avantages à posséder un visage passe-partout, c'était que quelques petits changements suffisaient à modifier totalement son apparence.

— Salut, mon mignon, lâcha Vanessa sur un ton aviné à l'intention du préposé derrière les barreaux.

Sa voix était rauque, chargée, comme si elle avait passé les quinze dernières années à fumer deux paquets par jour. Rock se considérait comme un comédien plutôt correct, mais Vanessa Cordero, elle, était carrément épatante.

— On va avoir besoin d'une chambre pour...

Elle leva les yeux vers lui avec une moue de ses lèvres luisantes. Et même si tout cela n'était qu'une énorme ruse, il se surprit, l'espace d'un instant, à souhaiter pouvoir effectivement l'emmener à l'étage et lui retirer son petit haut sans manches et sa minijupe minuscule pour explorer les profondeurs moites et accueillantes de son corps.

— ... combien de temps tu veux, chéri ? Une heure ? Deux ?

— Commençons par la nuit entière et ensuite on avisera, répondit-il avec un clin d'œil et son meilleur accent de Chicago.

Il plongea la main dans la poche de sa veste pour en tirer une pince à billets en platine de chez Bulgari. Encore un prêt issu de la collection Christian Watson. Rock ne comprendrait jamais l'obsession de son collègue pour les grandes marques de mode. À cet instant, son jean lui manquait comme pas permis et, franchement, que n'aurait-il pas donné pour récupérer ses bottes !

— M. et Mme Smith, indiqua-t-il au réceptionniste qui posait un regard blasé sur son costume.

— Ça fera deux cents dollars, monsieur... *Smith*, répondit l'homme qui passa la main dans les dix cheveux qui lui restaient au sommet du crâne sans cesser de mâchonner son cigarillo.

Deux cents dollars ?

D'accord... Rock comprit que les tarifs de l'hôtel *Stardust* suivaient un barème progressif. Plus vous aviez d'argent à dépenser, plus le séjour vous coûtait cher.

— On voudrait une chambre orientée ouest, dit-il en glissant deux billets de cent entre les barreaux. Pour pas que le soleil nous réveille le matin, vous comprenez.

De quoi, surtout, leur offrir un poste d'observation idéal pour surveiller l'entrée de l'hôtel et les allées et venues dans le bar de l'autre côté de la rue.

Le type déposa les billets neufs dans une antique caisse enregistreuse qui émit un joyeux ding de satisfaction, puis il fit passer à Rock une clé rattachée à une plaque de plastique en forme de diamant sur laquelle des caractères blancs usés indiquaient « 402 ».

— On va se faire livrer quelques trucs, dit Rock à M. Cigarillo avec un clin d'œil et une moue salace. Quelques... *provisions* pour nous aider à passer une bonne nuit, si vous voyez ce que je veux dire.

Le réceptionniste le dévisagea de ses yeux morts et injectés de sang et continua à mâcher l'extrémité molle de son cigarillo.

— Bref, poursuivit Rock sans se laisser démonter, faites-les-nous porter quand elles arriveront.

Quand l'homme au marcel fit passer son cigare de l'autre côté de sa bouche, affichant au passage une dent de devant plantée de travers, Rock estima que c'était sans doute la seule réponse qu'il obtiendrait.

Il empocha la clé, reprit Vanessa par les épaules et la guida vers l'unique ascenseur tandis qu'elle faisait semblant de tituber sur ses talons hauts. Après un regard évaluateur à ses chaussures et à son costume, les femmes nonchalamment installées sur le canapé se redressèrent en faisant gonfler leurs coiffures et leurs poitrines tout en battant de leurs faux cils.

— N'hésite pas à redescendre si tu te lasses d'elle, chéri ! lança l'une d'elles. Candy te fera passer du bon, du très bon temps.

— Lâche l'affaire, salope ! gronda Vanessa. Celui-là est à moi. Trouve-t'en un toute seule.

— Qui c'est que tu traites de salope, salope ? s'écria Candy.

Elle avait les dents brunies et abîmées par trop d'années passées à fumer des cigarettes sans filtre.

— C'est toi que j'appelle salope, salope ! rétorqua vivement Vanessa en faisant mine de foncer vers Candy.

Rock l'attrapa par le bras et la poussa dans l'ascenseur avant que Candy puisse se lever du canapé.

Comme les portes métallisées se refermaient en grinçant et que l'ascenseur entamait sa laborieuse ascension, il se tourna vers elle pour lui demander si cette scène, bien que distrayante, était vraiment nécessaire. Mais elle lui agrippa le visage entre ses mains.

— Assurons le spectacle pour ceux qui nous regardent, chuchota-t-elle.

Elle passa sa cheville derrière le genou de Rock et l'attira à elle pour l'embrasser. Du coin de l'œil, il capta l'éclat rouge clignotant de la caméra de sécurité installée dans le coin de la cabine, une seconde avant que les lèvres de Vanessa s'écrasent contre les siennes. Et puis… *rien*[1], absolument plus rien.

C'était comme si son cerveau s'était enrayé sous l'effet du souffle chaud de Vanessa, de la douceur sucrée de ses lèvres et de sa langue plus délicieuse encore. Il ne jouait plus la comédie. Il lui agrippa les fesses à pleines mains et pivota sur lui-même pour la plaquer contre la paroi et s'emparer d'elle avec toute la fougue d'un conquérant.

Pas de quartier ! Il saisit sa langue à l'aide de la sienne, l'aspira entre ses lèvres.

Puis, à l'instant où il allait libérer une main pour la refermer sur le décolleté pigeonnant qu'offrait le minuscule haut sans manches, les portes s'ouvrirent avec un ding, dong légèrement discordant, comme si l'ascenseur était enrhumé. Et Rock reprit brusquement ses esprits.

Nom d'un chien !

Il recula d'un pas, le cœur battant à tout rompre. Lorsqu'il baissa le regard, ce fut pour voir briller dans les beaux yeux de Vanessa – rendus plus sensuels encore par l'eye-liner noir – un mélange de stupeur et d'émerveillement.

---

1. En français dans le texte. (*N.d.T.*)

Rock déglutit et tâcha de reprendre le contrôle de son rythme cardiaque.

— Désolé, *ma petite*, souffla-t-il. Je me suis laissé un peu emporter.

— Pas, heu…

Elle leva une main tremblante pour essuyer de son pouce les lèvres de Rock sur lesquelles s'était déposée une partie de son gloss.

— Pas de souci, reprit-elle. Ça fait partie du rôle.

Ouais, ouais. Bien sûr.

Mais bon, si elle avait envie de patauger dans les eaux de cette petite rivière connue sous le nom de « déni », qui était-il pour la dissuader ?

Ils titubèrent ensemble sur la moquette rouge tachée d'un couloir dont la peinture grise s'écaillait et s'arrêtèrent devant la chambre 402. Rock ouvrit le mince panneau métallique à l'aide de la clé. Immédiatement, ses narines subirent les assauts d'effluves mêlés de désinfectant, de cannabis et de pisse.

La sainte trinité des odeurs de motel miteux. Sans elle, le *Stardust* n'aurait pas été digne de sa réputation de trou à rats pouilleux.

— Ce n'est pas si terrible, murmura Vanessa en passant devant lui pour entrer dans la chambre.

— Et toi, tu ne sais pas mentir, répondit-il tout en prenant le temps de dissimuler l'érection qui s'était manifestée dans l'ascenseur.

Il emboîta le pas à Vanessa, mais fit attention à ne pas regarder le lit. Ce lit énorme et immanquable qui, bien sûr, occupait l'essentiel de la pièce.

Il repoussa les rideaux de la fenêtre sale et jeta un coup d'œil au bar de l'autre côté de la rue. L'enseigne en néon d'un bleu électrique indiquait *L'Envie*, bar-restaurant. Rock ne put s'empêcher de penser que ceux qui fréquentaient l'endroit devaient surtout avoir « envie » d'attraper soit une intoxication alimentaire mortelle à cause de la nourriture qu'on y servait, soit un herpès chronique auprès des filles qui y tapinaient.

On peut dire que Johnny a un goût très sûr.

Rock avait connu son lot d'endroits louches au cours de sa vie et *L'Envie* se classait sans mal sur les premières marches du podium. Surtout si l'on y ajoutait cette perle du genre que constituait l'hôtel *Stardust*.

— Comment ça se présente ? demanda Vanessa en tirant sur l'ourlet de sa minijupe.

Un geste qui donna à Rock l'impression qu'elle lui avait agrippé l'entrejambe.

Merde. Reprends-toi, Babineaux !

— L'endroit idéal pour une surveillance, répondit-il.

Il évita de se retourner vers elle, de peur qu'elle ne remarque le démonte-pneu qu'il cachait dans son pantalon de costume. Correction : le pantalon de Christian. Oh, celui-ci aurait sûrement beaucoup apprécié...

— On va avoir non seulement une vue dégagée sur l'entrée de l'hôtel et du bar, mais aussi sur quiconque entrera ou sortira de la ruelle derrière celui-ci. Ne nous reste plus qu'à récupérer notre matos et...

On frappa lourdement à la porte.

— Demande et tu seras exaucé ! commenta Vanessa d'une voix traînante.

Elle retraversa la chambre, désormais parfaitement à son aise sur ses immenses talons.

Lorsqu'elle ouvrit la porte, Rock eut le plus grand mal à ne pas éclater de rire : Becky se trouvait dans le couloir, vêtue de l'uniforme d'une société de livraison vingt-quatre heures sur vingt-quatre et affublée d'une courte perruque brune pour dissimuler ses cheveux blonds. Une barbe postiche inégale dissimulait son joli minois et une paire de lunettes en cul de bouteille magnifiait ses yeux bruns jusqu'à lui donner un air idiot. Elle arborait aussi de fausses dents jaunies et, sur la lèvre supérieure, un énorme grain de beauté poilu qui portait très mal son nom.

Aucun doute à avoir : Rock n'était pas le seul à être doué pour les déguisements.

— Livraison pour M. et Mme Smith, annonça-t-elle d'une voix grave.

Elle tenait deux énormes sacs provenant du Coffre à plaisir. Une paire de menottes recouvertes de moumoute rose pendait hors de l'un d'eux et l'extrémité d'un énorme godemiché vert dépassait de l'autre.

— Entre donc, chéri, souffla Vanessa de sa fausse voix de fumeuse au cas où quelqu'un se serait tenu dans le couloir.

Ce n'est qu'une fois à l'intérieur et la porte refermée que Becky se départit de son rôle en laissant apparaître un immense sourire qui fit trembler les poils de son faux grain de beauté.

— Franchement, c'est trop marrant ! On s'éclate à faire ça, non ? demanda-t-elle joyeusement.

Rock avait en tête quelques autres trucs qu'il aurait préféré faire à cet instant précis. Mais il n'allait pas s'attarder là-dessus, d'autant que Becky n'attendait pas vraiment de réponse.

— Bon, reprit-elle, j'ai apporté des habits propres et quelques sous-vêtements de rechange pour chacun de vous.

Elle déposa les sacs sur le matelas affaissé et entreprit de fouiller à l'intérieur après avoir écarté les menottes et le Géant Vert en silicone d'un revers de la main.

— Dentifrice, brosses à dents, savons, shampoing et... Ta-da ! (Elle agita un dispositif dépliant d'écoute parabolique.) Le matériel de surveillance préféré de Rock !

Vanessa s'empara du godemiché vert et inclina la tête sur le côté, sourcils froncés ; l'objet était aussi long et épais que son avant-bras. La voir ainsi avec un sexe à la main, même s'il était vert et ridiculement gros, obligea Rock à lutter pour refouler l'érection qui s'était apaisée à l'apparition de Becky et de son grain de beauté poilu.

— Mais qui peut bien utiliser un truc pareil ? s'interrogea distraitement Vanessa.

— Une professionnelle, répondit Becky sans cesser de vider les sacs. En tout cas, c'est ce que je me suis dit quand je l'ai choisi.

— Boss t'a laissée faire le trajet toute seule ?

Rock en doutait. S'agissant de Becky, le colosse était pire qu'une mère ours avec son petit. Et comment aurait-on pu lui en vouloir ? Surtout quand on connaissait l'incroyable capacité de la jeune femme à s'attirer des ennuis même dans les situations les plus anodines.

— Tu plaisantes ?

Becky fit une grimace rendue plus absurde encore par son déguisement.

— Il est caché dans l'escalier avec assez d'armes sur lui pour déclencher la Troisième Guerre mondiale, expliqua-t-elle. Mais bref... Je veux surtout savoir si vous avez vu un signe de la présence de Johnny en arrivant.

— Il serait stupide de s'installer ici, murmura Vanessa.

Elle balaya la pièce du regard à la recherche d'un endroit où ranger le gigantesque membre en silicone. En vain. Elle finit par le glisser sous le lit.

Rock n'allait pas s'en plaindre.

— En fait, ce ne serait pas une si mauvaise idée, marmonna-t-il.

Les deux femmes se tournèrent immédiatement vers lui.

— S'il voulait garder un œil sur le lieu de rendez-vous, il ne trouverait pas mieux que cet hôtel.

— Alors vous allez vous mettre à sa recherche ? Interroger les gens dans le coin ? demanda Becky.

— *Oui*. On ira chacun à notre tour fureter au bar et dans le voisinage.

Il pointa Vanessa du doigt, un petit sourire aux lèvres.

— Notre spécialiste des communications va descendre pour avoir un petit tête-à-tête avec Candy. C'est l'une des gentilles dames que tu as croisées en arrivant. Vanessa mentionnera en passant un client correspondant à la description de Johnny, histoire de voir si ça lui rappelle quelqu'un. Enfin, en admettant que vous arriviez à tenir une conversation cordiale ? termina-t-il en se tournant vers Vanessa.

— Je ne promets rien, répondit celle-ci avec un grognement.

Becky croisa les bras, boudeuse. Avec son grain de beauté, sa barbe et ses dents, la posture lui donnait l'air complètement ridicule.

— C'est encore vous qu'allez faire tous les trucs marrants ! se plaignit-elle.

Incrédule, Rock engloba l'intérieur de la chambre d'un grand geste de la main.

— Tu trouves cet endroit marrant ?

— En tout cas, c'est mieux que d'être coincée au garage et…

Elle s'interrompit, les yeux étrécis, et fit un pas dans sa direction. Un large sourire fendit son visage barbu, faisant de nouveau vibrer les poils de son faux grain de beauté comme autant de mini-antennes.

— Ouais, je vois... reprit-elle avec des hochements de tête entendus tandis que son regard passait rapidement de Vanessa à lui.

Elle leva la main pour lui essuyer les lèvres. De toute évidence, Vanessa n'avait pas réussi à effacer toutes les traces de leur étreinte dans l'ascenseur. *Zut !*

— Je crois que vous allez beaucoup, beaucoup vous amuser ici, termina Becky.

Comme un seul homme, Vanessa et lui ouvrirent la bouche pour s'expliquer, mais elle leur fit signe que c'était inutile et repartit vers la porte.

— Si vous avez besoin d'autre chose, n'hésitez pas à appeler ce bon vieux Duncan, dit-elle en tapotant le nom brodé sur son uniforme. D'ici là... (Elle ouvrit la porte et abaissa immédiatement la voix pour que celle-ci ressemble à celle d'un homme)... merci pour le pourboire !

Becky repartie, Vanessa se laissa tomber sur le lit. Le matelas émit un grincement d'agonie.

— On devrait peut-être parler de...

— Aide-moi à installer le matos, l'interrompit Rock.

Parce que, franchement, qu'allaient-ils bien pouvoir dire ?

C'étaient des professionnels en mission de surveillance. On comptait sur eux pour ouvrir grands leurs yeux et leurs oreilles. Ils n'allaient pas laisser l'alchimie très particulière qui s'était fait jour entre eux les distraire de leur objectif.

Et puisqu'il ne pouvait rien faire pour soulager la trique cachée dans son pantalon, la dernière chose dont Rock avait envie était d'en parler !

7

Michelle baissa les yeux vers son fils endormi blotti au creux de son petit lit – avec sa peluche Elmo coincée sous la fossette de son menton – et maudit son frère de l'avoir placée dans cette horrible situation.

C'était la faute de Frank si elle se retrouvait là, craignant pour sa vie et celle de son enfant, tremblant de ne pas savoir comment continuer à esquiver les avances de Jake.

Fichu Frank !

Elle savait ce qu'elle avait à faire. Il fallait qu'elle redescende, qu'elle rejoigne Jake dans sa cuisine accueillante et lumineuse et qu'elle joue son rôle d'hôtesse. Qu'elle fasse faire le tour du propriétaire à son invité, en lui montrant tous les petits détails utiles, comme la place des serviettes propres et du savon...

Mais à cet instant, sa cuisine ne lui semblait ni accueillante ni lumineuse, envahie qu'elle était par le seul homme au monde qu'elle avait juré d'éviter comme un taco de poisson avarié. Le seul homme qui pourrait... non, qui lui briserait *forcément* le cœur si elle lui laissait une chance. Le seul homme capable de balayer d'un baiser sa détermination conquise de haute lutte.

Ah, ce baiser...

Cela lui rappelait à la fois trop et pas assez de souvenirs. Cela avait été affreux. Et merveilleux. Et tellement, tellement dangereux...

Le cœur lourd, elle referma discrètement la porte de la chambre de Franklin et rejoignit le rez-de-chaussée puis traversa le séjour jusqu'à la cuisine.

Et là, l'espace d'un instant, elle oublia tout le reste. Car il était là. L'homme qui avait inspiré ses fantasmes les plus torrides. Et celui qui avait incarné ses peurs les plus terribles...

— J'ai inspecté le périmètre, lança-t-il, penché sur le plan de travail, sans même se donner la peine de se tourner vers elle. Tout semble en ordre. Le système de sécurité que Boss t'a installé est top niveau. Tu n'as aucune inquiétude à avoir. Tu ne cours absolument aucun risque ici.

Ouais, c'est ça. Elle était peut-être en sécurité physiquement parlant, mais émotionnellement ? C'était une autre paire de manches.

Lorsqu'il se retourna enfin, il la surprit qui contemplait son dos, sourcils froncés. Son dos si large, si fort, si sexy. *Arrête, Michelle ! T'as plus de bon sens que ça !*

— J'espère que tu ne m'en voudras pas, j'ai préparé du thé, dit-il.

Il tenait à la main deux tasses dont le parfum embaumait.

— Tu vas devoir boire les deux, lui dit-elle.

Elle refusait de succomber à l'alléchante tentation de cette boisson chaude combinée à la présence attentive d'un homme sexy. Surtout quand il y avait un grand sofa confortable dans la pièce d'à côté...

— Allez, Shell ! lui lança-t-il avec un clin d'œil. C'est de la camomille, ton infusion préférée.

Elle aurait aimé ne pas être si touchée qu'il s'en soit souvenu.

— Je ne peux pas, affirma-t-elle. Dans deux minutes, je vais avoir besoin d'allumettes pour maintenir mes paupières ouvertes.

C'était faux, évidemment. Elle allait avoir le plus grand mal à s'endormir après tout ce qu'il s'était passé. Ah oui, sans compter que Jake serait installé seulement trois portes plus loin. Cinq ou six mètres, tout au plus. Étendu sur le lit de la chambre d'amis, nu...

C'était du moins ainsi qu'elle l'imaginait.

Seigneur, aidez-moi !

— Les serviettes propres sont dans le placard de l'entrée, ainsi que les savonnettes. J'ai changé les draps du lit des invités.

Celui sur lequel tu seras allongé, nu... Non, non, non, bon sang !

— N'hésite pas à te servir dans le frigo ou le garde-manger. Mais bon, je vois que c'est déjà fait, donc... ben... continue, termina-t-elle avec un petit geste de la main pour l'encourager.

Voilà. Devoir d'hôtesse accompli.

Maintenant, fais demi-tour, remonte dans ta chambre et oublie qu'il est même dans ta maison.

Ouais, tu parles. Comme si c'était possible. Quoi qu'il en soit, le premier pas consistait à faire un premier pas. Littéralement.

— Bonne nuit, Jake ! dit-elle en repartant vers le séjour.

Il posa les tasses sur la table de la cuisine.

— Si tu montes te coucher tout de suite, tu ne feras que te retourner dans ton lit.

Grillée.

Méfiante, elle pivota sur elle-même et l'aperçut qui observait les roses, sourcil haussé.

— Jolies fleurs. Mais drôle de couleur.

Comme il se penchait pour humer les roses, elle s'efforça de ne pas baver devant le mouvement de ses muscles sous sa peau bronzée.

— C'est toi qui l'as choisie ? demanda-t-elle.
— Quoi donc ?

Il se redressa.

— La couleur des roses ?
— De quoi tu parles ? s'étonna-t-il, perplexe.
— Oh, heu, rien. J'ai simplement… j'ai cru qu'elles venaient peut-être de toi.

Il sourit et le cœur de Michelle se mit à battre la chamade à l'apparition des fossettes redoutées.

— Quand je t'enverrai des roses, cocotte, tu sauras qu'elles sont de ma part. Elles seront rouge vif, pas ce bleu bizarre, et accompagnées d'une carte te déclarant mon amour éternel.

Michelle leva la main.

— Arrête !
— Shell…
— Je suis fatiguée, je vais me coucher.

Fin de la discussion.

— Il y a des choses dont il faut qu'on parle.

Oh, Seigneur !

Il fallait qu'il arrête de lui dire qu'il l'aimait. Pas alors qu'elle fantasmait à l'idée de le voir nu, pas après que son baiser eut fait remonter en elle des souvenirs à la fois horribles et délicieux qui lui donnaient le sentiment d'être vulnérable et perdue. Et certainement pas alors que la peur de la situation dans laquelle son frère l'avait involontairement impliquée l'incitait à chercher la protection de bras virils et puissants.

Car elle risquait d'y croire. Et si elle décidait de lui faire confiance, alors...

Non. Il ne m'aime pas. C'est du désir. Rien qu'un désir qu'il n'a pas pu assouvir...

— On a dit tout ce qu'il y avait à dire, se hâta-t-elle de répondre.

Elle recula d'un pas en direction du séjour, ce qui s'avéra difficile car chacun de ses pieds semblait soudain peser une tonne.

Puis il prononça des mots qui l'arrêtèrent net.

— Je n'ai pas couché avec une seule autre femme depuis deux ans.

Ne me fais pas ça...

Elle hésita et prit une profonde inspiration avant de lui faire face de nouveau. Elle n'aurait pas dû poser la question, mais ne put s'en empêcher.

— Pourquoi ça ?

— Parce que j'ai reçu ta lettre...

Le cœur de Michelle se mit à battre si vite que la tête lui tourna.

— Et que ça a tout changé pour moi, termina Jake.

Prise de vertiges, elle résista à l'envie de porter une main à son front.

— Que... Qu'est-ce que tu veux dire ?

— Je veux dire que j'ai toujours pensé que tu devais me détester. Que jamais tu ne pourrais me pardonner la façon dont je t'avais traitée, pas après ce que je t'ai dit, pas après ce qui est arrivé à Pasteur. Mais alors j'ai reçu ta lettre qui me demandait de venir jusqu'ici, qui me disait que Boss, Rock et toi m'attendiez, que vous vous inquiétiez pour moi. C'est là que j'ai commencé à reprendre espoir.

— Et ta réaction face à cet espoir a été de ne pas me répondre ?

— Je n'étais pas encore prêt, admit-il. Il fallait que j'attende d'être absolument sûr de moi.

— De quoi me parles-tu ? demanda-t-elle, mains sur les hanches.

Il sourit et fit un pas vers elle puis, avisant son air buté, s'arrêta et mit les mains dans les poches.

— Je t'expliquerai tout. Je te le promets. Mais pour l'heure, le plus important, ce que je veux vraiment que tu saches, que tu comprennes, c'est que je n'ai couché avec personne d'autre depuis deux ans.

D'un coup, Michelle se sentait incroyablement fatiguée et son commentaire à propos des allumettes ne paraissait plus aussi délirant.

— Qu'est-ce que tu attends de moi, Jake ? soupira-t-elle en secouant la tête. Une médaille ?

— Non. Pas de médaille. Je te le dis simplement pour que tu saches que je ne suis absolument pas comme ton père.

Les joues de Michelle s'empourprèrent vivement.

— Et qu'est-ce que je suis censée comprendre ?

— Boss m'a expliqué ce qui s'est passé avec votre père. Il m'a dit qu'il s'est comporté comme un salaud et que tu penses que je suis exactement comme lui. Mais ce n'est pas vrai, Shell. Tu peux me faire confiance. Si tu m'offres ton cœur, je te promets d'en prendre soin, pas comme ton père.

— Mais bien sûr ! répondit-elle, sans en croire un traître mot.

Elle n'en revenait pas de son audace et de sa capacité à mentir, autant à elle qu'à lui-même. Il était exactement comme son père et l'avait prouvé à maintes reprises.

— De la même manière que tu as pris soin de mon cœur la première fois ? ajouta-t-elle.

— Donc, tu admets me l'avoir donné ? Plus tôt dans la soirée, tu disais ne m'avoir jamais aimé.

Flûte, flûte, flûte !

Elle agita la main comme si elle espérait disperser au passage les paroles qu'il venait de prononcer.

— Bref... Une chose est sûre : tu me dupes une fois, tu es une fripouille ; tu me dupes deux fois, je suis une andouille.

— Mais je ne t'ai pas dupée. Il s'est passé des choses que tu...

— Peu importe ! l'interrompit-elle.

Elle était fatiguée d'entendre ses bobards et plus encore d'avoir envie d'y croire. Jake s'apprêtait à dire autre chose quand la voix ensommeillée de Franklin se fit entendre depuis l'étage.

— Maman ! J'ai soif !

— J'arrive tout de suite, poussin ! répondit-elle.

On ne peut plus reconnaissante que son fils lui fournisse une excuse pour déguerpir, elle se dirigea de nouveau vers le séjour.

— Le sujet n'est pas clos, grommela Jake dans son dos.

— Si, il l'est.

Le voyant du coin de l'œil s'avancer vers elle, elle fit volte-face, surprise. Jake mouvait son corps d'athlète avec une grâce toute féline. Pas un geste de trop. Et malgré sa volonté farouche de lui affirmer qu'elle était sérieuse, qu'elle n'avait rien de plus à dire, elle ne put que contempler, fascinée, l'éclat déterminé de son regard.

Elle parvint enfin à délier sa langue :

— Que... Mais qu'est-ce que tu... ?

Il n'hésita pas, ne lui laissa pas deviner ses intentions. Il fut auprès d'elle en un clin d'œil et, dans l'instant qui suivit, lui prit le visage entre ses mains puissantes et posa ses lèvres chaudes sur les siennes. Le baiser était si tendre, si profond, qu'elle en eut le souffle coupé.

C'est une erreur.

Aussi sûr qu'il s'appelait Jacob Michael Sommers. Mais il n'avait pas pu s'en empêcher. Michelle avait refusé d'entendre ce qu'il avait à dire, et le seul autre moyen dont il disposait pour la convaincre qu'elle avait tort – qu'il existait encore un lien entre eux, quelque chose à même de grandir si seulement elle l'acceptait – était de le lui prouver physiquement.

— J'ai tellement envie de toi, souffla-t-il contre les lèvres douces et encore imprégnées du goût du vin qu'ils avaient bu au dîner. Et je sais que toi aussi.

Il le sentait dans la manière dont elle luttait contre elle-même, dont elle résistait à sa soif d'aller vers lui, à son désir de goûter pleinement sa bouche. Une résistance futile.

— Non...

Elle secoua la tête, mais lorsqu'il se pencha pour l'embrasser dans le cou, il la sentit fondre instantanément, son corps contredisant ses mots.

— Je n'ai pas envie de toi.

Il jeta un regard vers son visage, soulagé de découvrir qu'elle mentait comme une arracheuse de dents. Car il était impossible de ne pas voir l'éclat de désir brûlant dans ses yeux magnifiques.

En la voyant passer l'extrémité de sa langue rose entre ses lèvres, il eut l'impression de pouvoir à peine respirer, à peine réfléchir. Les cellules de son cerveau n'étaient plus suffisamment alimentées pour activer ses synapses. Alors il l'embrassa de nouveau et la fit reculer jusqu'à la plaquer contre le mur.

Il se rappela alors que cela s'était passé de la même manière lors de cette fameuse soirée au *Trèfle*. Tous les deux enlacés contre le mur des toilettes des hommes dans une étreinte torride qui menaçait à tout instant de s'embraser.

Elle avait dit vrai sur un point ce soir...

Certaines choses ne changeaient jamais. Car la passion qui s'allumait entre eux était plus explosive que jamais.

Et il avait beau savoir qu'il aurait dû lui parler avant d'aller plus loin, prendre le temps de lui faire entendre ses raisons, ce qu'il *savait* ne faisait pas le poids face à ce qu'il *désirait*.

Car c'était elle qu'il désirait. Elle tout entière. Sa peau nue et ses yeux ensommeillés. Son corps s'agitant sous lui de cette manière sinueuse et sensuelle propre à la féminité. Et il en avait envie là, tout de suite, au milieu de sa cuisine.

Lorsqu'elle enroula un bras hésitant autour de son cou et pressa ses seins délicieux contre sa poitrine, les rares pensées rationnelles auxquelles il avait réussi à se raccrocher s'envolèrent d'un coup. Il n'avait plus qu'une seule idée en tête.

C'est vraiment Shell. De retour entre mes bras. Enfin !

Il avait envie de crier de joie… ou de pleurer. Il n'était pas sûr. Peut-être les deux.

Michelle était en train de vivre une expérience extracorporelle.

C'était la seule chose qui pouvait expliquer pourquoi ses bras s'étaient refermés autour du cou de Jake, comme de leur propre volonté, et pourquoi sa langue s'enchevêtrait avidement avec la sienne.

Mais elle avait toujours pensé que ce genre d'expérience s'accompagnait d'un sentiment d'engourdissement, de déconnexion. Or, ce n'était pas le cas ici. Vraiment pas. À vrai dire, elle se sentait extraordinairement connectée. Chaque centimètre carré de sa peau était brûlant, son ventre en feu et son cuir chevelu la picotait.

C'était exactement comme dans son souvenir. Tout chez Jake, tout ce qu'elle ressentait lorsqu'ils étaient ensemble, était tel qu'elle s'en souvenait. Et son cœur se serra à l'idée de tout ce qu'ils auraient pu partager si seulement...

Jake se décala de façon à ce que leurs entrejambes se touchent et... *oh, mon Dieu*. Il était dur, vibrant, bouillant de désir. De cela aussi elle se souvenait. Et elle aurait adoré s'abandonner...

Mais elle ne pouvait pas. Elle ne pouvait *pas* se permettre de craquer de nouveau pour lui. La première fois, elle en avait eu le cœur brisé. Elle doutait de pouvoir le supporter une seconde fois.

Cela dit, lorsqu'il fit remonter une main le long de son flanc pour lui frôler le sein, la libido de Shell la supplia d'oublier toute prudence et de céder. De se livrer au désir dans ses yeux et au plaisir de son contact...

C'était tentant. Dieu que c'était tentant ! Mais elle avait désormais autre chose à prendre en compte que ses propres désirs. À commencer par le petit garçon qui dormait à l'étage.

Comme s'il avait capté ses pensées, Franklin appela de nouveau :

— Maman ! T'es où ?

Repousser Jake fut l'une des choses les plus difficiles qu'elle ait jamais faites, et davantage encore quand, relevant les yeux vers lui, elle le trouva pantelant, comme s'il venait de courir un cent mètres. Et ces yeux, ces yeux ! Ils étaient si verts, si vifs et lumineux. Et quand il la regardait de cette façon...

— Shell, je...

— C'est terminé, l'interrompit-elle en reculant encore d'un pas.

Elle passa un poing tremblant sur ses lèvres encore humides de ce baiser. Son cœur lui donnait l'impression d'avoir été plongé dans une marmite en ébullition.

— C'est terminé depuis longtemps, affirma-t-elle.

— C'est faux, répliqua Jake, bras croisés et mâchoires serrées. Tu viens à l'instant de me rendre mon baiser.

Il n'était pas aussi massif que le frère de Shell, pas aussi épais ni musculeux. Jake avait plutôt la silhouette élégante du parfait surfeur. Cela dit, du haut de son bon mètre quatre-vingt-dix, il faisait presque une tête de plus qu'elle. Cette différence de taille, en particulier pour elle qui n'avait pas l'habitude de devoir lever les yeux vers beaucoup d'hommes, lui rappela avec force la principale raison pour laquelle elle ne pouvait pas se permettre, même pour s'épargner bien des maux à la tête et au cœur, de lui demander de partir sur-le-champ.

Parce qu'il était là. Grand, fort, solide. Prêt à mettre sa vie en jeu pour accomplir son devoir. Et, qu'elle le veuille ou non, elle avait besoin de la protection qu'il lui offrait. *Franklin* avait besoin de la protection de Jake.

— Maman !

— J'arrive ! lui cria-t-elle.

Elle se tourna ensuite vers Jake.

— S'il n'y avait pas mon fils, je te mettrais directement à la porte pour ce que tu viens de faire.

— Tu m'as embrassé en retour. Ose me dire le contraire !

Elle ne pouvait pas.

— Oui, je t'ai embrassé. Et c'était une erreur aussi stupide qu'il y a quatre ans. Je vais me coucher. Je te suggère de faire la même chose. On se lève tôt demain.

— Shell, je...

Elle lui tourna le dos et agita la main pour lui signifier qu'elle n'écoutait plus. Elle traversa calmement le séjour, en prenant soin de ne pas marcher sur la petite voiture gisant sur le tapis. Elle veilla à ne pas monter l'escalier quatre à quatre malgré son instinct qui la poussait à détaler à toutes jambes, bien consciente du regard brûlant de Jake posé sur elle, comme s'il essayait de fouiller les tréfonds de son âme. Elle monta donc tranquillement les marches, une par une ; elle refusait de lui donner la satisfaction de la voir fuir devant lui.

Arrivée sur le palier, elle tourna lentement vers la salle de bains et remplit un verre à l'aide de la carafe d'eau filtrée qu'elle gardait à portée de main pour ce genre d'occasion. Comme anesthésiée, elle traversa le couloir jusqu'à la chambre de Franklin et le regarda boire, encore tout ensommeillé, avant de se blottir de nouveau contre sa peluche et de se rendormir. Refermant doucement la porte, elle parvint à retourner d'un pas serein vers sa propre chambre.

Ce n'est qu'une fois à l'intérieur qu'elle se laissa aller et s'affaissa sur son lit, le visage au creux des mains, tempes battantes. Un petit cri où se mêlaient crainte et chagrin s'échappa de ses lèvres tremblantes.

Que vais-je faire ?

Car Jake avait raison. Quoi qu'elle en dise et malgré toutes ses tentatives pour se convaincre du contraire, ce n'était pas terminé. Ça ne serait jamais vraiment terminé. En tout cas pas pour elle.

Pourtant, il le fallait. Car il n'y avait pas d'autre possibilité.

Et puis, inexplicablement, l'image de ces roses bleues lui revint à l'esprit. Bleu… Le bleu signifiait le mystère, non ? Alors, quoi ? Elle avait un admirateur secret ? D'un seul coup, la solution à son petit problème avec Jake lui apparut clairement.

Elle se releva d'un bond et saisit son sac à main pour récupérer son portefeuille. Lorsqu'elle parvint à le localiser – caché tout au fond sous une barre de céréales, son kit de couture et un slip de rechange pour Franklin en cas d'accident – elle fouilla parmi les reçus et les tickets jusqu'à trouver la carte de visite qu'elle cherchait.

Elle s'empara alors du téléphone sur sa table de nuit et composa le numéro inscrit d'une main volontaire sur la carte blanche toute simple. Elle patienta tandis que la première sonnerie se changeait en une deuxième, puis une troisième.

Allez. Faites qu'il soit chez lui…

— Allô ?

À l'autre bout de la ligne, la voix semblait un peu pâteuse. Michelle tourna les yeux vers le réveil électronique : 23 h 30.

Et flûte !

— Je suis désolée de vous appeler si tard, docteur Drummond… (Elle grimaça.) Heu… Chris. Mais je me demandais si vous étiez pris pour dîner demain soir ?

Vanessa retira sa perruque et la jeta sur le lit de l'hôtel avant de se débarrasser des gratte-ciel qui lui tenaient lieu de talons. Son dos n'en pouvait plus, sans même parler de ses mollets.

— OK ! lança-t-elle. La prochaine fois que tu voudras tirer les vers du nez de l'adorable Candy, tu iras le faire toi-même.

Assis sur la chaise qu'ils avaient installée devant la fenêtre, Rock scrutait la rue à l'aide de jumelles.

— Eh bien, je constate que tu as toujours tes yeux, *chère*, énonça-t-il de sa voix traînante en se détournant de la vitre. Donc, ça n'a pas dû être si terrible que ça.

— Qu'est-ce que tu veux dire ?

— Je pensais qu'elle essaierait peut-être de t'arracher les yeux après votre première rencontre. « Qui c'est que tu traites de salope, salope ? » lança-t-il avec une horrible voix de fausset.

Il lui sourit et battit plusieurs fois de ses cils presque aussi épais que ceux d'une fille.

— Tu te souviens ?

— Pour les meufs dans notre genre, « salope » est un compliment, répondit Vanessa. Quand j'ai dit que la prochaine fois, ce serait ton tour, je ne parlais pas d'un risque de bagarre entre elle et moi.

Elle secoua la tête devant sa mine désappointée.

— Ouais, désolée de te décevoir, mais on se serre les coudes entre professionnelles. Non, je dis que c'est ton tour parce qu'il va me falloir des semaines et plusieurs récurages des tympans à la Javel pour me remettre de la conversation qu'on vient d'avoir.

Visiblement intrigué, Rock haussa un sourcil.

— Candy a vu les... heu, disons les accessoires que notre petit livreur a apportés et elle a passé dix minutes à me régaler de récits à propos d'un type qui employait le même genre de matériel avec elle pendant qu'elle lui épilait les poils du torse tout en chantant l'hymne national.

Rock laissa échapper un rire moqueur.

— Au moins, le mec était un patriote. Que Dieu bénisse l'Amérique !

Elle lui lança un regard désobligeant.

— Crois-moi, je ne t'ai donné que la version expurgée de l'histoire. Cela dit, étant donné son expérience avec ces accessoires, je n'ai pas eu de mal à lui faire croire que je t'avais complètement épuisé et que tu dormais dans la chambre pendant que je descendais faire une pause.

— Vu la taille des accessoires, ce n'est pas plutôt toi qui aurais dû être épuisée ?

Elle prit son air le plus innocent en battant des paupières.

— Qui a dit que c'était sur moi que lesdits accessoires avaient servi ?

Rock frissonna.

— D'accord, t'as peut-être besoin de te faire récurer les oreilles, mais maintenant c'est mon cerveau qui va avoir besoin d'un coup de Javel.

— Alors j'ai bien fait mon travail, gloussa-t-elle.

— Pas si vite...

Il déglutit avec une grimace de dégoût comme s'il avait du mal à se débarrasser des images qui tourbillonnaient sous son crâne.

— Où on en est avec Johnny ? demanda-t-il.

— J'ai dit à Candy que je m'étais déjà « tapé » ici un client qui payait vraiment bien. Je lui ai donné la description de Johnny, lui ai demandé si elle l'avait vu dans le coin. Elle croit l'avoir aperçu hier soir devant *L'Envie*. Elle ne peut pas en être sûre vu qu'elle était en train de racoler un autre client, mais les caractéristiques physiques qu'elle a listées font vraiment penser à Vitiglioni.

— Elle sait s'il séjourne ici ?

— Non.

Ils avaient retiré les draps du lit et étendu des serviettes qu'ils espéraient à peu près propres sur le matelas. Elle s'y allongea dans un grincement puis tendit et détendit alternativement ses pauvres orteils.

— Elle dit n'avoir vu personne correspondant à cette description entrer ou sortir de l'hôtel aujourd'hui. Mais on tient au moins une piste sérieuse du côté du bar. Et puisqu'on en parle, du nouveau à *L'Envie* ?

— *Non*. Rien que des clients malheureux, des prostituées fatiguées et des maquereaux paresseux.

Les yeux levés vers le plafond en stuc, Vanessa se laissait bercer par la douce voix de baryton de Rock.

— On ne peut pas dire qu'on mène la vie la plus glamour qui soit, hein ?

— Ça pourrait être pire, répondit-il sur un ton songeur. Bien pire, même.

Elle releva la tête et le regarda, piquée par la curiosité.

— Comme ton autre boulot ?

Il se détourna de la fenêtre où il avait repris sa surveillance.

— Qu'est-ce que tu sais là-dessus ?

— Rien, dit-elle en se redressant en position assise. D'après ce que j'ai cru comprendre, personne ne sait rien sur le sujet.

— Et c'est très bien comme ça.

D'accord. Elle n'aurait pas dû s'attendre à autre chose.

— Vous avez tous beaucoup de secrets, hein ? Y compris les uns pour les autres.

Elle vit ses sourcils se froncer au-dessus de son nez parfait.

— Que veux-tu dire ?

— Je veux dire que toi, tu as cet autre job. Boss a caché l'existence de sa sœur pendant des années. Et puis il y a Serpent et ce truc avec Michelle et Franklin, puis le...

— C'est quoi, le truc avec Michelle et Franklin ? demanda Rock.

Elle prit conscience qu'il serait sans doute plus malin de fermer sa grande bouche. Genre, là, maintenant. Parfois elle manquait franchement de discernement.

— Je, heu, je croyais que c'était évident.
— Qu'est-ce qui est évident ? De quoi tu parles ?
— De rien, répondit-elle en secouant la tête.

Ce n'était sans doute pas à elle de l'éclairer sur la question. Il plissa les yeux et se leva de sa chaise. Traversant la pièce, il récupéra sa veste de costume et la passa par-dessus son épaule avant de laisser tomber les jumelles sur le matelas près de Vanessa.

— Je vais aller poser quelques questions au bar. Reste ici et garde un œil sur ce qui se passe.

Mâchoires serrées, il lui tourna le dos et se dirigea à grands pas vers la porte.

— Fais attention ! lui lança-t-elle. On ne sait pas combien d'hommes Johnny a lancés à nos trousses. Ton déguisement est bon mais pas infaillible.

Pour toute réponse, il se contenta d'un geste de la main, refusant de se retourner pour la regarder. Puis il sortit en refermant la porte derrière lui.

D'accord, se dit-elle. *Évoquer son deuxième boulot est clairement tabou. Bon à savoir...*

8

Bang !

Le bruit tira brusquement Michelle d'un sommeil agité et elle se retrouva hors du lit, un peignoir sur le dos, à ouvrir la porte de la chambre avant même d'être pleinement réveillée. Raison pour laquelle, sans doute, elle avait momentanément oublié la présence de son massif et redoutable invité. Car lorsqu'une grande ombre se dressa devant elle, elle ouvrit la bouche pour hurler.

Ce qu'elle aurait fait, à pleins poumons, s'il ne lui avait pas plaqué une main puissante en travers de la bouche.

— Bon sang, Shell, c'est moi ! chuchota Jake.

Elle faillit s'effondrer par terre de soulagement. Puis elle se souvint de ce qui l'avait réveillée.

— J'ai entendu un bruit, dit-elle après avoir repoussé sa main.

Elle cligna plusieurs fois les yeux dans la faible lumière émanant de la veilleuse qu'elle laissait branchée sur l'une des prises du couloir.

— Ouais, moi aussi.

Il plaqua la crosse d'une arme au creux de sa paume tremblante. Elle reconnut son Beretta

Tomcat, un petit pistolet calibre .32 que Steven lui avait offert. Son dernier cadeau à Michelle juste avant son ultime mission. Le froid du métal contre sa peau fit remonter en elle une profonde tristesse qui émoussa la panique qui l'assaillait. Elle ne put s'empêcher de penser que rien de tout ceci n'arriverait si Steven était toujours vivant...

— J'ai reconnu le coffre de Pasteur au-dessus de ton réfrigérateur, dit Jake. Et, au passage, tu ne devrais pas scotcher la clé sur la boîte elle-même, mais ce n'est pas le moment de parler de ça. Là, j'ai surtout besoin de savoir si tu sais t'en servir.

— Je sais m'en servir, lui assura-t-elle. Frank s'est chargé de m'apprendre.

— Bien. Je vais aller voir ce que c'était que ce bruit.

Il lui tendit son téléphone portable.

— Si je ne suis pas revenu dans cinq minutes, tu t'enfermes dans la chambre de Franklin, tu appelles le contact numéro un sur ma liste – c'est ton frère – et tu tires sur tout ce qui tentera de passer la porte. Compris ?

— Oui.

Elle hocha de nouveau la tête et déglutit péniblement. Les battements de son cœur résonnant à ses oreilles, elle le suivit sur quelques mètres pour se positionner devant la porte de la chambre de son fils endormi.

Comme Jake descendait l'escalier, elle constata qu'il était nu, à l'exception d'un Glock noir et massif qu'il portait, et d'un caleçon décoré de...

De petits cœurs ?

Un rire d'incrédulité et d'hystérie mêlées remonta dans sa gorge, mais elle parvint à le ravaler. Ce n'était pas le moment de perdre son sang-froid.

Le cœur de Jake battait la chamade. Quelque chose ou quelqu'un se trouvait à l'extérieur, tout près de la porte de derrière.

Il tourna la poignée avec précaution et poussa lentement la porte avant de s'avancer pieds nus sur le béton froid des marches à l'arrière de la maison. Son Glock prêt à servir, il actionna l'interrupteur des éclairages extérieurs. Une lumière dorée illumina d'un coup l'arrière du bâtiment et une partie de l'allée, dans un rayon d'un peu plus de trois mètres. Ce qui signifiait que le reste demeurait plongé dans l'obscurité.

Foutus coins d'ombre. Ce sont décidément mes bêtes noires ce soir.

Sa peau se couvrit d'une chair de poule qui n'avait rien à voir avec le mordant de l'air nocturne. Il ne pouvait rien distinguer, mais le reste de ses sens – aiguisés par des années d'entraînement et d'expériences extrêmes – lui soufflaient qu'il n'était pas seul.

Montre-toi, montre-toi où que tu sois, songea-t-il en un défi silencieux.

Il descendit les marches en braquant méthodiquement son arme autour de lui, l'oreille aux aguets. Il capta les effluves terreux et parfumés des fleurs violettes qui poussaient sur le parterre près de l'accès à la maison et ceux, plus âcres, du compost récemment remué.

Tout en jaugeant la courte distance jusqu'à la demeure voisine, la rue en face et la ruelle derrière, il arma son pistolet et entreprit de faire le tour de la zone.

Lorsqu'il avait décidé de revenir à Chicago pour enfin reconquérir Shell, il ne s'était certainement pas imaginé en train de se balader dans son jardin en caleçon dans le rôle du garde du corps. Carrément pas. Il s'était plutôt représenté au lit avec elle, profitant de son corps doux et chaud.

Ah, l'éternel optimisme de l'esprit masculin...

Mais dans la mesure où Shell semblait aussi encline à l'inviter dans son lit qu'à entamer une carrière de stripteaseuse, il voyait difficilement ce qu'il aurait pu obtenir de mieux. Et, en toute honnêteté, il semblait que la Destinée, cette garce capricieuse, s'était enfin décidée à lui faire une faveur.

Car il était *fait* pour ce genre de situation. Se battre. Protéger. Défendre. Et peut-être que si Shell avait l'occasion de le voir moins comme l'homme qu'il avait été, celui qui l'avait si mal traitée, et plus comme celui qu'il était devenu, prêt à risquer sa vie pour elle et son fils, elle finirait par avoir envie de l'inviter à passer la nuit avec elle. Parce que s'il en croyait l'ardeur des baisers qu'ils avaient échangés, *mamma mia*, elle était plus proche de craquer qu'elle ne le pensait.

Évidemment, il devait d'abord se charger de la menace tapie dans l'ombre, là dehors. Et il y avait bien quelqu'un. Il sentait des yeux braqués sur lui aussi nettement que le sol froid et humide sous ses pas.

Comme dans la cour de BKI, une immense vague de colère l'envahit à l'idée que quelqu'un puisse faire du mal à Shell ou à Franklin. Mais cette fois, la sensation était démultipliée. Car chez Black Knights Inc., Shell n'aurait été que la victime collatérale de ceux qui voulaient la mort de Boss. Mais ici ? Quiconque venait jusqu'à son domicile en avait spécifiquement après elle.

Pour la première fois depuis très longtemps, le monstre en lui releva la tête, clignant ses yeux rouges et sortant ses griffes.

Qui es-tu, salopard ? Et où es-tu ?

Là. Près des poubelles. Un mouvement.

Le cœur battant d'excitation, le monstre en lui grondant pour réclamer sa libération, il s'avança lentement vers sa proie.

C'est quoi, ce délire ?

Johnny s'était de nouveau caché au sein des buissons épineux quand un homme massif avec un pistolet plus massif encore avait émergé sans bruit de chez Michelle Knight.

Ce n'était pas prévu...

Lorsqu'il était venu reconnaître le terrain la veille au soir, il avait eu le plaisir de constater que Michelle et son fils vivaient seuls. Et même si elle était plus soupçonneuse que la majorité des femmes et bénéficiait d'un système de sécurité digne du Pentagone, il savait comment s'y prendre. Il n'avait qu'à faire un peu de bruit. Et quand Michelle sortirait pour voir de quoi il s'agissait, ce qu'elle ne manquerait pas de faire – les humains étaient intrinsèquement curieux, ce qui, selon Johnny, les rendait aussi intrinsèquement stupides – il n'aurait qu'à s'emparer d'elle et la tirer à l'intérieur pour la forcer à désactiver l'alarme.

Ouais, c'était l'idée. Mais ce connard avec son caleçon ridicule était en train de tout foutre en l'air. Johnny n'était pas préparé à se mesurer à un homme adulte, surtout équipé d'un tel flingue. Il n'avait pas apporté l'équipement adéquat.

Merde !

Fureur et déception le prirent aux tripes. Il s'était tellement réjoui à l'idée de cette visite. Pour tout dire, il avait passé la journée à fantasmer dessus, surtout après avoir entendu la voix douce et sexy de Michelle lors de la livraison des roses bleues.

Mais Johnny n'était pas arrivé là où il était dans la vie en se montrant imprudent. Donc, il attendrait.

Encore. Il retournerait à l'hôtel pour planifier la suite. Encore.

Et lorsqu'il reviendrait le lendemain soir, eh bien, il serait prêt pour n'importe quel type de scénario.

Il recula silencieusement au milieu des buissons et disparut dans le jardin du voisin. Il n'avait pas fait dix pas qu'il entendit un miaulement mécontent suivi d'un chapelet de jurons.

Ah, parfait...

Michelle laissa échapper un soupir de soulagement en entendant Jake refermer la porte de la cuisine et réactiver l'alarme. Elle rangea le pistolet dans la poche de son peignoir et attendit qu'il remonte l'escalier.

Ah, mais pourquoi son cœur s'emballait-il à la seule idée de le revoir vêtu d'un simple caleçon ?

Parce que c'est un organe idiot, voilà pourquoi. Idiot, étourdi et trop prompt au pardon. Et, soyons honnête, si quelqu'un sait mettre un caleçon en valeur, c'est bien Jake.

— Qu'est-ce que c'était ? demanda-t-elle lorsqu'il arriva sur le palier.

Elle fit de son mieux pour ne pas laisser son regard courir sur son large torse bronzé.

— C'est la deuxième fois de la journée que je manque flinguer un chat, répondit Jake en secouant la tête d'un air incrédule.

— Noir avec des pattes blanches ?

— Ouais, et la tête enfouie dans tes poubelles comme si elles étaient pleines de thon juteux. Il a dû faire tomber un couvercle, ce qui expliquerait le bruit qu'on a entendu.

— C'est Seymour, le chat des voisins. Visiblement, il a de la ressource parce que je pensais vraiment l'avoir mis en échec avec mes nouvelles poubelles. Elles ne l'auront pas arrêté bien longtemps.

Jake hocha la tête et se frotta la nuque comme s'il essayait d'évacuer la tension. Elle en profita pour s'autoriser un tout petit coup d'œil à son torse.

Elle n'avait malheureusement pas dû se montrer très discrète, même dans la pénombre du couloir, car à peine avait-elle laissé son regard dériver vers ses plaquettes de chocolat que l'atmosphère changea. Tout en baissant le bras, Jake braqua les yeux sur le décolleté dévoilé par le V profond de sa nuisette et son peignoir enfilé à la hâte. Elle agrippa les revers en satin du peignoir et les rajusta d'un geste sec.

Dans la mesure où elle l'avait maté en premier, elle ne pouvait rien dire... mais ce bref moment de faiblesse allait peut-être la mettre dans la mouise.

Un léger sourire flotta sur la bouche si sexy de Jake. Amusé de la voir aussi nerveuse, il se racla la gorge et fit un pas vers elle. Elle se sentit comme paralysée par l'intensité de ses yeux verts.

— Heu... Je voudrais m'excuser pour la façon dont je me suis conduit tout à l'heure. Je n'aurais pas dû...

— Non, tu n'aurais pas dû, l'interrompit-elle en reculant vivement vers sa chambre. Mais c'est bon. Tant que ça ne se reproduit pas.

Il inclina la tête sur le côté et lui sourit en avançant au même rythme qu'elle battait en retraite. Ces fichues fossettes étaient une vraie provocation !

— C'est l'une des raisons pour lesquelles je suis tombé amoureux de toi, tu sais.

Pourquoi s'obstinait-il à employer un mot dont il ne comprenait pas le sens ? Tout en sachant qu'il aurait mieux valu s'abstenir, elle ne put museler sa curiosité.

— De quoi tu parles ? demanda-t-elle depuis la relative sécurité du seuil de sa chambre.

— Ta nature bienveillante, ta capacité à pardonner. Je n'ai jamais rencontré quelqu'un d'aussi attentionné, d'aussi attentif et d'aussi prompt à laisser aux autres le bénéfice du doute.

Mon Dieu ! La tension sexuelle qu'elle avait pu ressentir s'évanouit instantanément.

— Je ne suis pas aussi gentille et attentionnée que tu le crois, admit-elle en réprimant une soudaine et violente envie de pleurer.

Bon, elle était bonne pour consulter et demander un traitement... Ce n'était pas normal de passer en un instant de l'excitation d'une ado en manque à la mélancolie d'un clown triste, n'est-ce pas ?

Évidemment, elle pouvait sans doute imputer une partie de son instabilité émotionnelle au torrent de peur, d'inquiétude et d'adrénaline qui avait inondé ses veines au cours de la soirée. D'un autre côté, elle avait bien conscience que cette explication n'était pas suffisante. Car même dans les circonstances les plus favorables, elle n'aurait pas pu écouter Jake dresser la liste de toutes ses merveilleuses qualités sans être envahie par la culpabilité.

— Ouais, tu parles, répondit-il, moqueur.

Elle ne put que secouer la tête, impuissante.

— Bref, reprit Jake, je voulais te proposer qu'on fasse la paix, d'accord ? Je suis censé être là pour te servir de bouclier et c'est tout ce que je ferai jusqu'à ce que cette histoire avec Boss soit terminée. Il n'y aura plus d'écarts de ce genre, tu as ma parole.

Elle ne put que remarquer qu'il ne faisait aucune promesse quant à son comportement une fois l'affaire réglée. Mais d'ici là, elle comptait bien l'avoir convaincu qu'il ne voulait pas vraiment d'elle, qu'il n'était pas réellement amoureux d'elle.

— Merci, dit-elle en serrant la main qu'il lui tendait.

Une sorte de décharge passa de la grande paume de Jake à la sienne, mais elle prit le parti de ne pas y prêter attention et retira simplement sa main. Impossible toutefois de ne pas voir la lueur de désir dans les yeux du SEAL quand elle lui referma vivement et silencieusement la porte au nez. Un nez aussi superbe que le reste de son visage.

Le lendemain...

Jake observait Franklin qui s'activait avec l'air industrieux propre aux enfants de trois ans, la langue coincée entre ses dents, son petit front plissé par la concentration tandis qu'il transformait un énorme agglomérat de pâte à modeler en long serpent multicolore sur la table basse du séjour.

Jamais il n'aurait imaginé prendre plaisir à la présence d'enfants. Mais après avoir passé la journée avec Franklin, accompagnant Shell d'un rendez-vous à l'autre, il devait admettre que l'idée ne le rebutait pas.

À vrai dire, il s'amusait même beaucoup à lire et à relire les histoires délirantes du Dr Seuss. Jouer aux Transformers aussi s'avérait étonnamment marrant, d'autant que Franklin semblait adorer son imitation du robot Optimus Prime. Sans oublier toutes ces questions sur lesquelles il avait oublié de s'arrêter en tant qu'adulte, mais qui survenaient à intervalles réguliers dans l'esprit d'un enfant.

« Pourquoi le ciel est bleu ? »

« Pourquoi le soleil nous suit quand on conduit ? »

« Pourquoi les oiseaux chantent ? »

Jake avait admiré la façon dont Shell répondait à chaque question avec patience, honnêteté et des explications d'une complexité adaptée à un gamin de trois ans. S'il prévoyait de passer plus de temps avec eux – et c'était bien son intention malgré les regards inquiets et incertains que la divine Shell lui avait décochés au fil de la journée – il faudrait qu'il apprenne sa technique.

La seule fois où Franklin s'était tourné vers lui avec une question (« Pourquoi la petite souris a-t-elle besoin d'autant de dents ? »), il s'était mis à bredouiller en fouillant désespérément du regard la salle d'attente du cabinet médical où ils patientaient. Par chance – ou par la grâce du Grand Kahuna – il avait été sauvé de la nécessité de répondre par un autre petit garçon désireux de jouer avec Franklin.

— Hé, p'tit gars, lança-t-il en ébouriffant les cheveux doux de l'enfant, où est partie ta maman ?

— Elle met du roujelève, répondit Franklin, très concentré à obtenir la queue parfaite pour son serpent.

Roujelève ? C'est quoi ce truc ?

— Mais c'est pas pour toi, poursuivit Franklin en se tournant vers lui, l'air très sérieux. On doit pas s'en servir pour colorier. Et c'est seulement pour les filles. Et même si ça sent bon, faut pas le manger.

— Tu veux dire du rouge à lèvres ? demanda Jake.

Il désigna sa bouche et sourit d'un coup en comprenant comment Franklin en était arrivé à ses conclusions quant à la comestibilité d'un bâton de rouge. Ce gamin avait clairement plus d'un tour dans son sac !

Franklin ne répondit pas, mais lui sourit en retour, à grand renfort de fossettes enfantines, en désignant le serpent en pâte à modeler.

— Regarde. C'est comme tes tatages.

— Exactement pareil, confirma Jake.

Il retroussa une nouvelle fois ses manches pour montrer à l'enfant les vipères jumelles qui s'enroulaient autour de ses biceps. Tout au long de la journée, le garçonnet avait paru fasciné par les tatouages, glissant sa main sous les manches de Jake pour les caresser du bout de son doigt boudiné. Du moins quand il n'était pas occupé à colorier, baragouiner de manière incompréhensible ou provoquer des collisions spectaculaires entre petites voitures.

— Quand je pourrai avoir des tatages ? demanda Franklin.

Il dévisageait Jake de ses grands yeux gris tellement semblables à ceux de sa mère.

— Quand tu auras dix-huit ans, répliqua Jake en espérant que c'était la bonne réponse.

Où est Shell quand j'ai besoin d'elle ?

Franklin poussa un gros soupir et fit la même grimace que si Jake lui avait annoncé qu'il devrait attendre d'avoir cent cinquante ans. Puis il se retourna, sourcils froncés de frustration, et entreprit d'améliorer l'aspect de son serpent coloré.

Au fait, pourquoi Shell était-elle montée se maquiller ? Est-ce qu'elle se faisait belle pour lui ?

À cette idée, il sentit un début de chaleur s'allumer dans ses tripes, accompagné d'une bonne dose de satisfaction.

Elle pouvait continuer à prétendre n'avoir aucun sentiment pour lui, déclarer que tout était terminé entre eux. Mais ce n'était pas le cas. Loin de là.

Et elle aussi le savait. Sinon, pourquoi serait-elle en train de se maquiller dans la salle de bains ? Une femme ne mettait pas de rouge à lèvres à moins d'avoir envie de plaire à un homme, n'est-ce pas ?

Exactement.

Bon, ça se présente bien. Ça se présente très bien, même.

Était-ce d'ailleurs si étonnant, surtout après les événements de la veille au soir ?

Eh ouais ! Il aurait même dû être surpris si elle n'avait *pas* cherché à se pomponner. Parce qu'il était évident que le feu qui avait fait rage entre eux quatre ans plus tôt s'était changé en authentique brasier. Et aucun être humain sur Terre, même pas Michelle « sang-froid » Carter, n'aurait pu résister à l'attrait d'une telle passion. Hommes et femmes y succombaient comme autant de papillons attirés par une flamme. C'était biologique, primitif. Un besoin gravé dans le cerveau reptilien de chacun pour assurer la survie de l'espèce, ou quelque chose comme ça.

Inutile de dire que Jake s'en réjouissait.

— Je vais voir comment elle s'en sort, dit-il à Franklin.

Au moment où il se leva du canapé, le petit garçon posa les mains sur son ventre rond en plissant le nez.

— Qu'est-ce qui ne va pas, p'tit gars ? demanda Jake, soudain inquiet.

— Je crois que j'ai mangé trop de psacetti à déjeuner, répondit Franklin.

Jake n'avait aucun mal à le croire. Le rase-moquette avait englouti deux assiettes de spaghettis et deux gressins destinés aux adultes. Jake le soupçonnait fortement de stocker des réserves de nourriture dans une jambe creuse.

— T'as besoin de couler un bronze, p'tit gars ?

Franklin releva les yeux vers lui, perplexe.

— C'est quoi, un bronze ?

— C'est un...

Jake hésita puis réévalua sa réponse.

— Couler un bronze est une autre manière de dire qu'on va aux toilettes.

Franklin gloussa.

— Non, j'ai pas besoin de couler un bronze, dit-il en secouant la tête.

Oh merde. Bien joué, Sommers. Shell va te faire la peau.

— Tu es sûr ? demanda Jake.

— Oui. C'est passé, affirma Franklin.

— D'accord. Alors je vais voir ce que fait ta maman.

— D'accord.

Après quoi le gamin entreprit de démolir à coups de poing le serpent qu'il venait juste de finaliser.

Comment ne pas craquer devant un petit gars de ce genre ?

Jake monta silencieusement les escaliers et se laissa guider par la musique douce qui venait de la porte ouverte de la chambre de Shell. Appuyé contre le chambranle, il inclina la tête sur le côté pour la regarder. Elle était assise devant sa coiffeuse, vêtue du même peignoir rose que la veille, occupée à brosser sa longue et brillante chevelure.

Il se souvenait de ce que cela faisait de plonger les doigts au cœur de cette soie vivante, de détacher l'élastique de sa queue-de-cheval pour libérer cette masse si douce entre ses mains. Il fut assailli par une vision saisissante où il agrippait à pleines mains la voluptueuse chevelure de Shell qui, agenouillée devant lui, ouvrait sa bouche magnifique pour...

Putain ! Un peu de concentration, Sommers ! Et souviens-toi de la promesse que tu as faite hier soir.

— Tu n'as pas besoin de te donner autant de mal pour Franklin et moi, finit-il par dire.

Il ne fut pas vraiment surpris de constater que sa voix, rauque et haletante, donnait l'impression qu'il venait d'avaler du verre pilé.

Elle se pencha en avant pour étaler un trait de mascara sur ses longs cils courbes, avec cette drôle d'expression, bouche entrouverte, qu'ont les femmes quand elles se maquillent. Celle qui faisait à coup sûr perdre la tête à n'importe quel mâle hétéro. Celle qui le poussa à l'imaginer une fois de plus à genoux...

Bon sang... Maintenant, il allait devoir changer de posture, sans quoi la situation risquait de devenir gênante.

— Je ne fais pas ça pour Franklin et toi, répondit Shell. Je le fais pour Chris.

Jake se figea intérieurement. Le sentiment de bien-être qu'il avait ressenti se dissipa en un instant et son début d'érection retomba comme un ballon d'anniversaire qui se dégonfle.

— C'est qui, ce c...

Il se ressaisit avant de laisser échapper la grossièreté de trop. Franklin avait des oreilles dignes d'un félin. S'efforçant de respirer calmement, Jake fit une seconde tentative :

— C'est qui, ce Chris ?
— Le Dr Christopher Drummond. J'ai rendez-vous avec lui ce soir.

D'accord. Et visiblement ce connard... oui, ce connard – *putain, putain, putain !* – n'avait plus très envie de vivre.

— Tu m'avais dit que tu ne voyais personne, gronda-t-il.
— Faux.

Elle pivota sur son tabouret et se releva, les mains sur les hanches. Ses escarpins lui donnaient l'apparence d'une déesse amazone vêtue d'un simple déshabillé de satin. Ne lui manquaient que quelques perles autour du cou, un plastron en métal et une lance dans chaque main. Et quand elle desserra sa ceinture et s'avança vers lui ? *Bon Dieu !* Il faillit en avaler sa langue.

— C'est ce que *toi* tu as dit, corrigea-t-elle. J'ai simplement répondu que ce n'étaient pas tes affaires.

Par chance, elle portait des vêtements sous son peignoir. Sans quoi il aurait risqué l'infarctus. Nombre de ses fantasmes préférés impliquaient Shell portant une paire de talons aiguilles... et rien d'autre.

Malheureusement, ses habits ne laissaient pas beaucoup de champ à l'imagination. Sa petite robe de soie noire moulait ses courbes comme une seconde peau. Une vision qui méritait un dix sur dix sur le courbes-o-mètres de Jake.

Elle était carrément à tomber ! Jessica Rabbit en chair et en os.

— Puisque tu es là, tu veux bien m'aider avec la fermeture Éclair ?

Elle lui présenta son dos et laissa le peignoir retomber au niveau de ses coudes. Il distingua la bretelle de son soutien-gorge entre les deux pans de sa robe.

Noir. Et décoré de dentelles.

Ce qui ne fit que renforcer la détermination de Jake à tuer ce Dr Chris, qui qu'il puisse être, avant que ce salopard ait la chance de la voir dans ces sous-vêtements. Ouais. La mort. Voilà ce qui attendait ce cher docteur. Le pauvre ne comprendrait pas ce qui allait lui tomber dessus !

— Je n'arrive pas à croire que tu ailles à un rendez-vous après ce qui s'est passé entre nous hier soir, dit-il.

Il garda les bras le long des flancs, poings serrés, de peur d'être tenté non pas de refermer la robe mais de glisser les doigts en dessous pour caresser sa peau pâle et chaude.

— Il ne s'est rien passé entre nous hier soir, Jake. Rien que deux petits baisers.

— Ce n'était pas rien et tu le sais très bien, grommela-t-il.

Il tenta vainement de rester maître de lui-même, mais un voile rouge avait recouvert son champ de vision.

— J'ai peut-être déclaré une trêve momentanée sur les contacts physiques entre nous, mais ça ne veut pas dire qu'il n'y a pas d'étincelles. N'essaie pas de prétendre le contraire !

Elle jeta un regard par-dessus son épaule. Son profil ressemblait à une œuvre d'art, aussi belle qu'une déferlante parfaite.

— Le contraire ? Pourquoi prétendrais-je le contraire ?

Il releva le menton et une partie de la tension qui l'habitait s'apaisa devant cette confirmation. Ils étaient donc au moins d'accord sur ce point. C'était un bon début.

— Mais ce n'est qu'une histoire d'alchimie physique, de compatibilité biologique, affirma Shell.

Ouais, d'accord, il s'était lui-même fait cette réflexion dix minutes plus tôt.

— Si l'alchimie était la seule chose nécessaire pour qu'une relation fonctionne, tout le monde serait en couple et le taux de divorce serait dix fois moins élevé qu'il ne l'est, poursuivit-elle.

— Et l'amour ?

— Tu n'es pas amoureux de moi. Pas vraiment.

Bon sang. C'était trop !

Il la saisit par les épaules et la fit pivoter sur elle-même. Le mouvement lui projeta des mèches de cheveux de Shell sous le nez. Leur doux parfum vanillé l'obligea à serrer les mâchoires pour se remémorer sa promesse et ne pas la plaquer contre le mur pour lui jouer un petit remake de la scène du *Trèfle*.

Sauf que cette fois, il ne s'arrêterait pas...

— Ne me dis pas ce que je ressens, siffla-t-il, son nez à deux centimètres à peine du sien.

Shell écarquilla ses grands yeux gris et ses lèvres pulpeuses couvertes d'un rouge profond laissèrent échapper un hoquet de surprise.

Le regard de Jake descendit jusqu'à cette bouche et la langue que l'on devinait à l'intérieur.

Nom d'un chien ! Il faillit perdre le contrôle, balancer sa promesse par la fenêtre et écraser ses lèvres contre les siennes.

— Je suis désolée, dit-elle en s'arrachant à sa prise.

Il dut se faire violence pour la relâcher.

— Je n'essaie pas de te contrarier, promis, affirma Shell. C'est simplement que je ne te crois pas, Jake. Je pense que tu as confondu désir et amour.

Dans les dents !

C'était encore plus douloureux que lorsqu'elle avait soutenu qu'elle ne l'aimait plus et ne l'avait peut-être même jamais aimé. Parce qu'il avait tout de suite su qu'elle mentait. Shell n'était pas très bonne comédienne. Contrairement à beaucoup de femmes, elle ne savait pas dissimuler ses émotions. Elles étaient toujours là, affichées sur ses traits, au vu et au su de tous.

Elle l'avait bel et bien aimé autrefois. Donc, même s'il avait ressenti un pincement au cœur – un sacré pincement, même ! – quand elle avait tenté de prétendre le contraire, ce n'était pas aussi douloureux que de la voir lui renvoyer sa déclaration d'amour en pleine face.

Car il était clair, en la regardant, qu'elle croyait absolument à ce qu'elle disait. Et absolument pas à son amour pour elle.

Bordel !

— Et ce Dr Chris ? grinça-t-il entre ses mâchoires si serrées que c'était un miracle qu'il ne se soit pas brisé une dent. Tu l'aimes ?

Il ignorait ce qu'il ferait si elle répondait oui. Si satisfaisantes que soient les images violentes qui se succédaient dans son esprit, et même s'il en avait envie, il était hors de question de tuer le bon docteur.

Quoique, à la réflexion...

— Pas encore, dit-elle.

Et le cœur de Jake put se remettre à battre.

— Mais avec le temps, je pense que je pourrais, ajouta Shell. D'ailleurs, quelle importance ? Je n'ai pas besoin d'être amoureuse d'un homme pour sortir dîner avec lui.

Ouais, ouais. Mais une autre question importante s'imposait. Il fallait bien se préoccuper de cette histoire de cerveau reptilien, n'est-ce pas ?

— Donc, c'est du désir que tu éprouves pour lui ?

— Non ! Je veux juste...

— Mais alors, c'est quoi le but, putain ! ? s'exclama-t-il.

Comme le juron résonnait dans le couloir, il fit la grimace et s'avança un peu plus dans la chambre.

— Si tu ne l'aimes pas et que tu ne le désires pas, il n'y a aucune base pour construire quoi que ce soit, reprit-il d'une voix moins forte.

— Non, mais tu t'entends ? Tu entends ce que tu dis ? répliqua Shell.

Une lueur de colère s'était allumée dans son regard, même si son expression demeurait triste. Triste et un peu désespérée.

— Bien sûr qu'il y a des bases pour construire. La stabilité, la cohérence, la fiabilité et...

Jake leva les bras en l'air.

— Tu te moques de moi, c'est ça ? Ça, ce sont des raisons de choisir une bagnole, pas un mari !

— Oh, arrête ! Nous ne sommes pas des animaux ! Ça fait longtemps qu'on est sortis de la jungle. On ne choisit plus nos partenaires seulement en fonction de leur masse musculaire ou de leur capacité à se battre. Maintenant, on a la possibilité de se servir de ce truc mou qu'on a entre les deux oreilles et de décider intellectuellement avec qui on a envie de passer le restant de notre vie.

— C'est pour ça que tu veux sortir avec un mec qu'a fait médecine ? Parce qu'il te stimule intellectuellement ?

— Oui ! répliqua Shell avec un hochement de tête.

La peau de son cou palpitait au rythme de son pouls accéléré.

— Je ne suis pas comme toi, lança-t-elle.

Ni comme mon père.

Elle n'avait pas eu besoin de prononcer ces mots ; ils se lisaient sans mal sur ses traits. Jake se sentait au bord de la rupture d'anévrisme.

— Je ne base pas mes relations sur l'excitation du moment, parce que ça ne dure pas ! reprit Shell. Ça brille très fort pendant un court instant et puis ça s'étiole. Je veux plus que ça, Jake.

Il ouvrit la bouche pour lui répéter que lui aussi voulait plus, mais elle lui coupa la parole.

— La discussion est close ! dit-elle avec un geste tranchant de la main.

Elle avait aussi pris le temps de poser un vernis à ongles rouge vif. Cette fois, un authentique feulement s'échappa de la gorge de Jake, semblable à celui de l'animal de la jungle qu'il était censé avoir largement dépassé en termes d'évolution. Parce qu'il savait ce que signifiait cette couleur particulière, celle que Boss qualifiait systématiquement de « rouge prends-moi-là-tout-de-suite ».

— Tu n'iras pas ! décréta-t-il en croisant les bras, presque surpris que de la fumée ne s'échappe pas de ses narines.

— Tu ne peux pas m'en empêcher, riposta Shell.

Ses joues et sa gorge avaient rougi sous l'effet de la colère, ce qui ne faisait que la rendre plus belle encore. Belle et féroce.

Aucune chance qu'il la laisse partir habillée comme ça avec une espèce de docteur à la noix.

— Tu veux parier ? rétorqua Jake.

Avec un sourire narquois, il sortit son téléphone.

— Et si je passais un petit coup de fil à ton frère ? Pour l'informer de ton plan. Qu'on voie un peu ce qu'il pensera de ton petit rencard, sans protection, au bras de ce docteur stable, fiable et cohérent, tandis que je reste ici pour garder un œil sur Franklin ? T'as oublié que des mecs vraiment dangereux t'attendent peut-être, là, dehors, pour te loger une balle dans le crâne ? Parce que je parie que Boss, lui, n'a pas oublié.

— Tu as dit toi-même que le risque pour moi et mon fils était faible. Mais quoi qu'il en soit, je n'ai pas l'intention de t'obliger à rester ici pour garder Franklin pendant que je serai à mon « petit rencard » avec Chris, répliqua Shell en levant les yeux au ciel.

— Hein ?

— Ce que je veux dire, c'est que tu peux, si tu veux. Tu as le choix.

— Mais qu'est-ce que tu racontes ?

Jake avait l'impression que sa tête, ou au minimum ses oreilles rouges et brûlantes de colère allaient exploser.

— Frank ne va pas tarder à arriver et c'est à toi de décider si tu veux rester ici pour faire du baby-sitting avec Franklin ou si tu préfères m'accompagner à mon rendez-vous. Frank se chargera de l'autre tâche.

— Boss est au courant de ce plan débile ? demanda-t-il, incrédule.

Qu'était-il arrivé à la promesse de Boss, « je ferai ce que je pourrai pour t'aider avec Shell » ?

Parce que si l'aide de Boss consistait à soutenir l'idée qu'elle sorte avec un docteur à la con, Jake préférait ne pas savoir ce qu'il aurait fait s'il avait voulu lui mettre des bâtons dans les roues.

— Ce n'est pas un plan. C'est un rendez-vous. Et oui, il est au courant. Et il est... (La sonnette de la porte se fit entendre, trille de trois notes qui résonnèrent tel un chant funèbre sous le crâne de Jake.)... pile à l'heure, termina-t-elle.

Jake se dirigea vers l'escalier. Depuis le sommet des marches, il vit Boss passer le seuil et attraper sans mal un Franklin tout excité qui bondit depuis le dossier du sofa directement au creux de son bras valide.

Au moment où Boss leva les yeux vers lui, Jake lui décocha un regard qui résumait succinctement ses interrogations : *C'est quoi ce délire, mec ?*

Boss secoua la tête avec une grimace. Jake dévala l'escalier et dévisagea durement son ancien commandant.

— Je te jure que j'ai essayé de la faire changer d'avis, souffla Boss. Mais c'est ma sœur, pas une prisonnière. Je ne peux pas la forcer à quoi que ce soit. Ce qui ne veut pas dire que je ne suis plus de ton côté. C'est juste un petit contretemps.

Génial. Carrément génial. Visiblement, inutile d'attendre de l'aide de sa part.

Avec un grondement, Jake remonta jusqu'à la chambre à coucher de Shell. Elle semblait crispée, mais prit une profonde inspiration et lui présenta de nouveau son dos nu.

— Maintenant, si tu veux bien m'aider ? demanda-t-elle d'une voix tendue.

Il envisagea de faire l'inverse de ce qu'elle attendait en tirant sur cette fichue robe pour dénuder ses épaules et la laisser retomber sur ses hanches. Puis il lui apprendrait précisément ce que le désir pouvait apporter dans une relation.

Bien entendu, il ne pouvait pas se montrer aussi grossier ni se comporter comme l'animal qu'elle l'avait plus ou moins accusé d'être. Et puis il y avait cette promesse qu'il lui avait faite la veille au soir...

Ce qui ne voulait pas dire qu'il n'avait pas droit à une petite vengeance. Car il en avait assez de jouer les gentils. Il avait tenté de lui présenter des excuses, elle les avait rejetées. Il lui avait dit qu'il l'aimait et elle lui avait renvoyé sa déclaration à la tronche.

Fini les bonnes manières.

Elle voulait la guerre ? Oh, il allait lui offrir la guerre...

Avec des gestes lents, très lents, il remonta la fermeture Éclair en prenant soin de faire courir l'extrémité rugueuse de ses phalanges sur la peau lisse de Shell. Il ne tarda pas à être récompensé en sentant la chair de poule s'étendre sous ses doigts.

— Qu'est-ce que tu fais ? hoqueta-t-elle.

— Ce que tu m'as demandé, répondit-il d'une voix rauque et basse.

Il se rapprocha de manière à ce qu'elle puisse percevoir la chaleur de son corps derrière elle. Arrivé au sommet de la fermeture, il fit passer la chevelure de Shell par-dessus son épaule en effleurant son cou du bout de son pouce calleux avant d'accrocher le petit œillet.

— Voilà, c'est fait, lui murmura-t-il à l'oreille de façon à ce que son souffle lui caresse la joue.

Il ne put retenir un demi-sourire en la voyant frissonner.

Ouais, il avait clairement fait réagir son cerveau reptilien, comme en attestaient ses joues roses et sa respiration soudain hachée. Il avait conscience de jouer avec les limites de sa promesse. Et il avait l'intention de jouer encore un peu…

— Au fait, Shell ?

Il se plaqua contre elle, « cul contre queue », comme on disait chez les militaires. Sauf qu'il était bien dommage de parler avec autant d'irrévérence d'un postérieur aussi magnifique que celui de Shell.

— Q… Quoi ?

— Je t'aime vraiment, que tu le croies ou non. Et ce n'est pas tout…

Il posa une main sur sa hanche et la pressa encore un peu plus contre l'érection qui se formait inexplicablement dès qu'il se trouvait à moins d'un mètre d'elle.

— J'ai aussi du désir pour toi. Et ça, ce sont les deux choses qui, pour moi, permettent à une relation de fonctionner. Souviens-t'en pendant que seras de sortie avec ton docteur stable, fiable et cohérent ce soir.

9

Le couple qui venait de s'installer dans la chambre voisine ne baisait pas comme le précédent ; ceux-là préféraient s'engueuler.

Johnny aurait préféré qu'ils baisent. Ça lui aurait au moins évité d'entendre la fille rebattre les oreilles du type. Il était à deux doigts de taper du poing contre le mur au-dessus de sa tête de lit en criant : « oui, il a niqué Dolores ! Et il l'a sûrement fait pour échapper à ta voix de mégère pire que celle de la *Nounou d'enfer* ! ».

Alors qu'il se redressait sur les genoux et levait le poing, quelqu'un frappa à la porte. Il tourna vivement la tête.

C'est quoi, ces conneries ?

Personne ne savait qu'il logeait ici, à l'exception de Mary. Et elle n'aurait jamais posé son petit pied délicat dans ce trou à rats, sans parler de daigner emprunter l'ascenseur grinçant sur six étages.

— Qui c'est ? aboya-t-il tout en s'emparant silencieusement de l'arme qu'il gardait sur la table de chevet.

— C'est pour une livraison, annonça une voix nasale et désincarnée à travers la mince porte de métal.

— Vous vous gourez de porte, l'ami. Je n'attends aucune livraison.

— Vous êtes M. Vitiglioni ?

Putain !

Il s'était inscrit sous un faux nom donc... Ouais, il enleva le cran de sûreté de son Ruger.

— C'est de la part de qui ? demanda-t-il.

Dans le même temps, il descendit précautionneusement du lit et grimaça quand le matelas plein de bosses émit un grincement de protestation.

— Hé, mec, je suis livreur, hein, pas votre secrétaire, se plaignit le type de l'autre côté de la porte.

— Laissez-le à la porte, ordonna Johnny en traversant lentement la pièce, son pistolet braqué devant lui.

— Vous êtes M. Vitiglioni ?

Johnny ouvrit brusquement la porte et planta son arme sous le nez bulbeux qui dépassait du visage constellé de traces d'acné du livreur. L'homme était petit, rondouillard et plus que négligent sur la question de l'hygiène personnelle à en juger par sa peau grasse et ses cheveux plus gras encore.

— Hou là !

Le petit gros leva les mains en l'air et le paquet urgent qu'il tenait chuta au sol avec un bruit mat.

— Bon Dieu, mec ! Du calme !

— Qui t'a dit que j'étais ici ? gronda Johnny, son Ruger à quelques millimètres seulement du faciès du livreur.

— Personne ! jura le type dont les yeux écarquillés et injectés de sang s'emplissaient lentement de larmes. C'est juste écrit là, sur l'étiquette d'expédition.

Johnny baissa les yeux et... c'était vrai. Son nom apparaissait bel et bien en grandes lettres majuscules au-dessus de l'adresse de l'hôtel *Stardust* et de son numéro de chambre.

Putain, mais c'est quoi, ce bordel ?

Il scruta les deux côtés du corridor avant de se pencher vers le livreur, sans se laisser affecter par son haleine chargée de moutarde et d'oignons.

— Si tu parles de ça à qui que ce soit... (Il baissa les yeux vers le nom brodé sur l'uniforme marron du type.)... Rudy, je te retrouverai et je te trancherai la gorge. Puis j'attraperai ta grosse langue violette et gonflée pour la passer dans la plaie et je te regarderai saigner à mort. T'as pigé ? Hoche une fois la tête si t'as pigé !

Rudy opina du chef. Une larme solitaire s'écoulait le long de sa peau grêlée et luisante.

— Bien.

Johnny le poussa en arrière et le regarda tituber avant de s'enfuir vers l'ascenseur sans demander son reste. Les portes s'ouvrirent avec un « ping-pong » dissonant et Rudy bondit à l'intérieur pour se tasser dans le fond de la cabine.

Son arme braquée sur Rudy, Johnny lui fit un clin d'œil juste avant que les portes argentées se referment. En entendant le glapissement terrifié du livreur, Johnny ne put s'empêcher de sourire.

Il adorait ce son. Celui de la peur. C'était comme de la musique à ses oreilles. Il s'imaginait souvent que cela lui faisait le même genre d'effet que les chorales d'église chez les croyants.

Il jeta un coup d'œil au paquet puis scruta de nouveau les deux côtés du couloir avant de se baisser pour le récupérer. Il recula rapidement dans la chambre et ferma la porte à clé puis se dirigea vers le lit. Il déposa le colis sur le couvre-lit défraîchi et le contempla pendant un long moment.

Un envoi de Mary ?

C'était la seule possibilité logique. Mais serait-elle assez bête pour lui envoyer un paquet avec son vrai nom dessus alors qu'elle savait très bien pourquoi il se trouvait à Chicago ?

Si c'était le cas, il serait tenté de la tuer, *elle*, plutôt que les familles des Black Knights. La pauvre conne...

L'espace d'une minute, il envisagea de ne pas l'ouvrir. Que pouvait-elle lui avoir envoyé qu'il puisse avoir envie de voir, de toute façon ?

Rien. Absolument rien.

D'un autre côté...

— Oh, et puis allez ! grommela-t-il avant de déchirer l'emballage.

Il fronça les sourcils en voyant apparaître un épais dossier marron en accordéon. D'une main hésitante, il dénoua la ficelle qui maintenait le tout fermé et jeta un coup d'œil prudent à l'intérieur.

— Hein ?

Son front se plissa encore un peu plus en sortant une photo sur papier glacé. Le cliché représentait Michelle Carter et son fils riant aux éclats sur une aire de jeux pour enfants. Il fouilla un peu plus dans le dossier. D'autres photos. Des documents énumérant de multiples noms et adresses. Des coupures de journaux montrant...

Une minute.

Noms et adresses ?

Il repartit en arrière pour examiner la liste imprimée. Certains de ces noms lui étaient familiers. Sykes, McMillan, Weller...

Et puis il comprit. Il s'agissait des noms de famille des Black Knights. Mais ce n'étaient pas eux qui apparaissaient sur les photos. On y voyait des femmes et des enfants. Des jeunes gens. Des couples âgés et...

Des proches.

Ce paquet provenait du détective privé qu'il avait embauché, un détective qui n'était pas censé savoir où il se trouvait.

— T'es encore plus doué que ce que tu m'avais laissé croire, murmura-t-il dans le silence de la chambre.

Il était à la fois impressionné par la ressource de l'enquêteur et agacé qu'on ait découvert sa cachette.

Le détective cherchait clairement à faire comprendre à Johnny qu'il possédait un certain talent dans son domaine. Une manière pas si subtile de l'informer que si Johnny était tenté de s'en prendre à lui pour, disons, éviter des fuites (ce qui était effectivement son plan au départ), il savait exactement où Johnny se trouvait et le verrait arriver de loin.

D'accord, ça méritait un certain respect.

Le détective resterait en vie. Pour le moment.

Johnny remit tout dans le dossier, à l'exception de la photo de Michelle. Il fit courir son doigt sur le visage imprimé de la jeune femme. Il s'occuperait des autres parents des Black Knights demain, mais ce soir... ce soir, il avait des plans très particuliers pour Michelle.

— Hé ! Qu'est-ce que tu fais ? demanda Michelle quand un bras musculeux la saisit par la taille pour l'écarter du taxi dans lequel elle s'apprêtait à monter.

— Mon boulot, répondit Jake presque au creux de son oreille. Je suis ton garde du corps. Donc, tu vas venir à moi.

— Tu peux me servir de garde du corps en me suivant à distance respectueuse. Comme tu l'as fait toute la soirée.

Et quel bonheur ça avait été... Lever les yeux sur le rétroviseur de la BMW de Chris Drummond et apercevoir Jake derrière eux sur sa moto, l'air dur et menaçant et en même temps incroyablement sexy dans son épais blouson de cuir. Sans parler du fait que les rugissements de sa monstrueuse monture empêchaient complètement Shell de se concentrer sur les propos de Chris...

Elle donna une série de tapes sur le bras de Jake jusqu'à ce qu'il la relâche puis se tourna vivement vers lui. Le vent froid qui soufflait depuis le lac Michigan s'engouffra sous le châle léger qu'elle avait enroulé autour de ses épaules et l'emporta. Jake le rattrapa avant qu'il s'envole au cœur du vortex venteux qui se formait entre les gratte-ciel et le lui noua solidement autour du cou en l'attirant tout près de lui au passage.

— Où est passé ce bon docteur ? demanda-t-il à mi-voix, sur un ton presque intime.

Il avait l'haleine aussi fraîche que l'eau minérale gazeuse au citron vert qu'il avait siroté au bar du restaurant espagnol haut de gamme en gardant un œil vigilant sur elle et son rendez-vous.

Son rendez-vous.

Quelle blague !

Cette soirée avait été un enfer et elle ne pouvait pas dire qu'elle regrettait de la voir se terminer si tôt.

Non pas que Chris Drummond se soit mal comporté ou quoi que ce soit de ce genre. En fait, c'était quelqu'un de très gentil. Follement ennuyeux et morne à vous donner envie de sauter par la fenêtre, mais gentil. Tandis qu'il lui parlait, au fil du dîner, de sa famille, de son engagement pour les causes humanitaires et de ses patients, elle n'avait pu s'empêcher de décocher des coups d'œil en direction du bar où Jake était assis.

Vigilant, menaçant et tout sauf ennuyeux.

Et une unique pensée n'avait cessé de lui revenir à l'esprit : *je suis fichue.*

Me voilà en compagnie d'un homme charmant, stable et financièrement à l'aise. Et j'hésite entre m'effondrer d'ennui, la tête dans ma paella, et sauter sur les genoux du coureur de jupons au bar.

Quelque chose ne tournait vraiment pas rond chez elle.

Parce que tout en sachant que n'importe quelle femme intelligente se serait mise à saliver devant le Dr Drummond en se disant que c'était un parti fantastique, et tout en sachant également que c'était le genre d'homme qu'elle aurait dû désirer – l'exact opposé de son père et de Jake – elle ne pouvait s'empêcher, face à ce beau visage, ces dents parfaitement alignées, cette conversation polie, de penser…

Chiant comme la pluie !

Où était l'émotion ? La passion ? L'excitation ? La romance ?

Arrivée à ce point de ses réflexions, elle tournait inévitablement les yeux vers Jake et revenait à cette idée de « je suis foutue ». Parce que l'émotion, la passion, l'excitation, la romance étaient là. Juste là. Assises au bar avec des bottes de motard, une chemise hawaïenne débile et un jean qui faisait monter la température de plusieurs degrés.

Tous les autres hommes présents portaient des costumes de marque qui coûtaient sans doute plus que les mensualités de l'emprunt immobilier de Michelle. Et pourtant, Jake les éclipsait sans mal.

Comment était-ce possible ?

Ou peut-être était-ce elle, le problème ? Peut-être qu'elle était frappée d'une étrange faiblesse face à l'attrait du mâle alpha brut de décoffrage, généralement plus connu sous le nom de M. Connard. Peut-être s'agissait-il de quelque psychose profonde déclenchée par l'abandon de son père. Une sorte de complexe d'Électre tordu.

Ouais, les amis, c'est officiel. Je suis une grosse tarée.

Parce que son plan grandiose pour prouver à Jake que la page était réellement et définitivement tournée entre eux en lui mettant sous le nez un autre homme – quelqu'un de beau et intelligent avec une belle carrière – venait de lui exploser au visage comme un plat trop cuit au micro-ondes.

Boum !

Fichue. Il n'y avait rien à dire de plus.

Elle s'était montrée tellement stupide...

— L'hôpital a appelé Chris, expliqua-t-elle à Jake.

Elle se débattit pour échapper à son étreinte, mais cela ne fit que l'inciter à raffermir sa prise. Le pouls de Shell – qui n'était déjà pas très stable quand il était dans le coin – enclencha le turbo à l'instant où ses mamelons durcis frôlèrent le torse musclé de Jake.

— Sacré mec que tu t'es dégoté là, dit-il avec un sourire sardonique. Il t'a laissée terminer ton dessert toute seule.

Son regard brillait dans l'éclat des phares des voitures derrière eux. La cacophonie de la ville était partout autour, mais elle n'entendait que sa voix grave et sexy.

— Il avait une opération chirurgicale d'urgence à faire, espèce d'idiot ! siffla-t-elle.

Elle se rendit compte à ce moment qu'elle pouvait encore sauver la soirée et atteindre l'objectif qui avait motivé ce rendez-vous. Tâchant de faire abstraction de la proximité de son corps, si massif et si fort, elle sourit et battit des paupières.

— Oh, je ne t'avais pas dit que Chris est chirurgien ?

Un chirurgien terriblement ennuyeux que n'importe quelle fille dotée d'un tant soit peu de jugeote crèverait d'envie de séduire. *Beurk !*

Jake l'attira un peu plus contre lui, jusqu'à l'envelopper dans la chaleur émanant de sa silhouette musculeuse. Un inexplicable frisson traversa le corps de Shell.

— Je me fous de savoir si c'est le président des États-Unis en personne, gronda Jake. Ça ne change rien au fait que tu t'ennuyais à mourir.

Ça s'était vu à ce point ? Visiblement, oui.

Flûte !

Inutile de nier, Jake verrait qu'elle mentait.

— D'accord, je ne te dirai pas le contraire, concéda-t-elle. Mais...

— Donc, si tu as fait tout ça pour me rendre jaloux, ma chère... (Il se pencha tout près, son nez frôlant celui de Shell.)... ça a marché.

Elle s'écarta de lui et le regretta immédiatement quand une bourrasque glacée s'abattit sur elle.

— Je n'ai pas cherché à te rendre jaloux ! J'ai fait ça pour te prouver, une bonne fois pour toutes, que ce que nous avions connu est terminé.

— Ah ouais ? demanda-t-il en haussant un sourcil moqueur. Et tu trouves que c'est un succès ?

Elle ressentit une folle envie de lui faire ravaler son sourire suffisant en lui abattant son sac à main sur le crâne.

— Oh, mais quelle importance ?

Elle resserra le châle autour de ses épaules et fit un pas en direction du taxi qui patientait toujours. Elle n'avait que trop hâte de voir la soirée s'achever.

— Mon rendez-vous est terminé, je rentre à la maison, annonça-t-elle.

— Pas encore.

Il lui saisit le bras et entreprit de descendre la rue avec elle. Les piétons s'écartaient instinctivement de leur chemin et plusieurs femmes tournèrent la tête, les yeux fixés sur Jake.

C'est pas vrai !

— Que veux-tu dire ? demanda Shell.

Elle essaya de dégager son bras, mais il refusa de la lâcher.

— Je veux dire que pour le moment, tu vas venir avec moi.

Lorsqu'ils s'arrêtèrent près de sa moto, garée en biais à un coin de rue, elle put enfin libérer son bras de la prise de Jake.

— Je ne vais pas monter là-dessus ! déclara-t-elle d'un ton catégorique. Pour commencer, il doit faire à peine sept degrés. Et par ailleurs, je suis en robe.

Pour toute réponse, il retira son épais blouson de motard et le lui passa sur les épaules. Le cuir était encore tout imprégné de la chaleur de son corps, ainsi que de son odeur de sable chaud. Le corps tout entier de Shell parut se crisper en réaction.

Seigneur, au secours !

— Pour la robe, tu n'auras qu'à la remonter sur tes cuisses jusqu'à ce qu'on arrive, dit-il en lui tendant le casque qu'il avait accroché au guidon chromé.

— Sûrement pas ! rétorqua-t-elle. Même si ce n'était pas indécent, je ne vais pas voyager comme ça sur vingt pâtés de maisons jusqu'à Lincoln Park. Je mourrais gelée avant d'arriver !

— On ne va pas à Lincoln Park, seulement jusqu'à Michigan Avenue.

— Michigan Avenue ? Qu'est-ce qu'il y a, là-bas ? demanda-t-elle tout en admirant la manière dont il enjamba souplement l'impressionnant engin.

Avec ses peintures reptiliennes, ses finitions en cuir noir clouté, ses pots d'échappement chromés et ses jantes décorées de serpents, la moto ressemblait à une bécane de magazine, pas à un véhicule que l'on pouvait réellement chevaucher.

— Tu verras, lui dit-il en s'avançant sur la selle pour lui laisser de la place.

Comme si elle allait vraiment monter derrière lui ! Jake avait une imagination débordante, impossible de prétendre le contraire.

— Je t'ai dit que je ne venais pas.

— Tu viendras, même si tu m'obliges à te soulever pour t'installer moi-même à l'arrière de Vipère.

Vipère ? La moto avait un nom ? Oui, bien sûr. Les hommes donnaient des noms à tout et n'importe quoi.

— J'aimerais bien voir ça ! s'exclama-t-elle en croisant les bras.

Un geste assez maladroit dans la mesure où elle avait toujours le casque à la main.

— Je fais presque un mètre quatre-vingts et je pèse beaucoup plus que tu ne le crois, dit-elle.

La lueur qui s'alluma alors dans les yeux de Jake lui fit retenir son souffle.

— Je ne me souviens pas d'avoir eu du mal à te soulever contre le mur dans les toilettes du *Trèfle*.

Nom d'un chien ! Pourquoi fallait-il qu'il parle de ça ? Elle eut soudain envie de pleurer.

— Je pense que je n'aurais pas plus de mal aujourd'hui, ajouta Jake. Mais peut-être que tu as besoin d'une preuve ? demanda-t-il en haussant un sourcil.

— C'est ridicule ! J'appelle un taxi et je rentre à la maison.

D'un geste brusque, elle lui rendit le casque en clignant les paupières pour refouler des larmes inattendues. Jake inclina le menton et la fusilla du regard sous ses sourcils blonds froncés.

— Monte. Sur. La. Moto. Shell, gronda-t-il.

— Va te faire voir, Jake ! répondit-elle d'une voix étranglée.

Elle espérait qu'il prendrait son désarroi pour de la colère.

— D'accord, soupira-t-il en descendant de moto. Tu l'auras voulu...

Il l'attrapa et la souleva comme si elle ne pesait rien.

— Hé ! s'écria-t-elle.

Trop occupée à le frapper de façon répétée avec sa pochette ornée de perles, elle en oublia ses larmes.

— Repose-moi, espèce de grosse brute !

Malheureusement, il obéit. À ceci près que lorsqu'elle atterrit, ce fut pour se retrouver à califourchon sur la grosse moto. Avant qu'elle puisse en descendre, il lui enfila le casque sur la tête, enjamba le réservoir pour s'installer devant elle et démarra le moteur.

Vipère prit vie avec un rugissement guttural et les vibrations lui remontèrent jusque dans la poitrine. Puis, avant qu'elle puisse émettre la moindre protestation supplémentaire, Jake démarra en trombe.

Ils étaient suivis.

Arrêté à un feu rouge, Jake jeta un coup d'œil dans le rétroviseur en direction du motard tout de cuir vêtu qui patientait au point mort à peine deux voitures derrière eux. Ce type avait imité chacune de leurs variations de trajectoire sur les deux derniers pâtés de maisons et Jake allait veiller à ce que cela cesse. Au plus vite.

Une décharge d'adrénaline bienvenue déferla dans ses veines tandis qu'il jetait des coups d'œil à gauche et à droite pour jauger la circulation autour d'eux.

— Accroche-toi, ordonna-t-il d'une voix bourrue par-dessus son épaule.

Dès qu'il sentit les bras de Shell se resserrer autour de sa taille, il tourna brutalement l'accélérateur.

Vipère traversa le carrefour dans un rugissement soudain, le large pneu arrière laissant dans son sillage une trace de caoutchouc brûlé accompagnée de klaxons énervés et d'un cri de surprise aigu de la part de Shell. Descendant la rue comme un dératé, Jake repéra une venelle sombre et tourna vivement à droite pour s'y engouffrer.

— Qu'est-ce qui te prend ? demanda Shell après qu'il eut arrêté la moto.

Il déplia la béquille et mit le pied à terre. Ses bottes avaient à peine touché le sol qu'il souleva Shell entre ses bras et la porta en direction d'une benne à ordures bleu et blanc toute rouillée.

— On a de la compagnie, expliqua-t-il.

Il la déposa sur le sol de béton crasseux derrière la benne et se pencha pour récupérer le Kel-Tec dans son holster de cheville. Au moment de le glisser au creux de la main de Shell, il fit de son mieux pour passer outre l'étincelle de peur qu'il vit instantanément s'allumer dans ses yeux sous la visière relevée de son casque.

Bon Dieu, je déteste la voir comme ça...

Qui qu'il puisse être, ce connard était un homme mort. Parce que personne n'avait le droit de faire peur à Shell, ou de la menacer, et de vivre assez longtemps pour s'en vanter. Cette simple idée fit redoubler le flot d'adrénaline dans ses veines.

— Qui... ?

— Je sais pas. Je ne vois rien sous son casque et sa visière. Tu sais te servir de celui-ci ? Il est un peu différent de celui que tu as chez toi, dit-il en attirant son attention vers le pistolet argenté dans sa main.

— O... Oui, lâcha-t-elle, le souffle haché. Frank me fait aller au stand de tir deux fois par mois et il a fait en sorte que je m'habitue à plusieurs armes de poing. C'est un Kel-Tec, c'est ça ?

— Ouais, confirma Jake en vérifiant son chargeur. Donc, si pour je ne sais quelle raison ce salopard parvient à me battre... Ce qui ne se produira pas, la rassura-t-il en la voyant écarquiller les yeux. Tu te souviens, j'ai dit que je ne laisserais rien t'arriver ?

Elle hocha la tête.

— Eh bien, j'étais sérieux. Mais si, par malheur, ce type parvient à me neutraliser, troue-lui la peau avec ça. Et ne te contente pas d'une seule balle. Je veux que tu lui vides ton chargeur dessus. Compris ?

Elle déglutit avec difficulté, mais opina néanmoins du chef.

Là, il fut incapable de résister.

Il se pencha en avant et déposa un baiser vif et ferme sur ses lèvres fabuleuses avant de faire volte-face et de se précipiter vers l'entrée de la ruelle. Le dos appuyé contre l'immeuble en brique, il dégaina le Glock à sa ceinture, chargea une balle dans le canon et attendit.

Il n'eut pas à patienter longtemps. Le grondement d'un moteur V-twin retentit depuis la rue et, une seconde plus tard, le pneu avant d'une Harley s'engagea dans la ruelle. Jake retint son souffle, entièrement concentré sur la manœuvre à venir, muscles tendus comme des ressorts.

Et puis, comme à chaque fois, tout parut ralentir.

Une botte de moto apparut, suivie d'une jambe revêtue de jean qui remontait jusqu'à un épais blouson de motard noir. La vue du casque noir était tout ce qu'attendait Jake, son feu vert pour passer à l'action.

Il referma un bras autour du cou du type, l'arrachant immédiatement à sa monture.

Celle-ci, privée de conducteur, roula sur quelques mètres avant de vaciller et de s'écraser au sol avec fracas.

Plaquant le motard contre le mur, Jake appuya son bras sur la gorge de leur aspirant assaillant et, de l'autre main, lui planta le canon de son arme dans le ventre.

— Qui es-tu ? demanda-t-il dans un grondement grave.

Pour la deuxième fois en deux jours, il sentit le monstre en lui dévoiler ses crocs aiguisés. La chose lui mâchonnait l'échine en le suppliant de la libérer.

Le type leva les mains et Jake se jura que s'il tentait d'attraper autre chose que son casque, il le trufferait de plomb. De fait, son doigt se crispa sur la détente.

— Nom de Dieu, mec ! fit l'inconnu en retirant son casque qui retomba bruyamment par terre. Je... je voulais juste voir la peinture personnalisée sur votre moto. Elle... C'est super classe et...

— Bordel ! jura Jake.

Le gamin – oui, *gamin* ; Jake était prêt à manger son chapeau si le gars avait plus de vingt ans – n'était rien d'autre qu'un passionné de bécanes. Jake prit néanmoins le temps de le fouiller. Une fois certain qu'il n'était pas armé, il se redressa et rangea le Glock à l'arrière de son pantalon.

— Désolé, je t'ai pris pour quelqu'un d'autre, dit-il au petit jeune en se retournant pour relever la moto à terre.

— Merde, mec... Merde ! haleta le gamin, effaré.

Jake poussa la moto jusqu'à lui et se pencha pour ramasser son casque et le lui rendre. Les mains du pauvre type tremblaient tellement qu'il eut du mal à s'en saisir.

— Écoute, lui dit Jake, il y a eu erreur sur la personne.

Il ouvrit son portefeuille et en tira une poignée de billets de cent dollars.

— Voilà de quoi arranger les éventuels dégâts sur ta bécane.

Le petit jeune regarda l'argent comme s'il était potentiellement empoisonné. Jake leva les yeux au ciel et les glissa dans la poche avant du blouson du gamin.

— Et maintenant tire-toi, ordonna-t-il.

Le motard n'eut pas besoin qu'on lui dise deux fois. Il s'empressa d'appuyer sur le bouton du démarreur, laissant échapper un gémissement angoissé quand la Harley se contenta de tousser. Jake plissa les lèvres et pria pour rester patient. Le gamin fit une nouvelle tentative, et cette fois, la moto reprit vie.

Après l'avoir regardé s'enfuir sans demander son reste, Jake se retourna vers la benne à ordures en secouant la tête.

Quelle foirade...

D'accord, cette fois, c'est officiel : je suis fichue.
Car voir Jake s'en prendre physiquement à cet inconnu et le malmener aurait dû retourner l'estomac de Michelle. Et c'était le cas, mais pas de la manière attendue...

Au lieu d'être malade d'avoir échappé de peu à une scène violente, elle avait l'impression d'avoir fait un tour sur un délicieux grand huit et ne pouvait s'empêcher de trouver Jake incroyablement sexy.

Flûte, flûte, flûte !

Elle sortit de derrière la benne et, d'un geste du pouce, remit en place le cran de sûreté.

— Qu'est-ce qui s'est passé ? demanda-t-elle.

— Deux chats et maintenant un fondu de bécanes, maugréa Jake en secouant la tête. Mais j'imagine qu'il vaut mieux avoir affaire à de fausses alertes qu'à de vraies menaces.

— Un fondu de bécanes ? s'étonna Shell. C'est lui qui nous suivait ?

— Ouais.

Jake se passa une main dans les cheveux puis lui reprit le pistolet et le remit dans le holster à sa cheville. Il se releva, s'installa sur la selle de Vipère et, d'un geste du menton, lui fit signe de monter derrière lui.

Shell croisa les bras à l'intérieur de l'épais blouson qu'il lui avait prêté, tout en faisant de son mieux pour ne pas prêter attention à l'odeur masculine qui imprégnait toujours le cuir.

— Je crois que j'ai atteint ma dose maximale d'embrouilles pour la nuit, lui dit-elle. Je vais appeler un taxi.

Le regard qu'il lui décocha aurait fait tourner une pleine bouteille de lait.

— Sérieux ? Tu vas recommencer avec ça ?

— Jake...

— Monte sur cette foutue moto, Shell. Je ne suis pas d'humeur à discuter.

Il n'était pas d'humeur à discuter. C'était *lui* qui n'était pas d'humeur ?

— Très bien, cracha-t-elle.

Car, pour tout dire, elle non plus n'était pas d'humeur à la dispute, surtout sachant comment cela finirait fatalement : il la soulèverait et l'installerait de force sur la moto.

Au moment de resserrer ses cuisses autour des hanches de Jake et de glisser ses bras autour de sa taille, elle fit un terrible effort pour se remémorer toutes les raisons pour lesquelles elle ne pouvait pas simplement s'autoriser à l'aimer. Puis il lui jeta par-dessus son épaule un grand sourire qui disait « j'ai gagné » en accentuant ses fossettes, et tout ce qu'elle fut capable de se dire fut…

Je suis fichue.

10

— Ah non. Sûrement pas.

Jake sourit aux accents d'hystérie dans la voix de Shell quand il coupa le moteur, retira son casque et mit Vipère sur la béquille.

— Je ne... Je vais pas entrer ici avec toi, bredouilla-t-elle. Pas dans un *hôtel* ! Tu me crois folle, ou quoi ?

Il lui sourit par-dessus son épaule ; il adorait la manière dont le casque trop grand lui rabattait les cheveux sur le visage et la façon dont elle ne cessait de souffler pour les chasser de devant ses yeux.

— Quoi ? dit-il. Tu sais que je suis un homme de parole. Je t'ai promis qu'il n'y aurait plus d'écart et il n'y en aura plus. À moins que tu craignes d'avoir du mal à te retenir de me sauter dessus une fois seule avec moi dans une chambre ?

— Dans tes rêves !

— T'as pas idée, grommela-t-il en descendant de la moto.

— Hein ?

— Rien, répondit-il en lui tendant la main. Allez. On y va.

— J'ai dit non, martela-t-elle en croisant farouchement les bras.

La voir ainsi, enveloppée dans son épais blouson, avec ses mèches dans les yeux et ses interminables jambes nues à califourchon sur Vipère, faillit bien lui faire réviser son idée.

Il ne l'avait pas amenée ici pour la séduire, mais pour qu'ils puissent se parler. Simplement parler. Sans le risque quasi permanent d'être interrompus par un petit garçon de trois ans.

Certes, il aurait pu la conduire dans un bar tranquille pour boire un verre. Mais il aurait dû garder l'œil sur la porte et les autres clients, scruter sans cesse les alentours à la recherche d'une menace potentielle. Et ce n'était pas ce qu'il avait en tête. Non. Il voulait accorder à Shell cent pour cent de son attention. Il avait tant de choses à lui dire. Tant de choses à lui faire comprendre.

— Qu'est-ce que tu regardes comme ça ? demanda-t-elle.

Elle leva les mains pour retirer son casque puis secoua la tête pour écarter les cheveux qui la gênaient. Un geste involontairement sexy qui, malgré les intentions de Jake, réveilla le membre entre ses jambes. Cette partie de son anatomie semblait n'avoir jamais rien à faire de ses intentions.

— La plus belle femme du monde, répondit-il en laissant de nouveau son regard caresser ses jambes incroyablement longues.

Elle leva ses magnifiques yeux au ciel et plissa ses lèvres en une moue qui donna plus que jamais envie à Jake de les mordiller avant de passer la main sous cette minijupe et...

Bon sang, Sommers, reprends-toi tout de suite ! Ce n'est pas pour ça que tu l'as escortée jusqu'ici.

— Viens, rentrons nous mettre au chaud.
— Non !

— Shell, je veux simplement discuter. Parole de scout.
— Tu n'as pas été scout.
— Bien sûr que si.
— Oh, arrête, Jake ! Je ne suis pas née de la dernière pluie. Un homme ne loue pas une chambre d'hôtel rien que pour discuter avec une femme.
— J'ai loué cette chambre dès mon arrivée en ville, il y a deux jours, avant de savoir que je logerais chez toi. Si tu ne me crois pas, tu pourras vérifier à la réception. Mais d'abord, il va falloir que tu descendes de moto.
— J'ai dit non !
Il eut l'impression très nette qu'elle aurait tapé du pied si elle avait été debout. Marrant, il aurait bien aimé voir ça. Cette fois, ce fut lui qui leva les yeux au ciel.
— Ouais. Et tu te souviens de ce qui s'est passé la dernière fois que tu as dit non ? Est-ce que je vais devoir te porter sur mon épaule pour emmener ton adorable petit cul à l'intérieur ?
Le regard qu'elle lui décocha alors aurait dû l'envoyer au tapis comme un énorme rouleau sur l'océan. Au lieu de quoi, il croisa les bras, arqua un sourcil et attendit.
Shell était une fille intelligente. Elle savait admettre quand elle était battue.
— Très bien, cracha-t-elle pour la deuxième fois en moins d'un quart d'heure.
Elle fit passer une jambe nue par-dessus la selle de Vipère. Nom d'un chien, cette femme avait les gambettes les plus canon de la planète !
Mais ce n'est pas pour ça que tu l'as amenée ici ! Ouais, va donc dire ça au cerveau que j'ai dans le slip...
— Je te donne quinze minutes.

Quand elle se tortilla pour faire redescendre sa jupe le long de ses cuisses magnifiques, Jake crut défaillir. Elle le faisait monter dans les tours comme personne.

— Après quoi, j'appellerai un taxi pour rentrer et libérer Frank de sa mission de baby-sitter.

Jake la suivit jusqu'aux ascenseurs en ne laissant qu'une seule fois son regard s'arrêter sur le balancement sexy de ses fesses.

Bon d'accord, deux fois.

Pour sa défense, Shell n'était pas seulement dotée de jambes à se damner mais aussi d'une somptueuse paire de fesses. Il était bien normal de l'admirer comme il se doit.

Il s'attendait à la voir maintenir une forme de résistance de façade. Mais le trajet jusqu'au hall d'entrée se fit en silence, la traversée du hall jusqu'aux ascenseurs également, la montée jusqu'au septième étage de même. Et le parcours du long corridor jusqu'à sa chambre...

Ouaip. En silence.

Ce n'est qu'au moment où il inséra sa clé magnétique qu'elle reprit la parole.

— Non, dit-elle. Je n'entrerai pas là-dedans avec toi. On peut se parler ici, dans le couloir, c'est suffisamment privé.

Et voilà. Ça aurait été trop simple...

Passant un bras autour de ses épaules pour l'empêcher de s'enfuir en courant, il l'attira dans sa chambre d'hôtel.

— Hé ! Lâche-moi ! grogna-t-elle comme il la guidait vers le lit.

Voyant cela, elle tenta de faire marche arrière comme s'il menaçait de la jeter la tête la première dans un volcan.

— Oh, bon sang, Shell !

Avec des gestes doux mais fermes, il la fit s'asseoir sur le matelas avant de se diriger d'un pas agacé vers la chaise rangée sous le petit bureau dans un coin de la chambre.

— Assieds-toi et laisse-moi dire ce que j'ai à dire.

Il tira la chaise vers le lit, la retourna et s'assit à califourchon dessus. Pendant une longue minute, il contempla son visage rougi par l'émotion, retrouvant les traits dont il était tombé amoureux la première fois qu'il avait posé les yeux sur elle.

Elle s'agita, mal à l'aise, sous ce regard scrutateur.

— Et donc ? demanda-t-elle. Tu m'as fait venir ici pour parler. Alors parle.

— Je veux terminer mon récit de l'attentat dans la caserne.

Oh non.

C'était le sujet qui l'assurait que Michelle poserait sagement les mains sur ses cuisses en refoulant toute envie de s'enfuir. Que fallait-il faire, déjà, quand un combattant avait besoin de parler ? Ah ouais, elle était censée l'écouter.

Dans quoi je me suis engagée...

Quand il abordait ces questions, elle avait le plus grand mal à se rappeler qu'il était un coureur de jupons comme son père, qu'il l'avait rejetée et abandonnée, qu'il était resté sourd à ses appels à revenir vers eux, vers elle, pendant des années. Lorsqu'il parlait de ces choses, elle devait lutter constamment pour garder à l'esprit qu'il n'était pas qu'un soldat blessé, un guerrier ayant fait l'expérience d'assez d'horreur et de douleur pour toute une vie. Elle devait lutter pour se rappeler qu'il s'agissait de Jake et que lui accorder sa confiance était la dernière chose à faire...

— Où en étais-je, hier soir, avant qu'on soit interrompus ? demanda-t-il.

Des morceaux. Il avait parlé de cadavres en morceaux.

— Le cratère dans le sol et... heu... (La gorge de Shell se serra.)... les corps des Marines de... dans les arbres.

— Ouais...

Il hocha la tête et elle vit au mouvement de sa gorge épaisse qu'il avalait difficilement sa salive.

— On a creusé au milieu des décombres pendant deux jours. Mais il n'y avait aucun survivant. Pas un. Et c'est à ce moment, après quarante-huit heures passées à trier les bouts de corps et à me ruiner les mains à fouiller au milieu des blocs de béton brisés, que j'ai commencé à les haïr. À les haïr tous. Tous ces salopards arriérés tout droit sortis du Moyen Âge, avec leur rage et leur ferveur mal placées. Je me suis mis à haïr leur façon de bouger, de parler, leur apparence, leur odeur. J'avais envie de les exterminer jusqu'au dernier, d'en débarrasser le monde une bonne fois pour toutes.

Shell eut un hochement de tête de compassion. Elle avait du mal à imaginer être témoin d'un carnage aussi atroce que cet attentat sans en ressortir le cœur empli de fureur et d'amertume. Une larme brûlante et désobéissante s'écoula le long de sa joue et elle sentit la sangria qu'elle avait bue au dîner se changer en vinaigre dans son estomac.

— Avant l'attentat, j'étais plutôt philosophe quand il s'agissait de tuer l'ennemi, expliqua Jake.

Il la dévisagea de nouveau brièvement avant de reporter son regard sur ses mains et de serrer les poings au sommet du dossier de la chaise.

— Je les abattais parce que j'en avais reçu l'ordre et parce que les laisser en vie aurait constitué une menace contre tout ce et ceux que j'aime. Mais après ces bombes...

Il secoua la tête. La façon dont ses mèches blanchies par le soleil retombaient sur son front rappela à Shell les quelques occasions où elle y avait passé les doigts.

— Quelque chose de mauvais et d'insidieux avait planté ses griffes dans mon âme et je me suis laissé aller à la haine. Une haine qui a fini par prendre le pas sur tout le reste. Quelques semaines plus tard, alors que nous patrouillions dans les collines, cette haine a trouvé l'occasion de se manifester. On nous avait envoyés questionner les habitants du coin pour leur faire dire ce qu'ils savaient des événements autour de l'attentat...

La gorge serrée, Shell haussa un sourcil.

— Je ne sais pas combien de gens on a interrogés. Des centaines, sans doute. Et bien sûr, ils affirmaient tous ne rien savoir. Hyper frustrant. Et puis, un jour, on est tombés sur un groupe d'hommes qui s'étaient réunis près d'une petite maison en torchis. Eux aussi ont juré ne rien savoir, mais leurs yeux disaient autre chose. En fouillant leur maison, on a découvert des articles de journaux à propos de l'attentat encadrés comme des foutus trophées. Et à ce moment, j'ai su que même s'ils n'avaient pas participé à l'attaque en elle-même – et il s'avère qu'ils n'y avaient effectivement pas pris part – c'était le genre de types qui n'hésiteraient pas à brandir un AK-47 ou un lance-roquettes contre les forces de la coalition. Une fois là-bas, on finit par savoir repérer un fanatique à un kilomètre. Et ces types... c'étaient des fanatiques avec un grand F, termina-t-il en secouant la tête.

Il marqua une pause, le temps semble-t-il de mettre de l'ordre dans ses pensées avant de reprendre.

— Ils n'étaient pas armés. Ils n'ont eu aucun geste agressif envers nous, mais il m'a suffi d'un regard pour lire la malveillance sur leurs traits. Je me suis rappelé avoir passé des heures au milieu des cadavres et je... j'étais absolument furieux. Ma peau s'est mise à me démanger, comme si ma haine avait pris vie et fouissait à travers ma chair. J'ai pointé mon arme sur le front de leur chef. J'étais à ça de l'abattre, dit-il en levant le pouce et l'index séparés d'à peine deux centimètres. De lui coller une balle dans le crâne. J'ai honte d'admettre que, ce jour-là, j'ai vraiment failli tuer quelqu'un de sang-froid, devenir un assassin.

Shell hocha la tête et, pour la énième fois depuis que Jake était soudain réapparu dans sa vie, résista à l'envie de le prendre dans ses bras pour le réconforter.

— Tu ne peux pas te flageller pour quelque chose que tu as *presque* fait.

— Non ?

Jake braqua ses yeux verts sur le visage de Shell. C'était la première fois depuis le début de cette conversation qu'il la regardait vraiment. L'effet était hypnotique ; elle sentit son estomac tournoyer sur lui-même comme si elle l'avait balancé dans un sèche-linge.

— Cet incident m'a fichu une trouille bleue, dit-il.

Devant l'expression de surprise de Shell, il eut une grimace amère.

— Oui, malgré ce qu'on t'a laissé croire, les SEAL aussi ont peur. La peur, la vraie, celle qui te fait pisser dans ton froc. Et c'est ce qui m'est arrivé ce jour-là. Ça m'a foutu une trouille d'enfer.

Elle se retint de nouveau de tendre la main vers lui et serra le dessus-de-lit entre ses doigts. Elle se contenta de l'encourager à continuer par un simple geste du menton.

— Je ne sais même pas comment te décrire ce que ça fait d'avoir le pouvoir de vie ou de mort sur quelqu'un, admit-il à mi-voix.

Il plia et déplia ses doigts puis contempla ses paumes comme si elles appartenaient à quelqu'un d'autre.

— C'est un truc qui te monte à la tête, qui te donne l'impression dangereuse d'être comme un dieu. Cet incident m'a montré que la haine avait enflé en moi et que non seulement elle m'avait habitué à détenir ce pouvoir, mais surtout qu'elle me donnait envie de l'exercer. J'étais en train de devenir le genre d'hommes qu'on m'avait envoyé exterminer, quelqu'un capable de tuer n'importe qui.

— Je ne crois pas que tu aies besoin de... commença Shell pour prendre sa défense.

Mais Jake l'interrompit.

— Et c'est cette peur, la peur de devenir exactement comme les hommes que j'en étais venu à haïr, qui a joué un rôle majeur dans la décision que j'ai prise sur le flanc de la montagne le jour où Pasteur est mort. J'ai laissé cette peur l'emporter sur mon bon sens, sur mon entraînement de soldat, de SEAL, de membre d'une équipe. Je n'ai pas voulu céder au monstre et, en conséquence, j'ai pris la mauvaise décision.

— Frank m'a parlé de ce jour-là. Vous aviez ordre de...

— Rien à foutre des ordres ! gronda-t-il. C'est *la peur* qui a guidé mon choix ce jour-là ! Et puis, au moment où on avait vraiment besoin d'Al-Masri, je me suis laissé gagner par la colère et je lui ai tiré dans la tête. Mais le pire, c'est que j'avais convaincu Pasteur de me suivre. Depuis le début, il proposait de tuer ce sale type et de se tirer au plus vite, mais je l'ai persuadé de ne pas le faire parce que j'avais perdu le contrôle et que je me faisais peur. Et tu sais ce que ça lui a valu ? De se faire tuer !

Sa voix s'était brisée et il pressa deux doigts aux coins de ses yeux.

Une nouvelle larme s'échappa sur la joue de Shell. Suivie par une autre. Puis une autre.

— C'est pour cela que je suis le plus désolé, Shell, dit-il d'une voix rauque, sans la regarder. Pour avoir agi comme un lâche plus préoccupé de maîtriser le monstre en lui que de prendre une décision stratégiquement valable. La décision qui nous aurait maintenus en vie, qui aurait gardé Pasteur en vie. Parce que même si ça m'a flingué quand c'est lui que tu as choisi plutôt que moi, je préférerais vous voir heureux ensemble que de savoir qu'il est six pieds sous terre par ma faute.

Oh, Steven. Mon cher, cher Steven. Et mon pauvre, pauvre Jake.

— Jake...

Elle tendit la main et lui toucha le poignet.

Bon, ça y est, tu viens de faire une boulette.

Car la peau de Jake à cet endroit était chaude et terriblement vivante, rendue piquante par sa pilosité toute masculine. Cela lui rappelait ce que ça faisait d'être plaquée contre lui et tenue si serrée qu'elle ne pouvait plus distinguer son battement de cœur du sien.

— Pour moi, tu n'es pas responsable de ce qui est arrivé à Steven. Et tu ne devrais pas culpabiliser. Quoi que tu en dises, il a pris sa propre décision ce jour-là.

— Mais il serait encore en vie si nous avions tué Al-Masri comme il le proposait. Tu aurais toujours un mari, Franklin aurait un père et je ne peux pas te dire à quel point...

Elle l'interrompit en serrant son poignet entre ses doigts.

— Jake... Peut-être que vous seriez tous morts si les choses s'étaient passées différemment. Tu y as déjà pensé ? Peut-être que vous vous seriez retrouvés piégés au sommet du plateau avant d'être abattus un par un. Le fait est que tu n'as aucun moyen de savoir ce qui aurait pu se produire. Ce dont tu peux être sûr, par contre, c'est que tu n'as rien fait de mal.

Peu importaient la manière dont il l'avait traitée par le passé ou les risques que lui faisait courir sa présence dans sa vie, elle ne supportait pas de le voir se débattre avec une telle culpabilité.

Il plongea son regard dans le sien et elle vit sa pomme d'Adam osciller plusieurs fois. Une onde de chaleur se propagea depuis son poignet jusque dans la paume de Shell, puis le long de son bras et au creux de sa poitrine avant qu'elle retire vivement la main.

Il la scrutait avec une telle intensité qu'elle fut forcée de détourner les yeux et se mit à tirer machinalement sur une perle mal fixée sur sa pochette.

— Mais si tu ne me tiens pas responsable de la mort de Pasteur, pourquoi m'as-tu dévisagé de cette façon, hier soir, quand je me suis présenté à Franklin ?

Shell ferma brièvement les paupières et tenta, sans grand succès, d'apaiser ses nerfs à fleur de peau.

— Après toutes les peines et les déceptions, toutes les souffrances et tous les souvenirs, ça m'a paru tellement... (Elle secoua la tête d'un air impuissant.) Je ne sais pas, je crois qu'injuste serait le mot. Que tu puisses agir comme s'il ne s'était rien passé. Ça... ça m'a... Je dirais que ça m'a irritée.

Il inspira profondément et elle jeta un coup d'œil dans sa direction. Il pinçait les lèvres et ses yeux étaient étrangement brillants dans la lumière tamisée des petites lampes de chevet.

— Dès l'instant où tu es entrée dans la cour, j'ai eu envie de tomber à genoux pour te demander pardon. C'est exactement ce que j'aurais fait si je n'avais pas été persuadé que tu m'enverrais balader.

Shell sentit son cœur se craqueler encore un peu plus.

— Eh bien, ça y est. Tu m'as présenté tes excuses et je...

— Non.

Il secoua la tête et quitta son siège pour se mettre à genoux devant elle. Elle eut l'impression que son estomac lui descendait brutalement dans les talons. Saisissant ses deux mains dans les siennes, Jake riva son regard au sien.

— Je ne me suis pas excusé pour tout. Je ne me suis pas excusé pour la façon dont je t'ai traitée ce soir-là au *Trèfle* ni pour ce que je t'ai dit devant l'entrée de la base. Je ne me suis pas excusé pour...

— Ça va.

Plus encore que sa déclaration d'amour, ses remords quant à la manière dont les choses s'étaient déroulées tant d'années plus tôt ébranlaient la détermination de Shell. Elle se sentit prise de regrets, désireuse de croire qu'elle s'était trompée à son sujet. Elle en venait à se demander si elle avait commis une erreur. Un questionnement qui s'accompagnait d'un raz-de-marée de culpabilité.

Gorge serrée, poitrine oppressée, elle parvint néanmoins à murmurer :

— Vraiment, Jake. Je ne veux pas en entendre plus. N'en parlons plus.

Reste forte, Michelle. Il est peut-être désolé pour ce qu'il a fait tout comme papa prétendait l'être, mais ça ne change pas ce qu'il est...

— Tu n'as peut-être pas envie de l'entendre, répondit-il, mais ça ne va pas m'empêcher de te le dire.

Si, justement, je voudrais que ça t'empêche de le dire.

— Jake, supplia-t-elle, ce n'est vraiment pas...

— Je suis tellement navré, Shell ! laissa-t-il échapper. Tellement navré pour mon comportement à mon retour de ces quatre mois de service. Ma seule excuse, c'est que même si notre métier nous sépare du reste de la société, je n'avais jamais eu le sentiment d'être un étranger, quelqu'un de foncièrement différent, jusqu'au jour de l'attentat. Jusqu'à ce que je sois tenté de tuer ce type de sang-froid. J'ai pensé que si tu découvrais un jour ce que j'étais devenu, tu ne voudrais plus de moi. Et ensuite je t'ai traitée n'importe comment pour avoir fait la seule chose intelligente à faire, à savoir me larguer et tomber amoureuse de Pasteur. Mais c'était mon orgueil et mon cœur brisé qui parlaient. Je te jure sur ma tête que je ne pensais pas un mot de ce que je t'ai dit.

Floc !

Voilà. C'était le bruit des défenses de Shell brusquement écrabouillées d'un coup de masse.

Il secoua la tête avec un sourire triste et tendit la main pour essuyer du bout du pouce la larme qui glissait lentement sur la joue de Shell.

Oh, pourquoi ne m'as-tu pas dit tout ça à l'époque ? Les choses auraient pu être si différentes...

— Les gens ont toujours plein de choses à dire sur le sujet. Ils parlent de trouble de stress post-traumatique ou de trauma du combattant, poursuivit Jake en serrant les doigts engourdis de Shell entre les siens.

Si seulement son cœur avait pu rester tout aussi froid et engourdi...

— Mais ce ne sont que des mots, affirma-t-il. Personne ne sait vraiment ce que ça fait avant de l'avoir vécu. Moi, je l'ai vécu, et c'était une expérience si intense que je me suis complètement détaché de moi-même. Certains jours, j'avais l'impression d'être un zombie, complètement insensible. Et à d'autres moments, mes sens étaient tellement à vif que le moindre petit truc me faisait péter les plombs. J'aurais dû mieux le gérer, j'en suis conscient. Mais j'ai fait ce qui me semblait juste. Je t'ai éloignée de moi pour te protéger du monstre que j'étais devenu. Du *tueur* que j'étais devenu.

— Jake...

— Ça m'a pris longtemps pour me faire de nouveau confiance, pour sentir que j'avais repris le contrôle de la colère et de la haine. Même après avoir reçu ta lettre, j'ai connu des périodes difficiles, des rechutes. Mais à ce moment-là, je me suis fait une promesse. Je me suis promis de revenir vers toi dès que je me sentirais assez fort, dès que j'aurais la conviction d'être un homme raisonné et rationnel plutôt qu'un type motivé par sa rage et son désir de vengeance. Shell, je...

— Je t'en prie, arrête ! supplia-t-elle. Je ne veux pas en entendre plus...

Elle tenta de dégager ses mains, mais il la tenait fermement.

— Je sais, dit-il. Mais il faut que tu comprennes...

Alors elle fit la seule chose qui lui vint à l'esprit pour le faire taire.

Elle l'embrassa.

Waouh.

S'il y avait une chose à laquelle Jake ne s'était pas attendu, c'était de sentir les douces lèvres de Shell s'écraser sur les siennes. Et même lorsqu'elle posa les mains sur ses épaules et se rapprocha jusqu'à ce qu'il se retrouve entre ses cuisses, il demeura bêtement à genoux, comme un parfait crétin, trop stupéfait pour bouger, les yeux écarquillés de stupeur.

Elle... l'embrassait ?

Oh oui, elle... elle l'embrassait !

En un instant, la promesse qu'il lui avait faite la veille fut balayée par le retour d'instincts aussi archaïques que puissants. Il lui prit le visage entre les mains et savoura la langue qu'elle avait glissée dans sa bouche, le cœur soudain gonflé d'espoir. Et n'étaient-ce pas des chants d'oiseaux qu'il entendait soudain ? Et les tintements d'un clocher quelque part, au-dehors ?

C'était comme de se retrouver plongé au cœur d'une comédie musicale de Broadway. Enfin, jusqu'à ce qu'il comprenne ce que signifiait réellement ce baiser.

Ce n'était pas une question de passion ou d'amour. Ce n'était même pas non plus une tentative de donner ou d'obtenir du réconfort.

Shell essayait simplement d'empêcher ses barrières intérieures de céder. De lui interdire de prononcer des choses qui pourraient changer son opinion sur lui et lui faire voir la vérité. Qu'il l'aimait.

Ce baiser, c'était une connerie.

S'écartant brusquement, il lut sur le visage de Shell l'expression d'un désespoir mêlé de peur.

Les chants d'oiseaux et les sons de cloches disparurent aussi vite qu'ils étaient arrivés. Il n'entendit plus que son souffle rauque et le martèlement lourd de son cœur résonnant à ses oreilles.

— Ce n'est pas pour ça que je t'ai amenée jusqu'ici, dit-il. Je veux simplement qu'on parle.

— On a fini de parler, dit-elle en se penchant de nouveau vers lui.

Son souffle doux vint caresser les lèvres de Jake, accompagné d'une expression provocante et langoureuse. De quoi réduire n'importe quel homme à l'état d'érection ambulante.

Et franchement, impossible de prétendre qu'il y était immunisé. Loin de là. Mais ce n'était pas comme ça qu'il voulait que ça se passe. Lorsque enfin ils feraient l'amour, il voulait que ce soit parce qu'ils se seraient compris, parce qu'ils seraient parvenus à se mettre d'accord sur leur avenir commun. Il voulait que ce soit...

— Et merde... grommela-t-il, dégoûté par son propre manque de maîtrise de soi quand elle l'embrassa de nouveau.

11

Je n'aurais jamais dû faire ça.
Au fond de son cœur, Michelle savait. Elle l'avait embrassé pour le faire taire. Mais elle aurait dû deviner que ce n'était pas la solution. Avec Jake, il était impossible de s'arrêter à un seul et unique baiser à moins, comme la veille, de pouvoir se raccrocher à une source de distraction.

Mais il n'y en aurait pas ici. Pas dans une chambre d'hôtel.

Ils n'étaient que tous les deux. Seuls. Complètement seuls...

Et Jake lui était si familier, familier à lui en briser le cœur. La façon dont il la touchait et faisait remonter ses mains le long de ses flancs pour venir refermer ses doigts autour de ses seins, ses pouces effleurant les mamelons... Mon Dieu. Elle avait oublié à quel point ça pouvait être agréable.

La façon dont il l'embrassait, caressant son cou du bout des lèvres avant de la mordre gentiment, jusqu'à la faire se cambrer contre lui. La façon dont ils s'emboîtaient l'un dans l'autre, poitrine contre poitrine, hanche contre hanche. La façon dont son regard s'embrasait à sa vue.

Arrête ça tout de suite ! lui hurlait son esprit.

Mais elle refusait de l'écouter. Elle en voulait plus. Un peu plus de cette étreinte brûlante, de ce plaisir délicieux. Après, oui, elle arrêterait…

Passant les mains sous sa ridicule chemise hawaïenne, elle éprouva avec bonheur le contact de sa peau chaude et douce qui ondoyait par-dessus sa somptueuse musculature. Même sans le voir, elle avait un souvenir très précis du tatouage recouvrant son dos. C'était une reproduction flamboyante et colorée de l'emblème des SEAL, la broche que tous les Navy SEAL accrochent fièrement à leur uniforme – dans les rares occasions où ils en portent un – représentant un aigle perché sur une ancre et un trident. Elle se souvenait d'avoir pensé que ce tatouage avait quelque chose de féroce et de sauvage, tout comme l'homme qui l'arborait.

Comme l'homme dont elle avait secrètement rêvé pendant des années.

Encore un tout petit peu…

Le mouvement qu'elle fit pour se débarrasser de ses escarpins la plaqua contre l'érection vibrante de Jake, lequel laissa échapper un gémissement de plaisir.

S'agenouillant sur le matelas, il la redressa en position assise et lui dévora les lèvres tout en s'attaquant à sa robe. Ce qui avait paru prendre une éternité dans sa chambre plus tôt dans la soirée fut défait en un simple zip sonore de dents métalliques se libérant les unes des autres.

On y était. Là, tout de suite. Si elle laissait les choses aller plus loin, le retour en arrière deviendrait impossible.

Arrête ça ! lui hurla de nouveau son esprit.

Mais cette voix se faisait de plus en plus ténue au fur et à mesure que Jake continuait à la couvrir d'amour et que son corps entonnait un chant montant de *oh oui... oh oui... oh oui !*

Et n'avait-elle pas déjà souffert des conséquences de l'amour qu'elle avait pour lui ? N'avait-elle pas déjà eu le cœur brisé ? Alors, quel mal y aurait-il à s'accorder une nuit, cette nuit, pour enfin lui *faire* l'amour ?

D'accord, il ne s'agissait là que d'une rationalisation pour ce qui s'avérait sans doute l'une des idées les plus stupides qu'elle ait jamais eues. Mais s'en souciait-elle ?

Elle avait passé ces dernières années à étouffer ses propres besoins au profit de ceux d'un autre. À faire comme si la sensation d'un homme plaqué contre elle, en elle, ne lui manquait pas. À faire mine de ne pas être consumée par ce désir qu'elle refusait de combler. Et demain, elle retournerait à cette vie-là. Demain, elle reprendrait son rôle, rajusterait son masque, enfilerait de nouveau son uniforme de maman.

Mais ce soir ?

Pour la première fois depuis très longtemps, elle décida de se montrer égoïste, de prendre ce dont elle avait envie sans se soucier des conséquences.

Cette soirée serait pour elle. Pour la femme qu'elle avait été avant la souffrance, la colère, la tromperie. Pour une nuit, elle refuserait de s'inquiéter de ce que le futur pouvait lui réserver, des peines et des révélations terribles qui l'attendaient peut-être. Pour une nuit, elle allait oublier tout cela et simplement... ressentir les choses.

Ayant pris sa décision, si stupide soit-elle – ce qui ne faisait aucun doute, mais elle s'en fichait – elle dégagea les épaules hors de sa robe et la laissa retomber sur sa taille. Jake se redressa pour contempler d'un regard affamé son soutien-gorge en dentelle et tout ce qu'il contenait.

— Dieu que tu es belle, murmura-t-il en faisant courir un doigt le long d'une bretelle de soie noire.

Descendant jusqu'au sommet de l'un des bonnets, il glissa précautionneusement son doigt à l'intérieur. Des frissons lui remontèrent l'échine. Elle tendit les bras vers lui et c'est à ce moment-là qu'il fit quelque chose de totalement inattendu.

Il sauta au bas du lit, lui tourna le dos et croisa les mains sur son crâne.

— Je ne t'ai pas amenée ici pour ça. Je te le jure. J'étais sérieux quand je t'ai fait cette promesse hier soir.

— Je sais, souffla-t-elle.

Elle se tortilla pour s'extraire de sa robe, retira sa culotte et défit son soutien-gorge avant de le laisser tomber par terre. Elle avait pris sa décision ; elle n'allait pas laisser Jake se défiler.

Elle avait mérité ce moment, après tout ! Elle méritait cet abandon, cet embrasement des sens, ce frisson hédoniste. Après tout ce qu'elle avait traversé, tout ce qu'il lui avait fait subir, elle le méritait...

Il laissa retomber ses bras et se tourna vers elle. Son regard luisant s'arrêta sur le corps nu de Shell.

— Tu...

Sa voix ressemblait à un grognement. Il se reprit, sa pomme d'Adam oscillant dans sa gorge.

— Tu t'es déshabillée...

— Oui, chuchota-t-elle. Maintenant, le seul problème est de savoir pourquoi tu ne fais pas la même chose.

Elle s'avança jusqu'au bord du lit et s'agenouilla devant lui pour s'attaquer aux boutons de sa chemise. Jake ne l'en empêcha pas ; il demeura parfaitement immobile tandis que les doigts de Shell les défaisaient un par un. Elle savoura l'apparition de petites touffes de poils, plus sombres que sur son crâne mais toujours dotés de reflets dorés et décolorés par le soleil. Ses tétons ressemblaient à de petits disques bruns, et lorsque le dos des doigts de Shell frôla son ventre, ses muscles abdominaux se contractèrent à la manière d'un accordéon. Il haussa les épaules afin qu'elle puisse lui retirer la chemise puis gémit de nouveau quand elle s'affaira sur les boutons de sa braguette.

Il lui prit les mains pour suspendre son geste.

— Pourquoi fais-tu ça ? demanda-t-il. Est-ce que ça veut dire que tu... ? Que nous... ?

Il secoua la tête d'un air éperdu. L'espoir qu'elle lut dans ses yeux donna à Shell l'impression qu'on lui écrasait la poitrine.

L'espace d'un moment, elle eut envie d'oublier tout ce qu'il s'était passé, tout ce qu'il avait pu faire, et de le croire sur parole quand il affirmait qu'il l'aimait et qu'il avait changé.

Mais peu importait la conviction avec laquelle ils y croyaient, les hommes tels que lui ne changeaient jamais vraiment. Tôt ou tard, quand l'ennui se ferait sentir, que la routine s'emparerait de l'existence, il se révélerait fidèle à sa nature et partirait en quête d'un nouveau frisson.

Aussi sûr que l'aube succédait à la nuit...

— Rien n'a changé, lui dit-elle en l'attirant à elle pour l'embrasser. Nous avons toujours été doués pour ça... (Elle gloussa en espérant qu'il ne capterait pas les échos de désespoir dans ce rire.) Ou du moins, je pense que nous l'aurions été si nous avions fini par trouver l'occasion d'aller au bout des choses.

Il la dévisageait toujours de ses yeux si verts, mais s'abstint d'émettre de nouvelles objections quand elle défit le dernier bouton de sa braguette et abaissa son jean et son boxer sur ses hanches. Le mouvement libéra son érection et...

Oh... waouh...

Il était long et rose et... absolument parfait.

Comme elle tendait la main pour se saisir de lui, il l'arrêta en encerclant son poignet entre ses doigts. Elle releva les yeux vers son visage et y lut le combat intérieur qui l'animait.

— En réalité, c'est ça que tu veux, Jake. Tu sais bien que c'est ça dont tu as envie depuis le départ.

Dans un geste lent et doux, elle défit la prise de Jake sur son poignet et guida sa main jusqu'à son sein. Les yeux de Jake suivirent le mouvement et, à la seconde où elle fit passer le bout de ses doigts sur son mamelon durci, elle le vit frémir des narines et étrécir les yeux.

Il suivait avidement du regard les mouvements de ses doigts venus encercler et pincer doucement le bourgeon dressé.

— Ce n'est pas qu'une question de sexe, Shell, grogna-t-il.

Mais tout en disant ces mots, il s'était rapproché, ses genoux heurtant le matelas. Elle tendit de nouveau la main vers son bas-ventre, et cette fois, il ne fit rien pour l'en empêcher.

— Ah... purée... souffla-t-il en sentant ses doigts caresser la longueur de son membre.

— Enfin, on va pouvoir aller jusqu'au bout, murmura Shell.

Elle se pencha en avant pour presser ses lèvres sur l'extrémité en savourant son parfum d'homme excité et la sensation de sa peau chaude et soyeuse glissant le long de la colonne de chair et de sang aussi dure que l'acier.

Un grondement désespéré et affamé s'échappa du fond de la gorge de Jake qui écarta la main de Shell pour pouvoir retirer ses bottes ainsi que son jean et son holster de cheville au passage.

Et puis il fut là, contre elle, la repoussant sur le matelas pour la couvrir de son corps long et dur, lui rendant fiévreusement baiser pour baiser, caresse pour caresse, faisant courir ses dents et sa langue sur tout son corps lorsqu'elle n'était pas occupée à faire de même sur le sien.

Et puis, à l'instant où elle s'apprêtait à passer la jambe derrière ses hanches pour s'empaler sur la hampe brûlante, vibrante, qu'elle tenait entre ses mains, une graine de bon sens bourgeonna dans son esprit.

Elle faillit bien ne rien dire. Après tout, la question qu'elle avait à poser était celle qui avait obligé Jake à recouvrer ses esprits quatre ans plus tôt, celle qui avait précipité la fin de leur étreinte passionnée dans les toilettes du *Trèfle*.

Pourtant, Dieu sait qu'elle ne pouvait pas prendre de risque...

— T'as un préservatif, n'est-ce pas ? haleta-t-elle sans cesser de le caresser.

Du bout de son pouce, elle titillait l'extrémité du gland en étalant une gouttelette soyeuse sur sa peau lisse et gonflée. Il soupira avec force.

— Merde, je sais pas... Ils sont peut-être dans le sac que j'ai laissé chez toi.

L'espace d'un court instant, alors qu'il effectuait une manœuvre incroyable avec sa langue, elle envisagea d'oublier toute précaution. Elle hoqueta et s'humecta les lèvres ; son corps lui paraissait en feu.

— J'imagine... j'imagine qu'on va devoir improviser.

— Donne-moi une seconde, dit-il.

Il quitta le lit pour récupérer son jean au sol et fouiller les poches. Sa soudaine absence et la sensation de l'air frais conditionné sur la peau de Shell avaient quelque chose de presque violent.

Elle dut refréner une puissante envie de bondir hors du lit pour le plaquer à terre et le chevaucher jusqu'à en perdre la tête.

Elle se contenta de s'appuyer sur ses coudes.

— Qu'est-ce que tu fais ? demanda-t-elle tout en contemplant son superbe corps de mâle.

Son regard s'alluma en redécouvrant le tatouage, si puissant et expressif, qui s'étalait en travers de son large dos.

— Ah, ah ! s'exclama-t-il, triomphant, en exhibant deux petites pochettes métallisées extraites de son portefeuille. Toujours prêt ! Quand je te disais que j'avais été scout.

Elle recourba son index pour lui faire signe d'approcher, authentique déesse incarnée l'appelant à revenir au lit.

— Viens donc, souffla-t-elle.

Il n'eut pas besoin de se le faire dire deux fois.

Bon, c'était officiel : il remportait la palme de l'homme le plus velléitaire de la planète car il savait, sans l'ombre d'un doute, qu'il n'aurait pas dû faire ça.

Mais Shell était nue.

Dans son lit.

Et il l'aimait...

Alors malgré les myriades de raisons pour lesquelles il aurait dû freiner des quatre fers, il se retrouva à foncer vers le lit, bien décidé à lui faire l'amour.

Et ce serait bien de l'amour. Il ne manquerait pas de s'en assurer.

Elle ne croyait pas aux paroles qu'il lui disait, alors il allait lui montrer – à l'aide de ses mains, de sa langue et de son corps – à quel point il la chérissait et la vénérait.

À quel point il l'*aimait*.

Il rampa au-dessus du lit, au-dessus d'elle, laissant son regard passer de ses orteils aux ongles joliment peints à la courbe de ses mollets puis à ses cuisses soyeuses et ses hanches magnifiques et plantureuses.

Son nombril était absolument charmant. Si petit et parfaitement rond. Il donnait l'impression de ne pas avoir su décider s'il devait être rentré ou ressorti, si bien qu'il était un peu des deux. Jake ne put y résister. Lorsqu'il l'embrassa délicatement, Shell laissa échapper un petit rire et lui passa les doigts dans les cheveux. Il y vit le signe qu'il était temps de poursuivre sa route vers le nord.

Évidemment, lorsque son regard se posa sur ses seins, il ne put que s'y arrêter. *Bon sang !* Ils étaient parfaits. Gros et ronds, avec de jolis mamelons bruns. Des mamelons qui semblaient n'attendre que d'être embrassés.

Jake fit de son mieux pour ne pas les décevoir.

Quand il enroula sa langue autour de l'un d'eux, elle soupira. Le son résonna à travers le corps de Jake et vint ajouter à son excitation. Il couvrit ce sein de baisers en se délectant de la façon dont elle gémissait et se cambrait sous lui, dont ses globes emplissaient généreusement ses mains.

Shell n'était pas de ces femmes fragiles qui risquaient de se casser en deux si on les serrait trop fort. Douce, chaude, merveilleuse, elle s'offrait à lui dans toute sa volupté, et il n'avait pas peur de l'aimer sans retenue.

En un mot : parfaite.

Il songea qu'il aurait pu faire l'amour à ses seins pendant une éternité, se repaître de leur délicate abondance et embrasser leurs pointes durcies jusqu'à s'effondrer lui-même de plaisir. Mais il se rappelait à quel point elle adorait qu'on lui embrasse la gorge, la manière sexy dont elle inclinait alors la tête...

Il remonta jusqu'à son cou délicieux puis jusqu'au creux de son oreille, laissant ses dents et sa langue frôler sa peau douce et parfumée. Il savoura la manière dont elle redressa le menton pour lui donner accès à tout ce qu'il pouvait désirer, s'abandonnant à lui à un point qu'il n'avait cru possible que dans ses rêves.

Il avait envie de voir son visage. Ce bel ovale, ces yeux superbes et ces incroyables lèvres...

Quand il s'écarta un peu pour la regarder, son cœur fit un bond dans sa poitrine.

Nom d'un chien !

Quelle vision elle lui offrait ! Ses yeux envahis par la passion. Ses joues rosies par le plaisir. Ses lèvres, luisantes, roses et gonflées... exactement comme le serait la chair de son entrecuisse.

Il ne pouvait plus attendre. Il tendit le bras et appuya en douceur la paume contre son mont de Vénus avant d'insérer un puis deux doigts en elle.

Elle était chaude. Humide. Une femme au sommet de son désir. Elle incarnait tous ses rêves les plus fous. Tous les fantasmes torrides qu'il avait pu imaginer au cœur de la nuit.

— Fais-moi l'amour, chuchota-t-elle en se redressant pour lui mordiller le menton.

Le sexe de Jake fut traversé par une telle décharge qu'il dut serrer les dents pour ne pas jouir immédiatement.

Ces deux ans passés sans toucher une femme avaient mis sens dessus dessous sa capacité à se maîtriser. Et celle-ci n'avait jamais été très efficace face à Shell, de toute façon.

— Redis-le ! ordonna-t-il.

Sa respiration s'était faite saccadée, sa voix rauque. Il observa son visage, vit qu'elle comprenait exactement ce qu'il voulait.

L'amour. Même si ce n'était qu'au milieu d'une expression, il voulait de nouveau entendre ce mot sur les lèvres de Shell.

Ce n'était pas la seule chose qu'il désirait. Mais c'était un début. Quelque chose auquel s'accrocher. Des fondations sur lesquelles construire...

Un air d'incertitude passa brièvement sur le visage de Shell et il retint son souffle de crainte d'avoir tout gâché. Puis elle leva les bras vers lui, agrippa son visage et l'attira à elle pour murmurer contre ses lèvres :

— Jake, je t'en prie, fais-moi l'amour.

— Shell... souffla Jake à son oreille en écartant ses cuisses pour venir se nicher entre elles.

Tandis qu'il constellait son visage et son cou de baisers, elle entendit le froissement de l'emballage en aluminium. Baissant les yeux, elle regarda ses grandes mains bronzées dérouler habilement le préservatif sur sa longue érection rose. Cette vision lui fit presque autant d'effet que la sensation qui suivit quand il vint s'appuyer à l'orée de son sexe.

Il était brûlant, dur, gonflé de sève. Un deuxième pouls si fort qu'elle ne percevait plus le sien propre.

— *Oui...* souffla-t-elle lorsqu'il fit entrer en elle une fraction seulement de sa hampe.

— Oh, Shell... Ma douce...

Sa voix était toujours rauque et les veines de son cou saillaient quand il inclina le menton afin de contempler le spectacle de son corps pénétrant celui de Shell.

Ce fut atrocement lent et merveilleusement délicieux. Extase et agonie mélangées dans une bulle géante de sensations.

Graduellement, et avec une douceur incroyable, Jake entra en elle. Il finit par s'enfoncer jusqu'à la garde avec un ultime coup de reins qui fit légèrement trembler le matelas sous elle. Et puis il s'arrêta, haletant, son regard plongé dans le sien.

— C'est tellement bon, hoqueta-t-il en redressant ses hanches pour mieux se renfoncer, toujours avec cette même lenteur, cette même douceur. Tellement bon...

« Bon » était bien loin de la vérité.

Un feu de cheminée en hiver, c'était bon. Des lasagnes faites maison, c'était bon. Mais ceci ? C'était transcendant.

Cela faisait des années que le corps de Shell n'avait pas été forcé de s'ouvrir pour accepter l'intrusion d'une telle virilité. Trop longtemps, visiblement, car soudain, elle se fractionna en mille morceaux. Tout autour de lui.

Quelques secondes plus tôt, elle s'exaltait de retrouver les joies du sexe, cette sensation de délectation lancinante dont elle s'était trop longtemps privée, et voilà que, d'un coup, elle se retrouvait projetée vers les cimes du plaisir.

C'était tellement inattendu qu'elle cria le nom de Jake et enfonça ses ongles au creux de ses épaules tandis que les décharges orgasmiques s'enchaînaient, rivières d'extase ondoyantes qui faisaient danser des arcs-en-ciel colorés derrière ses paupières.

— Nom de Dieu... haleta-t-il au creux de son oreille.

Il surfait sur les vagues de plaisir en même temps qu'elle sans cesser de l'aimer avec une lenteur experte. Et quand les derniers frissons de délivrance se dissipèrent, il se redressa sur les coudes pour la contempler d'un regard plein d'admiration et de désir.

Elle leva la tête pour l'embrasser et dit la seule chose qu'elle pouvait dire :

— Jake... encore...

Il sourit. Ce sourire à fossettes si sexy qui avait capturé le cœur de Shell dès la première fois qu'elle l'avait vu.

— Avec plaisir, ronronna-t-il en se remettant à bouger.

Sous les doigts de Shell, son corps avait quelque chose d'une magnifique machine, toute en muscles huilés et en va-et-vient parfaitement orchestrés.

Il savait exactement comment l'aimer, comment la toucher. Ah, ces choses qu'il faisait avec sa bouche et sa langue, avec les mouvements de piston rythmés de ses hanches...

Tout cela était divin. Shell n'avait jamais connu un tel délice avec qui que ce soit et elle avait conscience que cela ne se reproduirait sans doute jamais à l'avenir.

Parce qu'il s'agissait de Jake. L'amour de sa vie.

C'était effrayant de l'admettre enfin, surtout en sachant qu'ils ne seraient jamais ensemble. Que ce serait la seule et unique fois qu'elle s'autoriserait à faire l'amour avec lui.

Elle aurait voulu que cela dure une éternité. Que le monde cesse de tourner, que le temps s'arrête, afin qu'elle puisse demeurer au cœur de ce moment. Ici, maintenant.

— Shell, dis-moi tout ce que tu veux.

Ce qu'elle voulait ? Elle voulait l'impossible.

— Je t'en prie, supplia-t-elle, je t'en prie, n'arrête pas.

— Je n'en avais pas l'intention, gronda-t-il.

Il accéléra la cadence, ses reins allant et venant en rythme. Et c'était tout à fait ça. Exactement ce dont elle avait besoin pour se retrouver de nouveau aux limites du septième ciel. Oh oui. Oh *oui*. Oh...

— Shell...

Elle capta le tressaillement dans sa voix, perçut la tension dans les muscles de son dos, à l'endroit où les doigts de Shell agrippaient son échine mouvante. Il se redressa pour la regarder et elle put lire le désespoir dans ses yeux tandis qu'il luttait pour ne pas jouir.

Elle aussi résistait de son mieux à l'orgasme. Car si elle s'y abandonnait, elle savait qu'elle l'emporterait avec elle et qu'ensuite tout serait fini. Ce moment magnifique et merveilleux prendrait fin. Et elle n'était pas prête pour ça.

Les muscles intérieurs de Shell se resserrèrent autour de Jake et elle lutta pour ne pas céder au plaisir. Des gouttes de sueur perlaient sur le front de Jake, assombrissant les pointes de ses cheveux blonds.

— S'il te plaît... supplia-t-il. S'il te plaît, Shell, jouis avec moi.

Il n'en fallut pas plus.

Elle explosa.

Il n'y avait pas d'autre mot pour ça.

Son univers tout entier parut s'embraser, son corps frissonnant cramponné à Jake qui continuait à s'enfoncer au plus profond d'elle. Elle eut l'impression de se dissoudre en un million de fragments de plaisir et il la suivit immédiatement avec une série de « je t'aime ! » criés d'une voix forte.

Puis, aussi vite qu'ils s'étaient dispersés dans l'orgasme, tous les fragments de son être se reformèrent.

C'étaient ses bras, si férocement agrippés à Jake. C'étaient ses talons, serrés contre son délicieux postérieur. C'étaient ses lèvres, déposant des baisers brûlants au creux de son cou.

Lorsqu'il baissa la tête vers elle, elle dut monopoliser toutes ses forces pour résister à la chaleur de son regard.

— Je t'aime, répéta-t-il.

Et, plutôt que de répondre, elle ravala ses larmes.

Laisse-lui du temps, se dit Jake en voyant Shell se fermer de nouveau face à sa déclaration d'amour. *Donne-lui simplement le temps de voir que tu ne vas pas la rejeter et l'abandonner comme tu l'as fait il y a quatre ans. Alors elle changera d'avis. Alors elle verra...*
En tout cas, il l'espérait. Pour être sincère, il commençait à avoir des doutes, lesquels menaçaient de le briser. Des larmes de frustration lui brûlaient le gosier et... franchement, il n'était pas prêt à devenir l'un de ces mecs qui s'effondraient en pleurant après l'orgasme.

— Il faut que...

— ... tu t'occupes de la capote, termina-t-elle.

Au moment où il se retira d'elle, il eut l'impression d'abandonner son âme. Une fois le préservatif jeté dans la poubelle de la salle de bains, il lança un coup d'œil à son reflet dans le miroir.

Elle va changer d'avis, se rassura-t-il. *Après tout, elle vient de te faire l'amour.*

Il était persuadé qu'elle n'aurait pas fait ça sans ressentir au moins quelque chose pour lui. Le sexe pour le sexe n'était pas le genre de Shell.

Rassuré par le retour d'une bonne partie de sa confiance, il ressortit de la salle de bains pour découvrir Shell à genoux sur le lit avec l'étui métallisé du deuxième préservatif entre ses doigts et un demi-sourire langoureux sur les lèvres.

Ouais, elle va clairement changer d'avis.

En fait, c'était déjà le cas. Même si elle ne s'en était sans doute pas encore rendu compte.

Le cœur de Jake entonna un hymne à la joie au creux de sa poitrine.

— Prêt pour le deuxième round ? demanda-t-elle.

Son sourire fit naître deux petits plis de chaque côté de ses lèvres. Sans qu'il puisse dire pourquoi, Jake trouvait ça irrésistible.

— Ou bien un homme d'un âge aussi avancé que le tien a-t-il besoin de quelques minutes de plus ? s'enquit-elle.

C'était bien la Shell dont il se souvenait. Chaleureuse, taquine...

Il aurait voulu lever un poing au ciel et crier victoire. Au lieu de quoi il se contenta de hausser un sourcil.

— Un âge aussi avancé que le mien ? gloussa-t-il en baissant les yeux vers son sexe.

Au moment où il avait passé le seuil pour la découvrir ainsi nue au milieu du lit, celui-ci s'était redressé et semblait décider à pointer à la verticale.

Le regard de Shell suivit le sien.

— Eh bien, monsieur Sommers, souffla-t-elle en se passant la langue sur les lèvres, je comprends désormais le secret de votre succès auprès des femmes.

— Tu n'as encore rien vu, poupée, lui assura-t-il en s'avançant vers le lit.

Elle se laissa tomber en arrière sur le matelas avec un grand éclat de rire. Mais il ne bondit pas au-dessus d'elle comme il savait qu'elle s'y attendait. Non, il s'agenouilla au bord du lit et pressa son visage entre ses cuisses en inspirant l'odeur délicieusement musquée de son excitation.

Impossible d'y résister. Il ouvrit la bouche et l'embrassa. Elle resserra les cuisses autour de sa tête, mais ne chercha pas à s'échapper. Il n'avait pas besoin d'une autre invitation.

Glissant sa langue dans le paradis torride de son sexe, il se délecta de ses cris de joie teintés de plaisir absolu. Elle aimait ce qu'il lui faisait et l'exprimait sans ambages, allant jusqu'à agripper sa chevelure pour l'attirer au plus près de sa peau brûlante.

Puis sa respiration se fit de plus en plus hachée et ses gémissements désespérés.

— Jake... haleta-t-elle. Je te veux en moi... s'il te plaît !

Encore une invitation à laquelle il ne pouvait résister.

En prenant position entre ses superbes cuisses, il eut le plaisir de découvrir qu'elle tenait la capote déballée entre ses doigts. Avec une moue séductrice, elle le déroula le long de son membre.

Elle était si belle.

Et si serrée, songea-t-il en s'enfonçant lentement entre les replis moites et accueillants de son corps.

La preuve qu'elle n'avait couché avec personne depuis des années. Et il devait admettre que l'homme des cavernes en lui s'en réjouissait comme jamais.

— Qu'est-ce qui te fait sourire comme ça ? demanda-t-elle avant de laisser échapper un hoquet quand il se retira pour mieux revenir à la charge.

— Je suis heureux, c'est tout, dit-il.

Il se remit à bouger en prenant soin de caresser le moindre centimètre carré de son corps. Elle le prit alors par les épaules et se hissa jusqu'à lui pour l'embrasser en écrasant ses mamelons contre son torse. Il accéléra le rythme et, pendant quelques fantastiques minutes, les mots devinrent inutiles.

Car chaque seconde était emplie d'un plaisir total et triomphant.

Mais soudain...

— Shell... chuchota-t-il contre ses lèvres. Bon sang. Je vais venir...

— Moi aussi, gémit-elle.

Sa peau pâle couverte de sueur, elle suivait et répondait à chacun de ses mouvements.

— Je suis toujours à deux doigts quand je suis avec toi, souffla-t-elle.

Et cela suffit. La jouissance de Jake le traversa comme un boulet de canon.

— Shell !

Il cria son nom et sentit, dans une vague de soulagement, les muscles de Shell se contracter tout autour de lui tandis qu'elle le suivait dans l'orgasme.

Il la tint serrée tout contre lui longtemps après que les derniers frissons d'extase eurent secoué leurs corps soudés l'un à l'autre. Refusant de rompre leur connexion, il roula sur le flanc avec elle et plongea son regard dans le sien. Puis, avec émerveillement, il suivit du doigt la courbe de son épaule, de son bras, puis l'arrondi de sa hanche et les fines cicatrices blanches issues de sa grossesse.

Il la vit froncer le nez.

— Ne regarde pas, dit-elle. C'est moche.

— Pas du tout, lui assura-t-il, le cœur gonflé de chaleur. C'est beau.

Des prémices de larmes montèrent aux yeux de Shell.

— C'est peut-être le commentaire le plus adorable que j'aie jamais entendu, dit-elle. Naïf et faux, mais adorable quand même.

Elle s'inclina vers lui pour l'embrasser, mais s'écarta avant que leurs lèvres se touchent. Elle ouvrait soudain de grands yeux inquiets.

— Jake ? Est-ce que le... heu... Tu portes toujours la capote ?

Hein ?

Il passa la main entre eux et fut soulagé de sentir le petit anneau de plastique toujours en place là où il devait être.

— Ouais, dit-il... avant de se retirer et de contempler, horrifié, les restes du préservatif.

Si l'on pouvait encore qualifier de « préservatif » ce bout de latex déchiré pendouillant autour de son sexe.

— Oh, merde ! lâcha-t-il.

Au même instant, Shell poussa un cri aigu et descendit précipitamment du lit. Elle pointait du doigt le préservatif rompu comme si elle craignait qu'il lui pousse des dents et qu'il la morde.

— Que... Qu'est-ce que t'as fait, Jake ?

— Hé, c'est pas grave, affirma-t-il en tendant une main rassurante vers elle. Ce sont des choses qui arrivent.

— Pas à moi, répliqua-t-elle en repoussant sa main. Ce genre de trucs ne m'arrive pas à moi !

Elle fit volte-face et fonça vers la salle de bains en marmonnant quelque chose qu'il ne comprit pas.

Il soupira en entendant la lunette des toilettes heurter le réservoir, suivi du bruit de Shell qui soulageait sa vessie. Il était tenté de lui dire qu'uriner après l'amour pour éviter une grossesse tenait de la superstition, mais elle travaillait dans le domaine médical et en savait forcément beaucoup plus que lui sur le sujet. Par ailleurs, à en juger par l'expression qu'il avait aperçue sur ses traits, elle n'était pas d'humeur à écouter ses observations bien intentionnées.

Le bruit de la chasse d'eau fut immédiatement suivi par celui de la douche.

Il estima qu'il pouvait prendre le risque de s'aventurer dans la salle de bains.

Arrivé sur le seuil, il la trouva penchée au-dessus de la baignoire, occupée à ajuster la température.

La vue de ses fesses nues en forme de cœur fit réagir son membre. Une partie de son anatomie qui faisait décidément toujours preuve d'un indécrottable optimisme...

Car il ne faisait guère de doute pour Jake que la fête était finie pour ce soir. Et quand Shell se retourna pour le fusiller du regard, les mains sur les hanches, un feu accusateur dans les yeux, il passa de « guère de doute » à « cent pour cent certain ».

— Ils dataient de quand, ces préservatifs ? demanda-t-elle avec un mouvement du menton qui fit légèrement osciller ses seins plantureux.

Jake se gratta la tête.

— Hum... Deux ou trois ans, je dirais.

— D... Deux ou trois *ans* ! bredouilla-t-elle. Et tu pensais qu'ils étaient encore utilisables ?

— Je n'étais pas vraiment en état de réfléchir sur le moment, admit-il.

Il fit mine de s'approcher, mais elle le repoussa d'un geste ferme de la main.

— Je me suis dit qu'ils étaient comme ces biscuits à la crème industriels qui restent mangeables pendant, genre, mille ans, dit-il.

À ce moment, Shell braqua les yeux sur le prophylactique coupable qui ornait toujours son membre joyeusement dressé (après tout, il avait Shell nue en face de lui ! Rien à faire, c'était une question d'évolution : *femme + nue = érection*). Et cette fois, ce fut elle qui tendit la main vers lui.

— Qu'est-ce que tu fais encore avec ce truc ? C'est pour le plaisir de te payer ma tête ? Débarrasse-t'en !

— D'accord, je... Hé ! Aïe !

Il recula pour esquiver les gestes sans douceur de Shell et retira ce qui restait du préservatif.

Lorsqu'il se retourna vers elle, Shell le lui prit des mains avec un regard accusateur. Il fut surpris que le bout de latex ne prenne pas feu immédiatement. Puis Shell le jeta vers la poubelle de la même manière que la plupart des gars auraient lancé une grenade. Après quoi, elle fila vers la cabine de douche en faisant claquer la porte derrière elle.

— Attends… lui dit-il à travers le verre semi-transparent, quelles sont les chances pour que tu tombes enceinte ? Où en es-tu de ton cycle ?

La porte s'ouvrit vivement.

— Une semaine après mes règles et je…

— D'accord. D'accord, c'est bon, non ? Normalement, tu n'es pas encore en train d'ovuler, si ?

— Mais qu'est-ce que t'en sais ? s'écria-t-elle, avec sur ses traits une expression où se lisaient la peur et quelque chose qui ressemblait à de la fureur.

Avait-il raté un épisode ? Elle réagissait de manière un peu exagérée, non ?

— Écoute, si tu tombes enceinte, on fera ce qu'il faut ensemble.

Elle cligna les yeux et ouvrit la bouche puis parut estimer que ce qu'elle s'apprêtait à dire n'en valait pas la peine car elle lui referma la porte au nez en maugréant quelques mots qui furent couverts par le sifflement de la douche.

Il fit mine d'ouvrir la porte, mais une brève mélodie interrompit son geste.

— Heu, Shell ? Je crois que ton téléphone sonne.

— Il est dans ma pochette, répondit-elle d'une voix tendue.

— Pochette ?

— Mon sac à main, espèce de Neandertal !

D'accord. De toute évidence, il avait bien loupé quelque chose. Car en l'espace de cinq minutes, on était passé de « Jake, encore » et « Jake, ne t'arrête pas » à « Jake, espèce de Neandertal ».

— Ça veut dire que tu veux que je décroche ?

Shell rouvrit sèchement la porte pour lui lancer un regard noir.

— À ton avis ?

Il soupira et secoua la tête, incapable de comprendre pourquoi tout ceci était censé être sa faute. Puis il se retourna d'un pas tranquille... heu, non... retourna en boitant vers la chambre.

Aïe.

Il tint son membre endolori au creux d'une main tout en fouillant dans le petit sac à main de l'autre. Saisissant l'iPhone de Shell, il vit le nom de Boss affiché à l'écran et décida de répondre lui-même.

— Yo ! lança-t-il. Comment va ?

— Serpent ?

Il y avait de la tension dans la voix de Boss. L'instinct de Jake l'avertit immédiatement que la situation était sérieuse. Il se baissa pour ramasser prestement son jean.

— Ouais. Quel est le problème ?

La réponse de Boss lui arracha un chapelet de jurons. Il enfila précipitamment son pantalon tout en criant à Shell de sortir son joli cul de la douche, presto.

12

— C'était Becky, dit Frank en rangeant son téléphone.

Il se détourna du distributeur d'eau gargouillant installé dans le coin de la salle d'attente impeccable de l'hôpital Northwestern Memorial.

— Elle est désolée de ne pas pouvoir être là, mais Steady et Zoelner ont chopé l'un des sbires de Johnny en train de monter sur le toit de la boutique de bagels, et Ozzie a dû rester à son poste jusqu'à ce que Rock arrive pour questionner le type. Mais bon, Ozzie a fini par, je cite, « ramener ses fesses » au garage afin de pouvoir lui servir d'escorte. Ils seront sur place dans les trente minutes. D'ici là, elle voulait que je te dise qu'elle pense à toi et qu'elle prie pour Franklin.

Michelle était soulagée que la salle d'attente soit vide à l'exception de Frank, Jake et elle, sans quoi les occupants auraient entendu beaucoup de choses. Même si, évidemment, ils n'en auraient pas compris la moitié.

— Je sais à quel point vous êtes tous en danger, dit-elle en tâchant de contrôler les larmes qui lui brûlaient les yeux.

Elle ne voulait pas ajouter une femme sanglotante et hystérique à la liste des problèmes auxquels son frère faisait face à cet instant.

— Aucun de vous ne devrait être ici, dit-elle. Vous devriez rentrer au garage pour régler vos affaires. Là-bas, vous serez en sécurité.

Ce qui aurait été le cas si elle ne s'était pas mis en tête d'aller à ce rendez-vous à la noix. Ce qui l'avait menée dans la chambre d'hôtel de Jake. Ce qui les avait conduits à faire l'amour. Si bien qu'elle n'était pas chez elle quand son fils...

— Un hôpital constitue l'un des lieux les plus sûrs qui soient, Shell, répondit son frère. Et à cet instant précis, la seule chose qui me préoccupe, c'est ma famille.

Cette fois, elle ne put se retenir.

— Je ne me pardonnerai jamais, sanglota-t-elle.

Elle se passa une main dans les cheveux sans se rappeler le shampoing qu'elle avait appliqué juste avant que Jake la tire hors de la douche. Sa chevelure était en train de se transformer en une espèce de masse pâteuse et collante. Ce qui n'était évidemment que le cadet de ses soucis.

Parce que son fils, sa vie, sa raison d'être, était en train de subir une intervention chirurgicale en urgence.

En urgence !

Elle n'avait pas été présente pour lui dire au revoir avant qu'on l'emmène au bloc. Elle n'avait pas été là pour tenir sa petite main, embrasser son joli visage ou lui dire que tout irait bien parce que maman était avec lui. Elle n'avait pas été là pour le réconforter ou le consoler alors qu'il était sous l'emprise de la peur et de la douleur.

Et pourquoi cela ?

Ah oui, parce qu'elle était occupée à baiser comme une folle avec Jake Sommers, voilà pourquoi.

Elle avait délibérément choisi d'oublier tout le reste pour enfin combler son désir. À vrai dire, elle était sans doute au milieu de son deuxième ou troisième orgasme pendant que Frank transportait d'urgence son fils à l'hôpital.

Égoïste, égoïste, égoïste !

Qu'est-ce qui lui était passé par la tête ?

Ou plutôt, c'était peut-être une meilleure question, quand avait-elle cessé de penser avec sa tête ?

— Je n'aurais pas dû aller à ce rendez-vous. J'aurais dû être là quand…

Elle hoqueta et un nouveau torrent de larmes s'écoula entre les doigts qu'elle avait plaqués sur ses yeux. De quoi transformer le shampoing qui maculait ses phalanges en mousse gluante qu'elle essuya sur le rebord de sa jupe.

Frank s'assit à côté d'elle sur le sofa bleu et rigide et lui serra gentiment le genou.

— Shell, murmura-t-il. Ce n'est pas ta faute. Ça faisait des années que tu n'étais pas allée à un rendez-vous. Il était plus que temps. Personne n'aurait pu deviner que Franklin allait être victime d'une soudaine crise d'appendicite.

Appendicite. Rien que le mot emplissait son cœur de terreur.

— Ouais, Shell, dit Jake en s'installant de l'autre côté pour lui tapoter l'autre genou. Tu ne pouvais pas prévoir. Ce sont des choses qui arrivent et…

À ces mots, elle se tourna vivement vers lui et lui agrippa la main avec une telle force qu'il crut qu'elle allait lui broyer les doigts.

— Ce sont des choses qui arrivent ? s'écria-t-elle en montant dans les aigus. C'est ta réponse pour tout, ce soir ?

— Je ne… (Il secoua la tête.) Je veux dire, je…

— Laisse tomber ! gémit-elle en plaquant de nouveau son visage au creux de ses mains.

Oui, elle avait conscience d'être injuste en déversant sur lui sa colère, sa culpabilité et sa frustration alors qu'elle était la seule responsable. Mais elle ne pouvait pas s'en empêcher. S'il n'avait pas été là, jamais elle ne serait sortie pour ce rendez-vous. Elle serait restée à la maison avec son fils. Là où elle devait être…

— Hé, Shell, ce n'est pas plus la faute de Serpent que la tienne.

Frank passa une main sur sa chevelure et fit la grimace avant de l'examiner de plus près.

— Qu'est-ce que tu as dans les cheveux ?

Elle se retourna pour lui demander quel rapport ça pouvait avoir quand une infirmière rousse revêtue d'une blouse bleu ciel apparut sur le seuil.

— Michelle Carter ?

— C'est moi.

Shell se releva d'un bond, l'estomac remonté jusque dans le gosier pour dégorger tout son acide au point qu'elle se demanda si elle pourrait de nouveau avaler normalement.

— Je m'appelle Susan. Je suis infirmière dans l'équipe chirurgicale de Franklin et…

— Mais alors qu'est-ce que vous faites là ? s'exclama Shell.

Complètement mortifiée, elle imagina le chirurgien de Franklin demandant « scalpel… scalpel… scalpel ? » avant de regarder autour de lui pour découvrir que l'infirmière Susan n'était plus là.

— Oh, je participais seulement en tant qu'observatrice, répondit Susan en s'avançant vers Shell.

Ses Crocs rose fluo crissèrent sur le sol carrelé.

— Ah, d'accord. Alors, comment ça se passe ? demanda Shell, anxieuse. Ce sera bientôt fini ?

L'infirmière secoua la tête en affichant cet air que les professionnels du secteur médical perfectionnaient au fil du temps. Celui qui ne révélait rien du tout.

— Non, dit-elle. Il y a eu une petite complication.

Face à l'expression d'horreur absolue qui se peignit sur les traits de Michelle, Susan aux Crocs roses s'empressa d'ajouter :

— Rien de sérieux. Il a simplement quelques adhérences, c'est-à-dire des connexions avec les organes abdominaux sous la forme de fins tissus fibreux. Ce n'est pas si rare que ça, mais ça complique un peu l'opération. Et, au cas où nous devrions faire une transfusion, nous nous demandions s'il y avait un membre de la famille doté du même groupe sanguin que Franklin susceptible de faire un don. Il est AB négatif. Et, comme on a dû vous le dire à sa naissance, ce groupe est extrêmement rare. On pourrait lui faire une transfusion à partir de A négatif, B négatif ou O, mais un donneur AB serait préférable.

» Cela dit, je le répète, les chances que nous devions faire une transfusion sont minuscules.

Plus l'infirmière parlait et plus Michelle était prise de vertiges. Mais elle se cramponna au dossier d'une chaise, reprit son équilibre et se concentra sur la question.

— Je suis de groupe sanguin A, dit-elle.

Elle se massa la tempe pour calmer les martèlements sous son crâne. Ses poumons la brûlaient comme si elle respirait du kérosène. Elle se tourna vers son frère :

— Et toi, Frank ?
— A, moi aussi.

Il secoua la tête, son front ridé par l'inquiétude. Shell sentit monter la panique : Frank était un roc, il n'était pas censé avoir peur.

Ne t'évanouis pas. Ne t'évanouis pas.

Plus facile à dire qu'à faire. Elle haletait mais semblait incapable d'aspirer suffisamment d'oxygène.

— Ce n'est pas un problème, leur assura l'infirmière. J'ai simplement voulu vérifier que...

— Je suis AB négatif, annonça Jake.

Susan redressa la tête pour regarder par-dessus l'épaule de Michelle et voir qui avait parlé.

— C'est fantastique ! Vous êtes le père ?

Une douleur violente transperça la poitrine de Michelle. Elle se laissa tomber sur la chaise sur laquelle elle s'était appuyée. Des lueurs aveuglantes défilèrent dans son champ de vision.

— Non, seulement un ami, répondit Jake en se levant du sofa.

— Eh bien, c'est une chance que vous soyez venu, hein ? s'enthousiasma l'infirmière, visiblement ravie. Vous êtes d'accord pour donner votre sang ?

— Bien sûr, dit Jake.

Il fronça les sourcils en passant devant Shell.

— Hé, Shell, ça va ?

Elle lui fit signe de continuer sa route tandis que Susan l'infirmière reprenait :

— Si vous voulez bien me suivre, monsieur...

— Je m'appelle Jake. Jake Sommers, répondit-il avec un dernier regard inquiet vers Shell avant de quitter la pièce.

— Eh bien, monsieur Jake Sommers, ronronna Susan d'une voix qui laissait deviner qu'elle avait déjà craqué pour ses fossettes, allons vous prélever un peu de cet or liquide de haute qualité qui coule dans vos veines.

— Bon Dieu, murmura Frank après leur départ. Coup de chance, effectivement, que Serpent ait été là.

Ouais. Coup de chance...

Ce fut la dernière pensée de Shell avant que son univers entier bascule dans l'obscurité.

L'infirmière escorta Jake jusqu'à une petite pièce où un homme d'âge mûr portant une blouse verte et des Nike orange se lavait les mains dans un minuscule évier en acier inoxydable.

— Jake, je vous présente Carl, dit-elle. Le meilleur phlébologue au monde. Il vous videra d'un petit demi-litre en un rien de temps.

— Asseyez-vous.

Carl le phlébologue désigna un fauteuil aux accoudoirs rembourrés tout en enfilant une paire de gants en latex bleu. L'infirmière lui fit un clin d'œil avant de repartir dans le couloir en faisant couiner ses ridicules sabots en caoutchouc rose.

— Impayable Susan, commenta Carl.

Un petit sourire au coin de la bouche, il observa quelques instants le déhanché des fesses plutôt rebondies de l'infirmière avant de reporter son attention sur Jake.

— Alors c'est vous, l'insaisissable porteur du groupe AB, hein ?

Il tendit à Jake une balle en caoutchouc et lui demanda de la serrer plusieurs fois pendant qu'il tapotait l'intérieur de son coude du bout de son doigt potelé.

— C'est ce qu'on m'a dit, maugréa Jake, vaguement mal à l'aise.

Je m'inquiète pour Franklin, c'est tout, se dit-il. Mais il avait l'impression qu'autre chose clochait.

— Vous avez déjà donné votre sang ?

— Un paquet de fois.

Y compris à l'occasion d'une transfusion sur le champ de bataille qui avait sauvé la vie d'un autre agent mais failli lui coûter la sienne. Ça, évidemment, Carl n'avait pas besoin de le savoir.

— Cool, mec. Donc, ça va être du gâteau, surtout avec des veines aussi extra que les vôtres. J'adore faire des ponctions sur les mecs qui font du sport. Le faible taux de graisse fait bien ressortir les artères, si vous voyez ce que je veux dire.

Ouais, Jake voyait ce qu'il voulait dire. Il n'avait qu'à baisser les yeux vers l'intérieur de son bras pour apercevoir une veine de la taille d'une couleuvre serpenter jusqu'à son poignet.

— Ça va piquer un peu, annonça Carl en insérant sa grosse aiguille à prélèvement.

Jake s'était fait tirer dessus, il avait esquivé des obus, fait un tonneau dans une Jeep durant une fuite en voiture et s'était fait marcher dessus par des hadjis alors qu'il était allongé et immobile dans une cachette au sol. Mais rien ne lui filait plus la frousse qu'une bonne vieille aiguille de seringue.

— Oh, vous êtes un rapide, commenta Carl. Ça ne va pas prendre longtemps.

Le sang de Jake filait à travers le tube en plastique pour s'écouler dans la poche transparente, rivière rouge et porteuse de vie dont il était heureux de savoir qu'elle pourrait contribuer à préserver celle du fils de Shell. Quitte à verser son sang pour une cause, difficile d'en imaginer une plus juste.

Jake continua à serrer la balle en regardant, l'air absent, la poche qui se remplissait. Ses pensées s'étaient tournées vers leurs derniers échanges dans la salle d'attente. C'était ce qui le tracassait. Il y avait un truc qui ne tournait pas rond. Mais lorsqu'il tentait de mettre le doigt dessus, le truc en question lui échappait comme une planche non cirée sous les pieds d'un surfeur.

— Vous n'êtes pas du coin, si ? demanda Carl en interrompant ses pensées.

— Qu'est-ce qui vous fait dire ça ?

— L'accent, mec. Typique du sud de la Californie. Et je sais de quoi je parle, je viens de là-bas !

— Ah ouais ? Vous êtes d'où ?

Et pendant les quelques minutes qui suivirent, les deux hommes échangèrent des histoires de surf. Jake soupçonna rapidement chez Carl une tendance à embellir ses récits, surtout lorsqu'il prétendit avoir effectué un *aerial* à partir d'un shore break sur la côte d'or australienne.

Il ne remit cependant pas sa parole en doute. Au surf comme à la pêche, l'exagération faisait partie du jeu.

Une fois la poche remplie, Carl fixa un morceau de coton au creux du bras de Jake à l'aide de deux pansements. Puis le phlébologue surfeur lui tendit un cookie et un verre de jus d'orange et c'est à ce moment que Jake comprit enfin ce qui le chiffonnait depuis leur discussion dans la salle d'attente.

Comme quoi, ce truc de « arrête d'y penser et la réponse viendra d'elle-même » n'était pas qu'une superstition.

— Hé, Carl ! lança-t-il avec un bout de cookie encore dans la bouche. Vous y connaissez un rayon en matière de sang, non ?

— Mon vieux, je suis le Stephen Hawking du sang.

Jake songea que le célèbre physicien aurait sans doute frissonné face à cette comparaison horrible et probablement inexacte.

— Pourquoi vous me demandez ça ? s'enquit Carl tout en farfouillant dans le sachet de cookies.

— Est-ce qu'une mère de groupe sanguin A et un père de groupe O peuvent avoir un enfant de type AB ?

Carl croqua dans le cookie idéal qu'il avait fini par localiser et secoua la tête. Il était évident, à en juger par son ventre rebondi, que Carl ne faisait plus beaucoup de surf et se servait un peu trop généreusement dans le stock de biscuits.

— Non, sauf si les règles de la génétique ont changé sans qu'on m'en parle, dit-il.

— Ouais, c'est bien ce que je pensais.

Carl releva vers lui un regard interrogateur.

— Oh-oh, je connais cette expression. Votre question n'était pas rhétorique, n'est-ce pas ?

— Non, Carl, en effet.

Jake se releva et repartit dans le couloir en emportant cookie et jus de fruits.

— Ah, merde... grommela Carl en le regardant filer vers la salle d'attente.

— C'est bon, c'est bon...

Michelle donna une tape sur la main que son frère avait refermée sur sa nuque pour lui maintenir la tête entre les genoux.

— Je vais mieux. Tu peux me lâcher.

— Reste comme ça encore quelques minutes, conseilla Frank à mi-voix.

— Je ne vais pas refaire de l'hyperventilation, promis. Mais je pourrais m'évanouir à cause de tout le sang qui me monte à la tête si tu ne me lâches pas ! ajouta-t-elle en lui cinglant de nouveau la main.

Quand il la relâcha, elle se redressa en position assise et, paupières fermement closes, contempla les étoiles qui tournoyaient dans son champ de vision. Puis des bruits de pas qui se rapprochaient l'incitèrent à rouvrir les yeux.

Génial. La cavalerie est arrivée.

Becky et Ozzie – le génie de l'informatique et de la technologie recruté par Frank – ouvrirent la porte juste devant Jake. Celui-ci jeta un verre en plastique vide dans la poubelle et...

Oh, mon Dieu, non !

Elle connaissait l'expression sur son visage. Une expression qui lui retourna l'estomac et lui emplit la gorge de bile brûlante. Impossible de faire comme si elle n'avait rien vu, même avec Becky qui se précipitait vers elle.

— Tout va bien se passer, lui assura sa future belle-sœur en lui tapotant gentiment le bras. Franklin ira très bien. Billy s'est fait retirer l'appendice quand il avait douze ans et il a repris les cours de lutte deux semaines plus tard... C'est mon frère, précisa-t-elle à l'intention de Jake.

Mais celui-ci ne lui prêtait pas la moindre attention, trop occupé à transpercer de son regard l'âme de Shell.

— Sans compter... Mais qu'est-ce que t'as dans les cheveux ? s'écria Becky.

— C'est... heu... c'est...

Elle ne termina pas sa phrase. Essentiellement parce qu'elle avait déjà oublié la question. Oh, ce qui se lisait sur les traits de Jake...

— Shell, il faut que je te parle dans le couloir, dit-il.

À la façon dont il serrait les mâchoires, on l'aurait dit prêt à broyer des cailloux entre ses dents.

— Qu'est-ce qui se passe ? demanda Frank.

Jake inclina la tête sur le côté.

— Je dois simplement dire deux mots à Shell, répondit-il d'une voix qui donnait l'impression d'avoir été passée au papier de verre industriel.

Il était temps de faire face aux conséquences de ses actes. Michelle avait prié pour que ce jour n'arrive jamais, mais une part d'elle s'était toujours doutée qu'il surviendrait tôt ou tard.

Quand son frère lui décocha un coup d'œil inquiet, elle tenta de sourire pour le rassurer. Mais elle n'avait pas dû être très convaincante car il fronça encore un peu plus les sourcils.

— Shell ? Qu'est-ce...

Elle secoua la tête et écarta d'un geste de la main la question qu'il s'apprêtait à poser, quelle qu'elle soit. Puis elle se leva pour suivre Jake dans le couloir carrelé.

Oh, mon Dieu.

Ses pires cauchemars mettaient en scène ce qui allait se passer à cette minute précise, à cette seconde précise.

Elle avait les tripes nouées, le cœur qui lui remontait dans la gorge et la tête qui flottait quelque part au niveau du plafond. C'était presque un miracle qu'elle tienne encore debout. Respirant profondément, elle réussit néanmoins à faire face à Jake.

— M... Merci d'avoir donné ton sang, chuchota-t-elle en espérant repousser l'inévitable pendant quelques secondes de plus.

— Qui est le père de Franklin ? demanda-t-il, les yeux plongés dans les siens.

Le cœur de Shell passa directement de son gosier à son crâne, battant contre ses tempes avec toute la vigueur de la section des percussions de l'orchestre symphonique de Chicago.

— À... à ton avis ? bredouilla-t-elle.

Débarrassée de son palpitant voyageur, sa gorge se gonflait à présent de larmes à venir.

— J'en sais rien ! siffla-t-il. Mais c'est clair que c'est pas Pasteur. C'était un donneur universel.

Groupe sanguin O négatif. Je le sais parce que c'était vers lui qu'on était censés se tourner en cas de transfusions sur le champ de bataille. Et puisque tu es de groupe A, aucune chance pour que votre fils soit AB.

— Tu as raison... admit-elle.

Elle avait l'impression que le couloir était en train de se refermer sur elle. Il cligna les yeux, surpris.

— C'est tout ? C'est tout ce que tu as à dire ?
— Je... commença-t-elle.

Elle dut s'interrompre pour déglutir. Tout son univers, le monde qu'elle avait finalement réussi à bâtir pour elle-même et pour son fils, était en train de s'effondrer autour d'elle.

— J'ai pris la décision que j'estimais la meilleure à l'époque, Jake. Celle qui me semblait la plus juste pour mon enfant. Qu'est-ce que tu veux que je te dise d'autre ?

— Tu pourrais commencer par me dire qui est le vrai père de Franklin ! fulmina-t-il.

Ses narines frémissaient comme celles d'un taureau en colère. L'infirmière assise à son poste à l'autre bout du couloir releva la tête, sourcils froncés.

— Parce que, avant que tu te cases avec Pasteur, reprit-il en baissant la voix, je pensais être le seul mec dans ta vie. Mais on dirait que je m'étais bien gouré, hein ?

Son expression devint mauvaise.

— Et puis tu as épousé Pasteur sous prétexte que tu portais son enfant et...

— Steven savait que l'enfant n'était pas de lui, l'interrompit Shell d'une voix triste.

Si impossible que cela puisse paraître, il n'avait toujours pas fait le lien...

— Et il a quand même accepté de t'épouser ? demanda Jake, incrédule.

— Steven était un homme honorable, loyal, adorable. Si quelqu'un était dans le besoin ou dans le pétrin, il était toujours le premier à tendre la main. J'étais les deux : dans le besoin et dans le pétrin.

Et son mari, son ami, lui manquait désespérément dans les moments comme celui-ci où elle aurait eu besoin d'une épaule solide contre laquelle s'appuyer.

Steven avait été son roc, son sauveur, et il avait mérité beaucoup plus que ce qu'elle avait pu lui donner. Oh, elle l'avait aimé, aucun doute là-dessus. Mais c'était le genre d'amour qu'elle avait ressenti pour nombre de gars de la section Bravo. Et puis il était mort avant qu'elle ait une chance de lui offrir son cœur tout entier...

Seigneur, il était digne de tellement plus...

L'un de ses plus grands regrets dans la liste toujours plus longue de ses regrets.

— Ouais, ouais, on sait tous que Pasteur était un saint, répliqua Jake. Mais ça ne répond pas à la question de la véritable identité du père de Franklin.

Elle leva les yeux vers ses traits déformés par la colère. Le poids de la tristesse, du regret, et oui, de la culpabilité menaçait de tout dévaster en elle.

— Vraiment, tu ne sais pas ?

— Eh bien, ce n'était pas Pasteur et ce n'était certainement pas moi donc...

— Bien sûr que c'est toi, Jake. Qui d'autre voudrais-tu que ce soit ?

Il redressa brusquement le menton comme si elle lui avait mis un coup de poing.

— Mais... mais... (Il secoua la tête.) C'est impossible ! On n'a jamais...

— T'es sûr ? demanda-t-elle. Repense un peu à cette fameuse soirée au *Trèfle*. Je sais que tu étais soûl, mais tu dois bien te rappeler au moins une partie de ce qui s'est passé.

Se rappeler une partie de ce qui s'était passé ? Bon sang, mais Jake s'en souvenait comme si c'était la veille !

Shell rayonnait telle une flamme au creux de ses bras lorsqu'il l'attira à l'intérieur des toilettes. Une flamme qui le consumait jusqu'au tréfonds de son âme.

Elle monta sur lui, fit courir ses mains partout sur son corps, le goûta de sa bouche chaude et affamée.

Le corps raidi de plaisir, il la plaqua contre le mur. Elle laissa échapper l'un de ses rires graves et sexy en enroulant ses interminables jambes autour des hanches de Jake.

Lorsque sa jupe remonta jusqu'à sa taille, il perçut la chaleur ardente de son sexe à travers la fine culotte en dentelle qu'elle portait. Une sensation si intense qu'elle traversait la toile épaisse de son jean pour alimenter l'érection palpitante qui s'y dressait déjà.

— Shell, Shell...

Il répéta son nom comme un mantra, explorant sa bouche de sa langue. Il était face à un dilemme déchirant. Il en avait tellement envie et en même temps...

— Jake, prends-moi, souffla-t-elle à son oreille. Ici, maintenant.

Il n'en fallut pas davantage pour faire voler en éclats toutes les pensées de Jake sans rapport direct avec elle, ses gémissements de plaisir, sa langue brûlante et ses mains impatientes.

Il gémit tandis qu'elle lui mordillait le cou puis, passant un bras entre eux, écarta l'élastique de sa culotte, glissa son pouce entre ses grandes lèvres arrondies et...

Chaude. Elle était chaude, et même brûlante. Et mouillée. Tellement mouillée, glissante, prête à l'accueillir.

Il plongea un doigt à l'intérieur de son fourreau serré et inclina la tête en arrière pour contempler ses yeux magnifiques, mi-clos de plaisir. Une profonde rougeur remonta le cou de Shell pour venir enflammer ses joues tandis que Jake appuyait son pouce contre le nœud de nerfs au sommet de son sexe en décrivant des cercles lents.

— *Oh oui... murmura-t-elle.*

Oh oui, exactement, *songea Jake.*

Elle était tout ce qu'une femme est censée être. Belle et pleine de vie. Douce et sensuelle. Et elle était à lui. Prête à se donner, prête à offrir son corps. À lui. À lui. À lui.

Le monstre qui grandissait en lui depuis quelques mois rugit de plaisir.

Pourtant, il savait très bien que c'était la dernière chose à faire. Car dès qu'elle verrait ce qu'il était devenu, elle...

— *Je vais jouir, annonça-t-elle d'une voix rauque.*

De nouveau, toutes les pensées rationnelles de Jake s'évaporèrent. Il ajouta un deuxième doigt pour la pénétrer plus profondément tout en accélérant le rythme des caresses de son pouce sur ce petit bourgeon de nerfs.

Oui, Shell, jouis pour moi.

Il en avait follement envie, au point que cela éclipsait tout le reste.

Son désir était devenu primitif. Un besoin instinctif et impérieux de posséder, de marquer, de s'approprier, de s'accoupler. Une pulsion animale comme il n'en avait jamais ressenti auparavant. Et il craignait que cette pulsion ne vienne de la bête en train de se libérer de ses chaînes.

Il sentit les muscles intérieurs de Shell se contracter puissamment sur ses doigts, ce qui faillit bien le faire jouir dans son jean. Mais il serra les dents et continua à lui donner du plaisir en aspirant sa langue, encore et encore, tandis que son pouce tournoyait et appuyait, tournoyait et appuyait, jusqu'à ce que les hoquets discrets se transforment en braillements étouffés et qu'elle crie son nom avant de se laisser aller entre ses bras.

— *Oh, Jake... souffla-t-elle à son oreille.*

Ce dernier n'avait plus qu'une idée en tête : être en elle. Tout de suite. Il défit maladroitement sa braguette. Son membre, en se libérant, fut traversé d'un tel frisson qu'il crut voir des étoiles.

Bon sang, ça devient carrément ridicule !

Il fallait qu'il entre en elle, et vite, sans quoi il était sur le point de se couvrir de honte comme un ado surexcité se faisant masturber pour la première fois.

Il écarta enfin le tissu de sa culotte et s'enfonça en elle...

C'était comme de retrouver un foyer bien-aimé, mais un foyer tel qu'il n'en avait jamais connu. Il se sentait plus à sa place qu'il ne l'aurait jamais cru possible. C'était l'endroit où il devait être, le bonheur qu'il avait cherché toute sa vie durant. Enfin, il avait trouvé. Cette femme. Ce moment...

Alors qu'il se retirait pour replonger en elle, pour sceller leur alliance d'une manière indélébile, elle laissa échapper un gémissement et demanda :

— *Tu as une capote ?*

Et alors la réalité se rappela à son bon souvenir...

De retour au présent, il la dévisagea. L'expression crispée de son visage était rendue plus âpre encore par l'éclat puissant des plafonniers du corridor de l'hôpital.

— Je n'avais pas joui, lâcha-t-il.

Il s'en souvenait très clairement. Au moment où elle lui avait demandé s'il avait une capote, il avait repris ses esprits, s'était retiré et avait rangé son membre enragé dans son jean en même temps qu'il remettait en cage le démon hurlant en lui. Puis il avait escorté Shell hors des toilettes pour la jeter dans les bras de Pasteur.

— Ouais, répondit-elle d'un air accablé. Apparemment, tu n'en as pas eu besoin.

— Mais...

Il secoua la tête.

— Tu te souviens des messages de santé publique qui disent d'enfiler le préservatif avant tout contact sexuel ? demanda-t-elle.

Elle avait la gorge serrée et les yeux brillants de larmes qui ne demandaient qu'à couler.

— Eh bien, je suis l'illustration vivante de leur importance.

Il ne comprenait pas. Était-elle en train de lui dire que Franklin était son fils ?

Non.

Non, ce n'était pas possible.

Elle n'aurait pas pu lui faire ça. Boss n'aurait pas pu lui faire ça.

— T'essaies de me dire...

Il secoua de nouveau la tête, sa poitrine comprimée par un étau aussi puissant que celui qui lui écrasait le cerveau.

— Qu'est-ce que t'essaies de me dire ?

Il devait avoir mal compris. C'était forcément un malentendu.

— Ce que je dis, c'est que Franklin est de toi, Jake. C'est ton fils.

À ces mots, les pièces du puzzle trouvèrent leur place.

— Et tu ne me le dis que maintenant ?

Il serrait les poings, la gorge pleine de hurlements difficilement réprimés. Ça ne pouvait pas être réel.

Il ne voulait toujours pas y croire.

— J'ai essayé… commença Shell.

Il cessa d'écouter. Son champ de vision se voila de rouge. Il fit volte-face et retourna vers la salle d'attente. Il avait cessé de réfléchir, il était dans l'action. Une seule idée l'animait à présent : il avait été trompé ! Par la femme qu'il aimait et le meilleur ami auquel il se fiait.

Et puisqu'il ne pouvait pas passer sa colère sur Shell…

Il fila droit vers Boss, toujours assis sur le sofa. Avisant son expression, Boss fronça nettement les sourcils et la cicatrice qui remontait depuis le coin de sa bouche blanchit à vue d'œil.

— Serpent ? Qu'est-ce qui t'arrive, mec ?

— Comment as-tu pu ? rugit Jake en s'étranglant sur les larmes à la con qui lui montaient aux yeux. Comment as-tu pu me faire ça ?

— Jake…

Shell l'avait saisi par le bras, mais il se libéra et fit face à Boss qui s'était promptement levé du canapé.

— Comment as-tu pu me cacher un truc pareil pendant toutes ces années ?

Il avait la tête farcie au C-4, prête à exploser d'un instant à l'autre. Et puis une pensée lui traversa l'esprit.

— C'est pour ça que t'as été tellement prompt à m'aider avec Shell, n'est-ce pas ? gronda-t-il. Pas parce que je suis un type bien, comme tu le prétendais, mais parce que comme ça, tout serait rentré dans l'ordre. On aurait fait une jolie petite famille !

— Mais de quoi tu me parles, là ? répliqua Boss de sa voix de stentor.

Becky tenta d'intervenir.

— Hé, les gars…

Mais Jake poursuivit sans même lui prêter attention.

— Je parle du fait que Franklin est mon fils. C'est mon enfant et tu n'as même pas eu la décence de me le dire !

— Franklin n'est pas ton gamin ! lança Boss, moqueur. C'est celui de Pasteur.

Jake serra les poings.

— Le secret de Polichinelle est éventé ! hurla-t-il en écrasant avec colère la larme qui avait l'audace de s'écouler au coin de son œil. Les groupes sanguins ne collent pas. Je n'ai peut-être pas de doctorat en biologie, mais je ne suis pas non plus un imbécile. Tu t'attendais à ce que je ne me rende compte de rien ?

— Franklin est…

Boss secoua la tête et se tourna vers Shell. Celle-ci se mordillait la lèvre inférieure et se tordait les mains, les joues striées de larmes.

— Frank ne savait rien, souffla-t-elle.

Elle vit une lueur de compréhension s'allumer dans les yeux de son frère, rapidement suivie par une expression furieuse.

Eh bien, tant mieux. Comme ça, on est sur la même longueur d'onde !

Jake fusillait encore son ancien commandant du regard quand, en une fraction de seconde, sa tête partit brutalement en arrière tandis qu'une douleur explosait dans sa mâchoire avec la force d'une grenade à fragmentation.

Boss avait certes l'air massif et lourdaud, mais ce salopard avait des réflexes dignes d'un grand félin. Jake en voulait pour preuve ce crochet du gauche qu'il n'avait pas vu venir.

— T'avais juré de ne pas la toucher à moins d'avoir un vrai projet de relation ! tonna Boss.

Il tira parti de la surprise momentanée de Jake pour abattre sa paume au centre de sa poitrine et le projeter en arrière à travers la pièce. Jake eut l'impression d'avoir été heurté par un boulet de démolition de deux tonnes. Il trébucha contre une chaise et tomba sur les fesses.

Relevant la tête à temps pour voir Boss foncer sur lui tel un train de marchandises, un énorme poing serré dépassant de son plâtre bleu vif, Jake se remit vivement sur pied et adopta la posture standard, les genoux fléchis, prêt à absorber l'énergie cinétique d'un furieux de cent dix kilos.

Et puis Becky sauta soudain sur le dos de Boss, se cramponnant à lui avec toute la fougue et l'agilité d'un singe (un singe qui aurait arboré une perruque blonde, en l'occurrence). Elle cria à l'oreille de Boss quelque chose que Jake ne comprit pas. Mais, quoi que cela ait pu être, Boss s'arrêta net.

Une expression orageuse était toujours peinte sur ses traits et sa poitrine se soulevait tel un immense soufflet, mais il ne semblait plus décidé à trucider Jake en plein milieu de la salle d'attente.

C'est à ce moment que Shell s'interposa entre eux.

— Frank n'était au courant de rien, annonça-t-elle de nouveau en essuyant ses larmes d'une main tremblante.

À présent que la rage se dissipait et qu'il reprenait ses esprits, ce léger détail se faisait enfin jour dans l'esprit de Jake.

— Personne ne le savait, à part Steven. Et il a emporté mon secret dans la tombe.

Prise d'un hoquet, elle balaya du regard les visages stupéfaits qui l'entouraient avant de se laisser tomber, flageolante, sur une chaise. Elle se couvrit les yeux de ses mains, et ses épaules s'agitèrent sans toutefois qu'aucun son ne franchisse ses lèvres. Ce qui était encore pire que si elle s'était mise à sangloter.

Mais Jake avait beau fouiller les recoins de son for intérieur, il semblait incapable d'y trouver la moindre compassion à son égard. Son cœur, auparavant si plein d'amour, lui semblait à présent entièrement vide et creux.

Plusieurs secondes s'écoulèrent sans que quiconque n'ose bouger ou même respirer. On aurait pu entendre une mouche voler. Et à présent que l'effet de l'adrénaline se dissipait, Jake avait l'impression que sa mâchoire avait pivoté de quatre-vingt-dix degrés.

Rien à dire, Boss distribuait de sacrées mandales ! Il faudrait au moins un mois avant que Jake puisse mâcher normalement. Il porta la main à son visage pour s'assurer que, oui, sa mâchoire inférieure était toujours placée à l'avant de son visage.

— Pourquoi, Shell ? demanda finalement Boss en faisant un pas vers elle.

Ouais, Jake aussi aurait voulu avoir la réponse à cette question. Non pas que ça ait une véritable importance ; quelles que soient ses explications, rien ne pouvait justifier ses actes...

Shell se contenta de secouer la tête, comme pour faire signe à Boss de ne pas s'approcher plus. Le colosse fronça les sourcils, le visage si marqué par la peine, le choc et le sentiment de trahison que Jake se demanda à quoi le sien pouvait bien ressembler.

— D'accord, dit Boss avec un hochement de tête saccadé. D'accord. On en parlera plus tard.

C'était quoi, ces conneries ? Jake avait besoin d'une explication immédiate. Genre, ici et maintenant !

Il ouvrait la bouche pour exiger des réponses quand Boss jeta un coup d'œil par-dessus son épaule vers Becky, toujours cramponnée à son dos.

— Tu vas rester là toute la soirée ? demanda-t-il.

— Tu vas nous refaire une imitation de Mike Tyson ? répliqua-t-elle.

— C'est bon, je gère, affirma-t-il.

Mais avant qu'elle puisse descendre et que Jake puisse réclamer ses explications, Susan l'infirmière réapparut sur le seuil.

— Bon, il semble qu'on n'ait pas eu besoin de votre sang finalement, Jake, annonça-t-elle, tout sourire, avant de froncer les sourcils en apercevant Boss et Becky.

Elle secoua la tête puis se tourna vers Shell.

— Vous serez heureuse d'apprendre qu'il n'y a pas eu rupture de l'appendice de votre fils. Le chirurgien a pu découper les adhérences et le retirer proprement, donc il ne devrait pas y avoir de complications dans le futur. Franklin est en salle de réveil. Vous pourrez aller le voir d'ici une quinzaine de minutes. Si tout se passe bien, il sera prêt à rentrer chez vous demain soir.

— D... Demain soir ? bredouilla Shell en essuyant les larmes sur ses joues. Si vite ?

— Les opérations par laparoscopie ne nécessitent pas un long séjour à l'hôpital. Et Franklin guérira plus vite chez lui, tant que vous l'empêcherez de trop s'agiter.

— Je le ligoterai à son lit si nécessaire, promit Shell d'une voix chargée d'émotion. Et merci !

Elle gratifia l'infirmière d'un sourire tremblant avant de tourner vers Jake un regard implorant.

Qu'attendait-elle de lui ?

Son pardon ?

Aucune chance. Il s'était toujours considéré comme bonne pâte. Pas le genre à se montrer rancunier. Mais si elle s'imaginait qu'il allait dire « t'inquiète pas, Shell, ça ne me pose pas de problème que tu m'aies caché l'existence de mon fils », elle allait être déçue.

Trois ans.

Il avait un fils depuis trois ans. Et à cause de la duplicité de Shell, de son égoïsme, il avait raté son premier pas, son premier mot, son premier... *tout*.

Et à cet instant, il comprit pourquoi les gens affirmaient que l'amour et la haine étaient les deux faces d'une même pièce. Car le vide dans son cœur se remplissait de nouveau. Mais cette fois, ce sentiment n'était certainement pas de l'amour. Ce qui ne l'empêchait pas de brûler avec la même intensité...

13

Johnny descendit lourdement l'escalier de la maison de ville désertée, perplexe.

Toutes les lumières étaient allumées, un feu brûlait dans la cheminée, la télé passait une rediffusion d'une série comique, la porte du réfrigérateur était grande ouverte et le système de sécurité n'avait pas été activé... ce qui expliquait la facilité avec laquelle il était entré.

Merde, qu'est-ce qui s'est passé ici ?

C'était presque comme s'ils avaient su qu'il arrivait et s'étaient tirés. Mais ça n'avait aucun sens.

Retournant dans l'accueillante salle de séjour, il observa le chaos ordonné à base de jouets, de livres et de photos de famille en se creusant la cervelle pour déterminer ce qu'il devait faire ensuite.

Mary serait méchamment déçue si demain arrivait sans qu'il ait exercé au moins une forme de vengeance. Et il n'avait vraiment aucune envie de l'écouter se plaindre de sa voix stridente à l'autre bout du fil.

Sans compter que cela faisait déjà deux fois qu'on le privait du plaisir de la compagnie de Michelle, ce qui était loin d'être un détail. La voir encore lui échapper était presque intenable.

Il faut dire qu'elle était super bonne.

Durant l'heure passée, il avait fantasmé sur l'idée d'abattre le blondin d'une balle dans la tête avant de s'emparer de Michelle et de la baiser jusqu'au sang. Après quoi il aurait l'immense satisfaction de lui trancher sa jolie gorge. Johnny n'était pas homme à apprécier qu'on le prive de son plaisir. Surtout pas trois fois de suite.

Malheureusement, il n'avait aucune idée de l'endroit où elle se trouvait.

Sauf que... mais oui... N'avait-il pas lu un truc à propos d'une nounou dans le dossier de Michelle ?

Se réjouissant à l'avance de ce qui allait suivre, Johnny se frotta les mains puis traversa la cuisine, s'arrêta pour piquer une bière dans le réfrigérateur et s'éclipsa par la porte de derrière.

— Non, non...

Michelle parlait à voix basse dans son téléphone tout en couvant d'un regard plein d'amour les traits pâles de son fils. Elle dit intérieurement une nouvelle petite prière de remerciements, la millième sans doute depuis que Franklin était sorti de la salle d'opération.

— Ne vous embêtez pas à venir ici ce soir, Lisa. Profitez plutôt de votre temps libre.

— Il s'était plaint d'avoir mal au ventre il y a trois jours, dit la nounou d'une voix où perçait l'inquiétude. J'ai simplement cru qu'il avait trop mangé.

— Et j'aurais pensé la même chose, affirma Michelle sur un ton rassurant. Ne vous culpabilisez pas. Ce sont des choses qui arrivent.

À peine avait-elle prononcé ces mots qu'elle pensa à Jake et tourna un regard anxieux vers la porte de la salle d'eau. Dès l'instant où Franklin avait été transféré dans une chambre individuelle, Jake et Frank s'étaient enfermés dans la salle de bains attenante pour se bouffer le nez.

Même à présent, elle avait du mal à faire abstraction de leur échange musclé pour se concentrer sur sa conversation avec la nounou.

— Je passerai à l'hôpital demain soir, au moment où il sortira, dit Lisa. Nous rentrerons toutes les deux à la maison avec lui pour le mettre au lit.

— Ça plaira à Franklin, chuchota Michelle.

Elle fit la grimace en entendant un juron particulièrement grossier en provenance de la salle d'eau. Elle espérait qu'ils n'allaient pas en revenir aux mains. Voir son frère attaquer Jake lui avait été presque insupportable.

Oh, il y avait eu une époque où elle n'aurait pas été contre l'idée de regarder Frank remettre Jake à sa place. Des occasions où elle aurait peut-être même pris plaisir à voir Jake se prendre une raclée. À commencer par ce jour-là, devant les portes de la base navale. Mais aujourd'hui, cela lui semblait… déplacé.

Terriblement, terriblement déplacé.

Parce qu'il avait été complètement anéanti par la bombe qu'elle lui avait lancée au visage. Impossible de le nier. Pas après avoir vu l'angoisse absolue qui s'était peinte sur ses traits, l'incrédulité, la souffrance et la peine.

C'était suffisant pour l'inciter à se demander si elle avait peut-être commis une erreur, toutes ces années auparavant. Si, même après la façon dont il l'avait traitée et ce qu'il lui avait dit, même après qu'il eut choisi d'ignorer sa lettre le suppliant de revenir (d'autant plus qu'à présent, elle comprenait pourquoi il avait fait tout cela), elle aurait dû lui dire la vérité.

Mais non, réaffirma-t-elle pour elle-même, *tu as fait ce qui était bon pour ton enfant.*

Elle en était persuadée… n'est-ce pas ?

Elle n'avait pas voulu voir son fils grandir avec un père distant et négligent. Elle savait ce qu'il en était, elle connaissait la souffrance terrible, presque débilitante, qui en résultait. Et Jake se serait forcément montré distant et négligent. Non ?

Seigneur, tout cela était si affreux et compliqué. Elle n'était plus sûre de rien…

Ravalant des larmes de chagrin et de regret, elle termina sa conversation avec Lisa, remit son téléphone dans sa poche et posa la tête sur le rebord métallique du lit d'hôpital. Lorsqu'elle ferma les paupières, la conversation qui se déroulait dans la salle de bains lui parvint aux oreilles.

— Comment peux-tu me dire, les yeux dans les yeux, que tu lui as pardonné après qu'elle t'a menti durant toutes ces années ?

C'était la voix de Jake.

— Parce que c'est ma sœur, rétorqua Frank. Et il y a deux choses sur lesquelles je n'ai pas l'ombre d'un doute. Un, elle devait avoir une excellente raison de faire ce qu'elle a fait. Et deux, elle ne sait pas mentir. Et puisqu'elle a réussi son coup en beauté, ça veut dire qu'elle devait être absolument convaincue d'agir de manière juste.

— Je me fous de savoir de quoi elle était convaincue ! rugit Jake avant de baisser la voix face aux « chut ! » répétés de Frank. Elle n'a absolument aucune excuse, ajouta-t-il.

Aucune excuse ? Avait-il tout oublié ?

Elle tendit la main entre les barreaux pour serrer gentiment le petit genou de Franklin sous la couverture bleue du lit d'hôpital, plus pour se rassurer elle-même que pour le rassurer lui, car il n'avait pas encore émergé de son anesthésie.

Ça n'allait cependant pas tarder et, à cette idée, elle sentit une boule d'angoisse lui peser sur l'estomac comme un rôti de deux bons kilos. Que ferait Jake quand il aurait l'occasion de parler pour la première fois à son fils ? Dirait-il la vérité à Franklin ? Et dans ce cas, comment celui-ci allait-il réagir ?

Son cher petit ange n'avait aucune expérience avec un père. Ce concept, dans sa forme concrète, lui était étranger. Pour lui, un *papa* n'était rien d'autre qu'une abstraction, une histoire comme toutes celles qu'elle lui lisait avant le coucher. Comment appréhenderait-il l'apparition d'un père bien réel ?

— Je comprends ce que tu ressens, Serpent, dit Frank. Vraiment. Mais tu dois lui laisser la chance de...

— Elle a eu toutes les chances qu'elle méritait ! gronda Jake. Trois longues années durant lesquelles elle aurait pu m'en parler. Et moi, quand est-ce qu'on me donne ma chance ? Je veux mon fils, Boss.

Shell eut l'impression que la pièce tanguait et se refermait sur elle. L'idée de perdre Franklin...

— Je sais que tu as mal, mec. Tu es complètement furax et ça se comprend. C'est même parfaitement légitime. Mais jamais je ne te laisserai arracher ce gamin à sa mère.

Un bruit sourd retentit de l'autre côté du mur et Shell songea que Jake y avait sans doute donné un coup de poing. Supposition confirmée par le long silence qui s'ensuivit, finalement rompu par la voix de son frère.

— Tu te sens mieux ?

— Pas vraiment, maugréa Jake.

— On va trouver un moyen d'arranger tout ça, mec.

Vraiment ? Son frère disposait-il d'une machine à remonter le temps ? Parce que, de l'avis de Shell, réécrire l'histoire était le seul moyen envisageable d'arranger quoi que ce soit.

— Je veux mon fils, Boss, répéta Jake. Je veux avoir l'occasion d'être un père pour lui. Je le mérite.

— Hé, chéri, tu cherches quelqu'un avec qui t'amuser ?

La prostituée rousse aux énormes faux seins se pinça le mamelon à travers son bustier tandis que Johnny passait devant elle pour prendre l'ascenseur de l'hôtel *Stardust*.

— Peut-être plus tard, marmonna-t-il.

Il était trop préoccupé par l'objectif qu'il s'était assigné pour lui consacrer une réelle attention.

Cela dit, s'il n'arrivait pas à localiser Michelle Carter ce soir, il aurait peut-être besoin de soulager le feu bouillonnant dans ses veines. Auquel cas la prostituée ferait l'affaire, même si ce n'était pas son premier choix.

— Bon, je serais là si tu as besoin, ronronna-t-elle.

Il lui fit un clin d'œil et remua la langue d'un air salace tandis que les portes se refermaient. Impatient, il ne cessa de claquer des doigts pendant le trajet aussi lent que bruyant jusqu'au sixième étage.

Il aurait dû se glisser par la porte de derrière et grimper par les escaliers de secours comme il le faisait depuis son arrivée au *Stardust*. Mais il était trop pressé de mettre la main sur les informations nécessaires et avait cru – à tort – qu'il serait plus rapide d'emprunter l'entrée principale et l'ascenseur.

Grosse erreur.

Mais enfin, *enfin*, les portes de l'ascenseur s'ouvrirent. Remontant en hâte le corridor enfumé, il tâtonna dans sa poche à la recherche de la clé de sa chambre. Une fois à l'intérieur, il se précipita vers le lit et feuilleta du pouce le dossier que le détective privé lui avait envoyé jusqu'à trouver ce qu'il cherchait.

Lisa Brown.

Le dossier indiquait qu'elle étudiait à l'université Northwestern pour un troisième cycle en arts libéraux, quoi que ce puisse être. Et surtout, elle était nounou à plein temps pour Michelle Carter. Johnny parcourut la page et sourit quand son regard s'arrêta sur une adresse.

Il replia le papier et tenta de le glisser dans la poche de sa veste. Mais ses doigts se heurtèrent à quelque chose de plat et lisse.

Il sortit la photo de Michelle avec son fils et la déplia pour faire courir son doigt sur l'image de ses seins plantureux. Ce que la prostituée dans le hall avait acquis auprès d'un chirurgien pour une petite fortune, Dieu en avait naturellement doté Michelle.

Le sang afflua dans le bas-ventre de Johnny qui porta la main à son entrejambe pour rajuster son membre.

Oh, on va bien s'amuser, toi et moi. Une vraie petite fête...

Il laissa la photo retomber sur le lit ; il n'en avait pas besoin, il aurait reconnu le visage de Michelle entre mille. Puis, les coordonnées de Lisa Brown bien rangées dans sa poche, il ressortit de la chambre en sifflant joyeusement.

— Serpent, je peux te parler cinq minutes dans le couloir ? demanda Boss, obligeant Jake à détourner les yeux du visage doux et plein d'innocence de son fils endormi.

Son fils...

Bon sang, je vais avoir besoin de temps pour m'y habituer.

Il était *papa*. Il avait un *fils*. Peut-être que s'il se le répétait un petit million de fois, il réussirait finalement à y croire.

— Si tu veux, dit-il.

Il se leva de la chaise inconfortable qu'il avait tirée près du lit d'hôpital de Franklin. Perdu au milieu des couvertures, le garçonnet avait l'air d'une petite poupée, si menu, si pâle. Jake tenta de voir quelque chose de lui-même sur ce visage...

Et cela lui restait plus en travers de la gorge qu'il n'aurait osé l'avouer de ne retrouver aucune de ses caractéristiques physiques sur cette figure d'ange. Comme un second couteau dans le dos. Après tout, on lui avait déjà refusé son droit de paternité, fallait-il en plus que l'univers le punisse du point de vue de la génétique ?

Franklin s'agita et fronça légèrement les sourcils. Shell tendit la main pour chasser quelques mèches de cheveux qui lui retombaient sur les yeux et lui murmura quelques paroles de réconfort.

— Tu viens ou quoi ? s'impatienta Boss.
— Ouais, ouais...

Jake se dirigea vers la sortie en évitant de regarder Shell. Une fois dans le couloir, il referma la porte derrière lui et s'appuya contre le chambranle, bras croisés, en dévisageant froidement Boss. Oh, il savait bien que son ancien supérieur était innocent dans cette histoire, mais celui-ci semblait déterminé à toujours prendre le parti de sa sœur, ce qui ne manquait pas de mettre Jake en rage.

Il avait l'impression de mener une guerre sur deux fronts à la fois.

— Qu'est-ce qu'il y a ? demanda-t-il en constatant que Boss l'observait avec sollicitude.

Merde. Il ne voulait pas de cette sollicitude. Il ne savait pas précisément ce qu'il voulait – il était trop secoué et désorienté pour ça – mais certainement pas ça.

Le tracé pâle des cicatrices de Boss apparaissait de nouveau nettement sur ses traits tendus.

— Becky et moi devons retourner au garage, annonça-t-il. Rock a fini de questionner ce nouveau tueur à gages et il va reprendre sa mission de surveillance à l'hôtel. Steady va m'attendre à BKI pour me faire son rapport sur ce que Rock a découvert. Mais avant ça, je vais passer chez ma sœur. Je suis parti tellement vite que je n'ai pas fermé la porte à clé ni enclenché le système d'alarme. Et ce sera un miracle si elle ne s'est pas déjà fait cambrioler. Je laisse Ozzie ici pour garder un œil sur Shell et Franklin. Mais j'ai besoin que tu m'assures que tu ne vas pas...

— Inutile de demander au petit jeune de rester, l'interrompit Jake. Je peux m'occuper de Shell et de Franklin jusqu'à ce que le moment soit venu de les ramener chez eux.

L'expression de Boss trahissait son hésitation. De quoi mettre Jake encore plus en rogne.

— Écoute, mec, grinça-t-il, c'est pas parce qu'elle m'a brisé le cœur et m'a caché l'existence de mon fils que je vais laisser quoi que ce soit lui arriver. Elle reste la mère de mon enfant, après tout.

La mère de son enfant. Encore un autre concept auquel il allait devoir s'habituer...

Il ressentit soudain l'envie de cogner dans quelque chose. Fort. Malheureusement, le mur ne paraissait pas assez solide pour encaisser de manière satisfaisante.

Boss dévisagea Jake, les yeux plissés. Puis le colosse fit quelque chose de totalement inattendu :

il saisit Jake par l'épaule et l'attira contre lui dans une étreinte digne d'un ours.

— Q... Qu'est-ce que tu fous ? bredouilla Jake.

Il fit mine de se dégager, mais autant essayer de déplacer une montagne.

— Je suis désolé, chuchota Boss à son oreille. Je suis tellement désolé que ça se soit passé comme ça. Si j'avais su...

Il laissa sa phrase en suspens. À ce moment, la colère et la frustration qui avaient empêché Jake de s'effondrer en une flaque de larmes et de morve s'évanouirent comme une colonne de fumée dissipée par le vent.

Oh, putain de merde !

Le premier gros sanglot lui secoua la poitrine et il enserra le dos de Boss avec assez de force pour lui couper le souffle.

— Comment a-t-elle pu faire ça ? s'étrangla-t-il, des larmes brûlantes plein les yeux et la gorge. Comment a-t-elle pu me faire ça ?

Boss lui tapota gentiment le dos de sa grosse paluche.

— Je sais pas, vieux. C'est pour ça qu'il faut que tu lui parles. C'est de ça qu'il faut que tu lui parles.

— Lui parler ? Je n'arrive même pas à la regarder, avoua Jake.

Il se recula pour s'essuyer le nez.

— Comment le pourrais-je après ce qu'elle a fait ?

— En te rappelant que c'est Shell, répondit Boss sans se laisser arrêter par les grosses larmes qui coulaient sur les joues de Jake. Elle est peut-être tombée du piédestal super perché sur lequel tu l'avais mise, mais elle n'est pas non plus la harpie sans cœur que tu imagines à présent.

Et c'était bien là tout le problème, non ? Parce qu'il savait bien qu'elle n'était pas une harpie.

Il connaissait Shell. Elle n'avait pas une once de méchanceté ou de rancune en elle.

Ce qui voulait dire qu'elle avait pris sa décision quatre ans plus tôt, parce qu'elle considérait effectivement qu'elle faisait pour le mieux, comme l'avait dit Boss. Ce qui, par conséquent, signifiait qu'elle l'estimait incapable ou réticent à prendre ses responsabilités vis-à-vis d'elle et de leur enfant à naître. Une idée qui l'obligeait à admettre la possibilité qu'elle ait eu raison. Peut-être se serait-il montré incapable ou réticent à assumer ses responsabilités.

Il était tellement largué à l'époque...

— Retourne au garage retrouver tes hommes, finit-il par dire.

Il recula d'un pas et se passa une main sur le visage, dégoûté de sentir sous ses doigts l'humidité qui indiquait qu'il avait chialé comme un putain de bébé. Une nouvelle fois.

Encore une crise de ce genre et son certificat officiel de virilité serait définitivement révoqué.

— Je me charge de protéger Shell et Franklin, dit Jake.

Voyant Boss tourner la tête sur le côté, l'air méfiant, il lâcha un soupir et hocha la tête.

— Je ne lui dirai pas un mot de travers, assura-t-il.

— J'ai ta parole ?

— Parole de scout, répondit Jake en levant trois doigts.

— T'as jamais été chez les scouts, pouffa Boss.

— Nom d'un chien ! Mais pourquoi tout le monde me dit ça ?

Johnny patienta sur le perron du petit immeuble de Lincoln Park avec une douzaine de roses à la main jusqu'à ce qu'un gamin d'une vingtaine d'années avec une casquette des Chicago Bulls vissée sur le crâne monte les marches et ouvre la porte d'entrée. Concentré sur sa conversation téléphonique – et visiblement en train de se disputer avec sa petite amie – le type ne vit pas Johnny se glisser derrière lui.

Il suivit discrètement le fan des Bulls dans l'escalier et secoua la tête en l'entendant jurer à la fille à l'autre bout de la ligne qu'il n'était pas intéressé par Gabrielle Eyler et que, pour le lui prouver, il ne regarderait plus jamais une autre fille.

Tu ferais mieux de te reprendre en main, mon pote, sans quoi cette salope tardera pas à porter tes couilles en boucles d'oreilles.

Johnny détourna la tête quand M. le Soumis s'arrêta au premier étage pour accéder à son appartement. Il rajusta la casquette de chez Silly Lilly qu'il avait volée dans le magasin en allant acheter son premier bouquet et passa rapidement comme s'il se dépêchait de rejoindre les étages supérieurs. Le jeune lui décocha à peine un coup d'œil avant de refermer la porte derrière lui.

L'escalier menant au deuxième étage sentait le désodorisant bon marché et la moquette était tachée, mais à part ça, l'endroit était propre.

Et calme, remarqua Johnny avec un soupçon d'inquiétude.

Ce qui voulait dire qu'il allait devoir travailler vite et bien. Il ne pouvait pas prendre le risque que les voisins appellent les flics. Surtout pas.

Après tous les sales coups qu'il avait pu commettre sans jamais se faire prendre, il n'allait pas finir dans le couloir de la mort pour le meurtre d'une simple nounou étudiante.

Montant prestement jusqu'au troisième étage, il enfila une paire de gants en cuir sur mesure et frappa doucement à la porte avant de s'écarter du judas en brandissant les roses devant lui.

— Qui est-ce ? demanda une voix jeune et douce de l'autre côté du panneau.

— Livraison de chez le fleuriste, répondit-il. Le locataire du premier étage m'a fait entrer. Vous êtes Lisa Brown ?

— Des fleurs ? Si tard ? s'étonna-t-elle.

— J'ai essayé de passer plus tôt, madame, mais vous n'étiez pas chez vous, expliqua-t-il. Et vu que j'étais encore dans le coin, je me suis dit que j'allais réessayer.

— Sur votre temps libre ?

Elle avait des accents de méfiance dans la voix. Ce qu'il devait absolument éviter : il ne pouvait pas se permettre de revivre le fiasco avec Michelle. Vite, une explication...

— Oh non, pas du tout ! rigola-t-il en prenant soin de garder un ton amical. Le magasin est ouvert vingt-quatre heures sur vingt-quatre. Parce que, bon, on sait bien que la plupart des types qui émergent du bar à deux heures du matin risquent moins de se faire remonter les bretelles par madame s'ils ont des fleurs à la main.

— Ah, d'accord, dit-elle. Une seconde.

Bon sang, songea Johnny, *la plupart des femmes croiraient vraiment n'importe quoi tant que ça implique de recevoir des fleurs.*

D'après la fiche de Lisa, elle n'avait pas de petit ami. Alors qui avait bien pu envoyer le bouquet, d'après elle ?

Le cliché de l'admirateur secret, sans doute. Contrairement à Michelle Carter, elle n'avait pas retenu la leçon : ne jamais ouvrir la porte à des inconnus. Cela dit, ce n'était pas lui qui s'en plaindrait.

Il guetta avec impatience le bruit du verrou que l'on tournait et le cliquetis de la chaîne qui retombait. Ses paumes le démangeaient à l'intérieur de ses gants et le parfum sucré des roses lui brûlait les poumons.

À l'instant où la porte s'entrouvrit, il lança un grand coup de pied au milieu du panneau qui bascula violemment en arrière en même temps que la femme qui le tenait.

Il fut sur elle avant qu'elle ait eu le temps de se relever, avant qu'elle puisse crier.

Il lui coinça les bras dans le dos et lui écrasa le visage contre la moquette, si bien qu'elle ne put émettre que quelques gémissements étouffés. Puis il scruta rapidement le petit appartement pour s'assurer qu'il n'y avait personne d'autre. Constatant que l'endroit était désert, il se pencha pour lui chuchoter à l'oreille :

— Lisa Brown... (Il adorait la sentir haleter et se débattre sous lui.) J'ai besoin que tu me dises où je peux trouver Michelle Carter.

— Tu me dois vingt dollars, lança Becky avec un sourire narquois.

Elle s'approcha nonchalamment de Jake et ouvrit son sac à main pour lui présenter un énorme assortiment de bulles de plastique multicolores, de celles que l'on trouve en distributeur, pleines de petits jouets bon marché.

— Sans parler du remboursement pour toute la fierté que j'ai perdue en mettant je ne sais combien de pièces dans cette machine à la noix. Le caissier de la boutique de cadeaux a cru que j'avais perdu la boule. Mais il y a un côté positif, poursuivit-elle en agitant ses sourcils blonds. Si un jour t'as besoin de bagues en acrylique, de balles en caoutchouc ou de chewing-gums insipides, j'aurai tout ce qu'il te faudra !

— Mais t'as réussi à les avoir ? demanda-t-il, une pointe d'inquiétude dans la voix.

Avec un clin d'œil joyeux, elle lui brandit sous le nez une petite feuille de tatouages éphémères. Lorsqu'il tendit la main pour la prendre, Becky replia vivement le bras dans son dos et secoua la tête.

— Ah, ah ! D'abord le joli petit billet de vingt, ensuite les tatouages. Je t'aime bien, et tout, mais je ne suis pas la fée des cadeaux et mon patron est plutôt du genre à avoir des oursins dans les poches.

En prononçant ces mots, elle s'était tournée pour faire un clin d'œil à Boss, adossé contre le mur du couloir. Le colosse souffla un baiser dans sa direction.

Jake leva brièvement les yeux au ciel puis s'empressa de sortir son portefeuille pour en tirer un billet de vingt. Becky et lui procédèrent à l'échange comme lors d'un achat de drogues ; il réceptionna discrètement les tatouages au creux de sa paume tandis qu'elle récupérait l'argent. La transaction effectuée, Boss s'écarta du mur pour passer son bras massif autour de la taille de sa future épouse.

— Maintenant que c'est réglé, dépêchons-nous. Rock a hâte de retourner à l'hôtel.

— Oh, je n'en doute pas ! gloussa Becky.

— Qu'est-ce que tu veux dire par là ? demanda Boss tandis qu'ils s'éloignaient dans le couloir.

— Vous, les mecs, vous êtes vraiment bigleux dès qu'il s'agit de sentiments, hein...

Jake les observa jusqu'à ce qu'ils tournent au coin du bureau des infirmières et que leurs voix cessent de lui parvenir. Puis il revint vers la chambre de Franklin en évitant soigneusement le regard interrogateur et légèrement méfiant de Shell.

Il se rendit dans la salle de bains pour humecter un gant de toilette avant de retourner au chevet de son fils et...

Son fils.

De nouveau, cette notion le frappa comme un obus, fendant le blindage de son sang-froid pour faire tambouriner son cœur et affoler ses poumons. Il considéra son reflet dans le miroir au-dessus du lavabo. La peine se lisait dans ses yeux injectés de sang, dans les rides qui lui barraient le front et ses lèvres pincées.

Pourquoi m'a-t-elle caché son existence ?

Et ouais, il savait qu'il devrait lui poser la question, comme l'avait dit Boss. Mais pas encore. Pas ici. Et certainement pas maintenant.

Il avait besoin de se préparer à la souffrance que la réponse de Shell ne manquerait pas de lui causer...

Après une profonde inspiration, il s'écarta du lavabo et ressortit de la salle de bains. Évitant toujours le regard inquisiteur de Shell, il s'avança jusqu'au lit de Franklin et remonta la manche de la blouse d'hôpital du petit garçon.

— Qu'est-ce que tu fais ? demanda Shell.

L'effet de sa voix sensuelle n'avait pas changé ; elle atteignait toujours Jake droit au cœur.

— Je lui applique un tatouage éphémère, marmonna-t-il en appuyant la petite feuille sur le biceps de Franklin avant d'humidifier précautionneusement l'autre face pour transférer l'encre.

— Je vois ça, dit-elle. Mais pourquoi ?

La douceur avec laquelle elle s'exprimait lui aurait presque donné envie de tourner les yeux vers elle. Mais il ne pouvait pas. Pas encore.

— Parce qu'il a passé la journée à admirer les miens et que je veux qu'il voie qu'il a eu droit à son propre « tatage » dès la seconde où il se réveillera.

C'est la seule idée que j'ai eue pour faire un geste pour lui.

Il ne pourrait pas réconforter l'enfant comme Shell le ferait, avec une caresse et quelques mots, voire sa simple présence. Après tout, qui était-il aux yeux de Franklin ? Rien qu'un grand inconnu qui avait joué avec lui pendant la journée et était doué pour faire des voix rigolotes.

La souffrance se réveilla en lui, une douleur qui affleurait à la surface comme une dent douloureuse. Il eut du mal à la juguler.

— C'est gentil de ta part, murmura-t-elle tandis qu'il retirait lentement le papier. Ça va lui plaire.

Jake sourit devant le serpent vert et noir qui décorait le petit bras robuste de Franklin.

— Ouais, dit-il.

Il jeta le résidu de papier dans la poubelle et reprit sa place sur l'instrument de torture qui passait pour un siège dans cet hôpital.

— Au moins, maintenant, on a un truc en commun, commenta-t-il.

— Que veux-tu dire ?

— Je veux dire... (Il contempla le visage du garçon.)... qu'au moins, maintenant, on a des tatouages identiques. Une caractéristique physique qui nous relie.

— Qu'est-ce que tu racontes ?

Une réelle incompréhension perçait dans la voix de Shell. Jake releva les yeux vers son beau visage en tâchant de ne pas se laisser influencer par l'inquiétude qui s'y lisait. En vain. Parce que cette inquiétude s'accompagnait de ces deux sentiments inséparables : le chagrin et le regret.

Ce qui atténuait la colère qu'il nourrissait contre elle. Et il n'était pas prêt pour ça.

Pour renforcer sa détermination, il se rappela les années qu'il avait perdues en tant que père, les années qu'elle lui avait volées.

— Eh bien, ce gamin porte la moitié de mon ADN, mais ça ne se voit pas du tout quand on le regarde.

Les traits de Shell s'adoucirent immédiatement et Jake détourna la tête.

— Tu te trompes, souffla-t-elle.
— Ah ouais ?

Il grimaça en entendant sa voix se fêler comme celle d'un ado atteignant la puberté.

— C'est-à-dire ? demanda-t-il.

Elle resta longuement silencieuse et Jake sut qu'elle attendait qu'il la regarde. Mais il n'en était toujours pas capable. Elle finit par soupirer.

— Hier soir, tu m'as demandé pourquoi je faisais cette tête quand tu t'es présenté à Franklin dans la cour. D'après toi, je t'en voulais pour la mort de Steven.

Cette fois, il ne put résister : il tourna son attention vers elle et constata qu'elle avait les larmes aux yeux.

Ses yeux de menteuse, se rappela-t-il.

— Ouais ? Et tu m'as dit que c'était parce que tu trouvais injuste que je puisse revenir dans ta vie, la gueule enfarinée, comme s'il ne s'était rien passé.

Elle secoua la tête.

— La vraie raison pour laquelle j'étais aussi troublée, c'est qu'en vous voyant tous les deux ensemble, surtout ces fossettes et ces sourires absolument identiques, j'ai eu peur que tout le monde déduise immédiatement la vérité. Que vous étiez père et fils. À cet instant, la ressemblance m'a paru tellement frappante que mon cœur s'est arrêté.

Jake reporta son attention vers Franklin, vers les joues rondes du garçonnet qui, même détendues dans le sommeil, laissaient encore paraître de petites fossettes. Tout comme ses joues à lui.

Pour la troisième fois de la journée, il eut la gorge serrée par les sanglots.

Bon, au revoir le certificat de virilité.

— Merci de m'avoir dit ça, parvint-il néanmoins à murmurer.

14

— Essaie encore de crier et je t'arrache tes jolis yeux marron, siffla Johnny.

Il eut un sourire mauvais en voyant la terreur déformer les traits de Lisa Brown ligotée sur l'une des chaises de sa cuisine.

Il n'appréciait pas tellement les femmes noires. Bien sûr, beaucoup d'entre elles étaient suffisamment belles, à leur manière exotique, pour lui fouetter les sangs. Mais elles étaient généralement trop grandes gueules à son goût. Et Lisa ne faisait pas exception à la règle.

— Par contre, si tu réponds à toutes mes questions, poursuivit-il, je m'en irai et tu ne me reverras plus jamais.

C'est ça. Et je te filerai aussi les clés de ma propriété face à la mer en Arizona.

En voyant une lueur d'espoir s'allumer dans les yeux sombres de Lisa, il eut du mal à rester parfaitement de marbre. Il lui retira son bâillon et lui agrippa la mâchoire pour s'assurer qu'elle ne tenterait rien de stupide. Comme d'ouvrir la bouche pour pousser un cri digne d'une sirène d'alarme, ainsi qu'elle l'avait fait un peu plus tôt.

Cette fille avait de la voix, c'était certain. De quoi mettre Johnny dans le pétrin s'il ne faisait pas très, très attention.

— Où sont Michelle Carter et son fils ?
— P... Pourquoi vous voulez... commença-t-elle.

Inacceptable. Il serra sa mâchoire entre ses doigts jusqu'à lui faire rouler les yeux dans leurs orbites. Elle se débattit vainement contre ses liens.

— Ici, c'est moi qui pose les questions, salope. Où. Est. Michelle ?

Elle secoua la tête et il la gifla. Fort. Sa tête bascula violemment sur le côté, entraînant avec elle son cou fin et fragile. La peau douce couleur chocolat au lait de sa joue prit immédiatement une teinte rouge. Il la saisit de nouveau par le menton et enfonça ses doigts entre ses mâchoires.

— On refait un essai ? proposa-t-il.
— Ils... sont... à l'hôpital, parvint-elle à dire malgré la pression de ses doigts qui l'empêchaient d'articuler.

Une goutte de sang rouge vif s'écoula du coin de sa bouche et Johnny comprit qu'elle s'était entaillé l'intérieur de la joue contre ses dents lorsqu'il l'avait giflée. Il desserra sa prise. Pas pour atténuer la douleur – il aimait la voir souffrir – mais pour accélérer ce petit interrogatoire.

— Qu'est-ce qu'ils font là-bas ?
— Franklin a eu l'appendicite. Il... il a été opéré. Vous me faites mal. S'il vous plaît... supplia-t-elle.

Oh, tu n'as aucune idée de ce que c'est que d'avoir vraiment mal. Mais tu vas le découvrir. Bientôt...

À cette idée, il sentit son érection frotter contre la braguette de son jean et un rictus d'impatience apparut au coin de sa bouche.

— Et quand est-ce qu'ils reviennent chez eux ?

Lisa jeta un coup d'œil affolé au sac à main violet pailleté, posé sur la table de style bistro de la cuisine. Il suivit la direction de son regard en se demandant ce qu'elle s'imaginait avoir là-dedans qui puisse la sauver.

Un téléphone portable ? Du gaz lacrymogène ? Un petit pistolet, peut-être ?

Évidemment, il aurait fallu qu'elle ait les mains libres pour s'en servir...

— C'est trop tard pour ça, dit-il.

Appuyant ses mains gantées sur le haut dossier de la chaise de Lisa, il se pencha tout près de son visage. Si près qu'il pouvait humer sa peur, âcre et musquée.

L'un des parfums les plus délicieux au monde...

— Tu ne quitteras pas cette chaise avant que je l'aie décidé, murmura-t-il à son oreille.

Il adorait la sensation du souffle tremblant de la jeune femme contre sa joue.

— Et je ne te laisserai pas partir avant que tu aies répondu à toutes mes questions. Alors, dit-il en se redressant, un sourire sur le visage, quand Michelle et son fils rentreront-ils chez eux ?

Lisa déglutit et passa sa langue rose et dodue sur ses lèvres sombres. Un petit geste qui fit naître un début de regret chez Johnny.

Cette fille avait une bouche faite pour le péché. Mais il n'aurait pas l'occasion d'en profiter et c'était bien dommage.

— Franklin sortira demain soir, chuchota-t-elle.

Deux grosses larmes roulèrent le long de ses joues puis gouttèrent depuis son menton.

— Maintenant, je vous en prie, laissez-moi partir...

Johnny lui fit un clin d'œil puis, d'un mouvement vif de son poignard, lui trancha sa jolie gorge.

Il prit un grand plaisir à la surprise qu'il lut dans ses yeux. Les gens étaient toujours choqués de découvrir qu'ils allaient vraiment mourir. Et ça l'étonnait à chaque fois, surtout dans ce genre de situations.

Mais l'espoir fait vivre jusqu'au bout, sans doute.

Glissant les doigts à l'intérieur de sa gorge, au-delà du sang collant qui s'écoulait à gros bouillons de la blessure mortelle, il saisit la belle langue rose qu'il avait admirée un peu plus tôt et la tira à travers la chair déchirée.

Fini l'époque où tu pouvais crier, hein ?

C'était quand même triste de foutre en l'air ce joli minois et un scandale de ruiner sa superbe langue, mais que pouvait-il faire ? La cravate colombienne était sa spécialité ; il avait une réputation à préserver.

Reculant d'un pas, il inclina la tête sur le côté pour observer la vision macabre que constituait Lisa, les yeux vitreux et écarquillés, du sang giclant toujours le long de sa poitrine, la bouche ouverte sur un cri silencieux et dénué de langue.

Il y avait toujours ce moment. Après la mise à mort. Quand l'adrénaline se dissipait. Une brève seconde où il tentait de ressentir quelque chose. N'importe quoi. Une courte pause pour lui permettre de sonder sa conscience à la recherche d'une once de remords. Mais, comme à chaque fois, il faisait chou blanc.

Bon, tant pis.

Il s'ébroua pour reprendre ses esprits. Il était temps d'agir. Après avoir lavé ses gants dans l'évier de la cuisine, il entrouvrit prudemment la porte pour jeter un coup d'œil au couloir et à l'escalier. Constatant que tout était calme, il referma rapidement le panneau derrière lui et descendit les marches quatre à quatre.

À l'instant où ses mocassins touchèrent le trottoir à l'extérieur, un sourire de contentement apparut sur ses lèvres.
Au tour de Michelle, maintenant…

Vanessa abaissa sa paire de jumelles et se tourna depuis son poste d'observation près de la fenêtre.
— Comment ça s'est passé ? demanda-t-elle.
La simple vue de son joli visage et de ses yeux sombres et curieux suffit à chasser la fatigue que Rock portait sur ses épaules comme des graines de pissenlit emportées par une bourrasque. Sans parler de son effet sur la machine sans cervelle qu'il avait dans le pantalon.
Génial.
Lorsqu'il était passé devant Candy et sa chevelure rousse ridicule dans le hall et qu'elle avait baissé son haut pour lui faire admirer la marchandise, il n'avait pas éprouvé le moindre enthousiasme. Ce qui n'était pas peu dire, car le chirurgien esthétique de la fille tenait plus de l'artiste que du médecin.
Mais un seul regard à Vanessa, assise là dans son costume de prostituée à la limite du grotesque, ses cheveux resserrés en un élégant chignon et son visage démaquillé – une grande dame avec les atours d'une catin – et il se retrouvait presque incapable de maîtriser la bête emprisonnée derrière sa braguette.
Ou plutôt : la braguette de Christian.
Zut !
Il jeta sa clé sur la table de chevet bancale en contreplaqué et se dépêcha d'ôter les chaussures trop grandes, trop stylées et très coûteuses du Britannique. Puis il s'assit sur le matelas plein de bosses et se passa une main dans les cheveux. Ce qui lui permit de remarquer que ses doigts tremblaient…
Bon sang.

Le phénomène se produisait toujours après avoir forcé les portes de l'esprit de quelqu'un.

— Tu connais le proverbe « l'habit ne fait pas le moine » ? maugréa-t-il.

Il serra les poings et les secoua pour essayer de se débarrasser des tremblements. Ce qui ne servit à rien. Ça ne marchait jamais...

— Ouais ?

— Je pense qu'il a été inventé pour ce Joe Bob Bartlett.

Vanessa haussa un sourcil. Rock laissa échapper un profond soupir puis déglutit plusieurs fois.

— Dieu, ce mec est tellement maigre qu'il projette à peine une ombre. Mais c'est un coriace. Il m'a fallu presque une heure d'interrogatoire pour lui soutirer un début d'infos.

Une heure de suppliques, de cajoleries, de cris et de menaces avant qu'il ne soit finalement obligé d'appliquer un peu de pression, d'infliger un soupçon de douleur. Après quoi, d'un seul coup, Joe Bob avait eu très envie de raconter son histoire...

— Désolée pour toi, chuchota-t-elle.

Il tourna son regard vers elle.

Ça, c'est une erreur, gros couillon.

Parce que ce bref coup d'œil constituait une invitation suffisante pour qu'elle quitte son siège près de la fenêtre afin de s'approcher de lui.

Elle était pieds nus et les ongles de ses doigts de pieds étaient vernis dans un joli rose couleur de barbe à papa. Elle vint se camper devant lui et il n'eut d'autre choix que de lever les yeux vers son visage inquiet. Il vit une lueur de compréhension dans les profondeurs indicibles de ses grands yeux noirs. De la compréhension et quelque chose d'autre qu'il n'osait pas nommer.

Car ils étaient seuls.

Dans une chambre d'hôtel.

Avec un lit...

Merde.

Elle lui prit la main et tint ses idiots de doigts tremblotants entre ses paumes douces.

— J'imagine difficilement ce que ça peut te faire d'utiliser ainsi la peur et la faiblesse d'une personne contre elle-même, murmura-t-elle.

Elle n'avait pas idée. Car c'était plus que ça. Un véritable interrogateur pouvait entrer dans la psyché d'un tiers. Et parfois, quand on s'était incrusté dans la tête de quelqu'un, il n'était pas si simple d'en sortir.

— On finit par s'y habituer, parvint-il à répondre.

Elle sentait tellement bon. Mélange de menthe poivrée et de sucre, légèrement épicée, légèrement sucrée...

— Foutaises, déclara-t-elle.

Elle sourit en voyant son expression de surprise.

— Ouais, il m'arrive de mettre les pieds dans le plat.

Bon, leur conversation avait pris un tour inattendu. Et entre sa proximité et le contact de ses mains, le cerveau de Rock pédalait dans la choucroute. Comme s'il avait bu un peu trop de l'alcool de contrebande que son oncle Beauford préparait autrefois. Il était temps de se remettre sur les rails.

Tout de suite. Avant qu'il fasse quelque chose qu'ils regretteraient tous les deux.

— Peu importe, dit-il en retirant doucement ses doigts des mains de Vanessa.

Il réprima une grimace d'agacement en constatant qu'ils continuaient à le picoter comme s'il était toujours en contact avec la peau de la jeune femme.

— Ça devait être fait. Et maintenant, on a deux assassins en moins aux basques.

— Deux ?

— *Oui*. Voilà pourquoi Joe Bob m'a donné tout ce fil à retordre : il protégeait son frère, Jimmy Don, qui était toujours terré dans leur hôtel.

— Joe Bob et Jimmy Don ? Laisse-moi deviner, ils viennent du Kentucky ?

— Raté. Oklahoma. Territoire indien. L'État des premiers arrivés, premiers servis.

— Ouais, ouais...

D'un geste de la main, elle balaya la blague qu'il était tenté de balancer pour maintenir la discussion sur un terrain sans risque.

— J'ai pigé, dit-elle.

Puis elle hésita, sourcils froncés.

— Ou peut-être pas, reprit-elle. C'est quoi cette histoire de premiers arrivés ?

Dieu qu'elle était marrante. Et jolie. Et *tellement* sexy.

Il fallait qu'il s'éloigne d'elle. En quatrième vitesse. Voire en cinquième.

— J'en suis pas sûr, grommela-t-il en se levant. Je crois que c'est en rapport avec la répartition des terres là-bas, à l'époque. Mais c'est pas ça qui est important. Ce qui compte, c'est qu'on a neutralisé deux assassins potentiels de plus.

Voilà. Fini. Rapport terminé.

Si maintenant elle voulait bien se reculer, il pourrait filer vers le sanctuaire des toilettes où, ça ne faisait aucun doute, il allait devoir passer cinq bonnes minutes à régler le problème caché au creux de son pantalon.

Malheureusement, Vanessa ne bougea pas d'un pouce. Impossible de s'enfuir.

— Rock ?

Son cœur s'arrêta net.

— Ouais, *chère* ?

Cette voix rauque était-elle vraiment la sienne ?

— Pourquoi est-ce que tu le fais si ça te perturbe à ce point ?

Elle le dévisageait de ses yeux immenses, l'air tellement innocent. Il ne pouvait pas faire semblant d'avoir mal compris la question.

— Parce que j'y suis entraîné. Et que je suis doué pour ça. Vraiment doué.

Elle hocha la tête et il devina le tourbillon de questions qui s'agitaient sous son crâne. Mais elle devait avoir compris à l'expression qu'il arborait qu'il ne lui fournirait pas d'autres réponses.

Il en avait déjà révélé plus qu'il n'aurait dû.

— *Tête de pissette*, maugréa-t-il en passant devant elle pour rejoindre les toilettes.

Elle prit la mouche.

— Je comprends ton patois, tu sais ! Et je ne crois pas avoir fait ou dit quoi que ce soit qui mérite d'être appelée comme ça.

— Je me parlais à moi-même, dit-il en se retournant vers elle.

Elle pinça les lèvres en réprimant difficilement un sourire et le transperça du regard.

Merde. Quelle chierie.

Johnny tendit la main pour prendre une autre bière dans le réfrigérateur de Michelle, mais interrompit son geste en entendant le claquement d'une portière au-dehors.

Il balaya rapidement la cuisine des yeux à la recherche d'une cachette et avisa la petite pièce attenante qui servait de garde-manger. En deux grandes enjambées, il s'engouffra à l'intérieur et referma la porte derrière lui. Le dos appuyé contre une étagère garnie de boîtes de conserve, il retint sa respiration, les doigts posés sur la crosse de son Ruger.

Dix secondes plus tard, la porte d'entrée s'ouvrit en grinçant et des bruits de pas lourds se firent entendre dans le séjour. La télévision se tut et la voix grave d'un homme résonna à travers le panneau à claire-voie de la porte du garde-manger.

— Ouais, je suis sur place. Je vais faire un tour rapide de la maison avant de tout fermer. Je vous retrouve au garage dans trente minutes.

Les pas retentirent dans l'escalier puis se firent entendre à l'étage. Johnny examina nerveusement le contenu du garde-manger à la recherche d'un moyen de se cacher plus efficacement.

Il ne pouvait pas laisser ce connard foutre en l'air ses plans une fois de plus.

Là, dans le coin, tout au fond. Un gros carton était posé par terre, rempli d'un assortiment de paniers dépareillés. Avec lenteur et précaution, il sortit les paniers et les empila contre l'une des étagères. Puis, toujours avec la plus grande discrétion, il se recroquevilla à l'intérieur du carton. Il y était à l'étroit, mais parvint à se mettre en boule, son Ruger à la main au cas où il devrait s'en servir, et rabattit les pans au-dessus de sa tête.

Puis il attendit.

Il retint son souffle en percevant de nouveau des pas dans l'escalier. Il entendit ensuite l'homme pénétrer dans la cuisine quelques secondes avant que la porte du réfrigérateur se referme sèchement. Johnny déglutit et il eut l'impression que sa pomme d'Adam faisait un bruit de détonation dans le silence pesant qui régnait à l'intérieur du carton. Des gouttes de sueur s'écoulèrent le long de sa tempe au moment où la porte du garde-manger s'ouvrit et il laissa échapper un soupir silencieux quand elle se referma.

La sonnerie du téléphone de l'inconnu retentit soudain dans une explosion de musique rock. Johnny l'entendit répondre d'une voix bourrue et donner des instructions à son correspondant. Comme la voix s'éloignait, Johnny émergea sans bruit de son carton et s'avança sur la pointe des pieds jusqu'à la porte.

Il inclina la tête afin de regarder à travers les interstices du panneau et cligna les yeux de surprise en apercevant le colosse qui se tenait au milieu du séjour, son bras prisonnier d'un plâtre bleu vif.

Le cœur de Johnny se mit à battre la chamade. Il avait reconnu le géant : Frank Knight. Propriétaire de Black Knights Inc.

Quelles étaient les chances pour que ça arrive ?

Plutôt grandes, en fait, vu que tu te caches dans le garde-manger de chez sa sœur !

Il réprima un gloussement moqueur et, du pouce, enleva le cran de sûreté de son pistolet.

Certes, ce n'était pas ce qui était prévu. Le plan était de tuer la famille de Frank. Œil pour œil. Mais Johnny ne pouvait pas louper une telle occasion.

Il leva lentement le Ruger pour le pointer sur le dos de Frank Knight quand soudain le colosse fit volte-face et parut regarder directement Johnny. C'était comme se retrouver dans la ligne de mire d'un fusil, et les poils se dressèrent sur la nuque de Johnny. Il eut l'impression que des fourmis lui couraient partout sur la peau. Une goutte de sueur glacée lui coula lentement le long de l'échine.

Il retint son souffle, prêt à relever son arme de quelques centimètres pour tirer à la seconde où Frank s'avancerait vers lui. Mais l'énorme soldat se détourna d'un coup pour traverser prestement le séjour. Johnny laissa ressortir l'air dans ses poumons ; son cœur avait paru s'emmêler dans ses propres battements.

Putain de merde, ce mec est franchement flippant.

Bien plus intimidant en chair et en os que sur ses photos. Bien sûr, Johnny n'était pas effrayé. Sûrement pas. Loin de là. Il était même carrément extatique. C'était le big boss qu'il avait en face de lui !

Son doigt se crispa sur la détente et ses paumes commencèrent à le démanger. À l'intérieur du réduit, l'air devint rapidement lourd et humide sous l'effet de ses halètements rapides. Son corps tout entier se couvrit de transpiration.

— Non, entendit-il Frank lancer en riant. On ne va pas descendre dans le tunnel sous la rivière pour un petit câlin. C'est humide et c'est glauque là-dessous. Tu te souviens de ce qui s'est passé ce matin ? Quand t'as cru qu'il y avait une araignée dans tes cheveux et que tu t'es mise à courir partout en criant ? Ça a complètement fichu mon happy end en l'air. Je ressors dans une minute. Fais chauffer le moteur pour moi, tu veux ? Non, non, pas ce moteur-là... Je parlais du Hummer, termina-t-il en riant.

Johnny poussa prudemment la porte du garde-manger et grimaça en l'entendant grincer. Par chance, le son fut masqué par une série de bips provenant de la console de sécurité sur le mur près de la porte d'entrée. Sur la pointe des pieds, Johnny traversa vivement la cuisine en levant silencieusement son arme. Lorsqu'il s'avança dans le séjour, un sourire aux lèvres et le Ruger calé au creux de la main, son doigt pressant déjà la détente, il ne vit que la porte d'entrée qui se refermait.

— Putain ! jura-t-il entre ses dents.

Il s'élança en courant à travers la pièce, craignant de voir lui échapper cette occasion unique de tuer Frank Knight.

Il avait la main sur la poignée de la porte, prêt à l'ouvrir et à viser sa cible, quand le rugissement d'un gros moteur l'arrêta net. Il regarda au travers du vitrail coloré qui décorait la porte à temps pour voir un monstrueux Hummer noir démarrer.

— Merde !

Pendant une fraction de seconde, il envisagea de brandir son arme pour cribler le 4 × 4 de balles. Mais il parvint à se maîtriser et à éloigner son index de la queue de détente, la mort dans l'âme.

D'accord, t'as raté l'occasion de tuer Frank Knight. C'est peut-être mieux comme ça.

Après tout, mourir était facile comparé à la souffrance que le type allait connaître une fois que Johnny en aurait fini avec sa sœur.

Un coup d'œil au système d'alarme l'informa que les détecteurs de mouvement étaient programmés pour s'activer dans quinze secondes, ce qui lui donnait juste assez de temps pour foncer à l'étage et se mettre en position.

Le cœur battant déjà d'impatience, il se retourna et courut vers l'escalier.

Fichus portables ! Toujours à court de batterie quand on en a besoin !

Michelle remit son téléphone inutile dans son sac à main et leva un regard prudent vers les traits résolument impassibles de Jake. Il était resté avec elle dans la chambre de Franklin durant toute une nuit et toute une journée sans jamais évoquer la question qui, elle le savait, devait lui mettre le cerveau sens dessus dessous.

Pourquoi ?

Une question qui se lisait dans son regard chaque fois qu'il se tournait vers elle ou sur son visage quand il observait Franklin.

Pourtant, il ne l'avait toujours pas posée.

Et pourquoi cela ? Pourquoi ne lui avait-il pas donné une chance de s'expliquer comme son frère l'avait suppliée de le faire ?

Seigneur, elle n'avait jamais eu l'intention de faire du mal à Jake. Elle ne cherchait qu'à protéger son enfant, faire ce qui était le mieux pour lui. Et elle pouvait lui expliquer tout cela ; elle *voulait* le lui expliquer. Si seulement il posait la question.

Car elle ne pouvait pas être celle qui aborderait le sujet. Si elle le faisait, elle donnerait potentiellement l'impression de se chercher des excuses, ce qui n'était pas le cas. Elle n'avait pas d'excuses, mais Jake ne lui avait jamais fourni de motifs pour en chercher. Il n'avait fait que lui donner de bonnes raisons d'agir ainsi !

Elle réprima un sanglot et se demanda ce qu'il allait faire à présent qu'ils étaient sur le point de quitter l'hôpital pour ramener Franklin à la maison.

Dire la vérité à Franklin ?

Exiger la garde ?

Quelle tempête faisait rage sous ce crâne ?

Elle ne supportait pas de… de… de ne pas savoir.

Mais elle ne pouvait pas l'affronter directement, demander qu'il lui déclare ses intentions avant qu'il y soit prêt ; cela risquait de précipiter les choses, d'inciter Jake à agir de manière inconsidérée.

Non. Elle devait continuer à faire ce qu'elle avait fait jusqu'à maintenant. Rester calme. Rester patiente.

Même si ça la tuait à petit feu…

— Jake… murmura-t-elle.

Il releva les yeux du vieux numéro du magazine *Hot Rod* qu'il lisait depuis deux heures.

— Je peux… (Michelle s'efforça de ravaler la boule qui s'était formée dans sa gorge.) Je peux t'emprunter ton téléphone ? Le mien est mort et Lisa devrait déjà être là depuis vingt minutes. Je... je commence à m'inquiéter.

Pour toute réponse, il fouilla d'un air absent dans la poche de son jean puis lui lança son iPhone avant de reprendre la lecture de son magazine.

La punition par le silence continue...

Elle secoua la tête et résista à son envie d'éclater en sanglots tout en composant rapidement le numéro de Lisa. Elle écouta les sonneries s'enchaîner en se mordillant nerveusement la pulpe du pouce jusqu'à tomber sur le répondeur.

— Pas de réponse ? demanda Jake quand elle eut raccroché.

C'étaient les premiers mots qu'il lui disait depuis des heures, et le son de sa voix, malgré son ton abrupt et dur, lui fit battre le cœur.

— Non.

Elle quitta l'étroite causeuse sur laquelle elle était installée et contourna le lit pour lui rendre son téléphone.

Ses doigts frôlèrent ceux de Jake quand elle lui passa l'appareil. Elle fit de son mieux pour tempérer le frisson qu'elle ressentit instantanément. Même après tout ce qu'il s'était passé, les déceptions, les trahisons, le simple contact de la peau de Jake lui donnait envie de... quelque chose dont elle ne devait plus avoir envie. Quelque chose d'impossible.

— Ça sonne dans le vide, ajouta-t-elle.

Elle refusait de céder à la tentation de tomber à genoux pour le supplier de lui pardonner, de comprendre qu'elle avait fait ce qui s'imposait, de se souvenir comment il était à l'époque, de voir qu'elle avait souffert de faire de Franklin un secret, mais qu'il ne lui avait pas laissé le choix. Elle savait qu'il n'était pas d'humeur à accepter sa responsabilité dans cette histoire. Et quant à elle, il lui restait juste assez d'orgueil pour demeurer campée sur ses deux jambes.

— Ce n'est pas son genre de dire qu'elle sera quelque part et de ne pas venir. Je vais lui donner quelques minutes, au cas où elle serait coincée dans un embouteillage ou un truc du genre. Puis je la rappellerai.

Elle était étonnée de constater à quel point sa voix restait claire et ferme alors que ses entrailles lui donnaient l'impression d'être sur un grand huit.

— Au passage, ton téléphone n'a plus que trois pour cent de batterie.

Jake haussa les épaules et retourna à sa lecture. Elle resta figée là, devant lui, la gorge serrée et les yeux rivés sur le dessus de sa tignasse dorée par le soleil.

— Il va bien falloir que tu finisses par me parler, souffla-t-elle. C'est le seul moyen de régler tout ça.

Jake fit la moue et elle vit un muscle de sa mâchoire se crisper comme il haussait de nouveau les épaules. Il refusait toujours de la regarder et faisait semblant de lire ce magazine automobile à la noix.

Elle sentit une onde de chaleur remonter jusqu'à son front, mais fit de son mieux pour ne pas se démonter et garder son calme.

— Tu sais que j'ai raison, n'est-ce pas ? demanda-t-elle.

Le troisième haussement d'épaules dont il la gratifia fut la goutte de trop. Elle fit claquer ses paumes sur les larges épaules de Jake.

— Arrête avec ça ! lui siffla-t-elle au visage.

Jake parut surpris. Elle s'étonnait elle-même. Elle était en train de craquer, mais n'arrivait pas à s'en empêcher. Ce silence pesant était devenu insupportable. Chaque seconde qui s'écoulait lui crevait un peu plus le cœur.

— Je t'en prie, Jake... supplia-t-elle.

Elle prit une profonde inspiration dans le but de se calmer. En vain.

— S'il te plaît, dis quelque chose. N'importe quoi.

Et, d'un coup, elle fut exaucée. La question qu'elle attendait depuis des heures jaillit entre les lèvres de Jake comme s'il recrachait un sushi avarié.

— Pourquoi ? !

15

— Pourquoi tu ne m'as pas dit que j'avais un fils ? demanda Jake sans s'arrêter à l'expression peinée qui se peignit sur le visage de Shell.

Elle se détourna avec lenteur et repartit vers sa causeuse. Elle s'assit et serra les bras contre ses flancs. Un geste de protection qui pressait ses seins l'un contre l'autre de telle manière que son décolleté donnait l'impression de pouvoir dissimuler un Colt .45.

Jake lui-même avait plongé dans ce décolleté la nuit précédente. Et même après tout ce qu'il s'était passé, tous les mensonges de Shell, il était contraint d'admettre qu'il y aurait volontiers plongé de nouveau.

Il la désirait toujours. Il avait toujours envie d'elle d'une manière qui lui faisait bouillir les sangs et doubler son rythme cardiaque. C'était totalement ridicule, il était en train de se transformer en un vrai crétin masochiste.

— Réponds-moi ! ordonna-t-il.

Il était dégoûté de lui-même. Dégoûté de Shell. Dégoûté de la vie en général, même.

L'expression de Shell s'adoucit tandis qu'elle le dévisageait.

Oh, trop bien, maintenant son cœur ne se contentait plus de galoper, il venait même de se fendiller un peu.

Parfait.

— Tu te souviens du jour où je suis venue te voir à la base ?

Il hocha la tête, gorge serrée, en se repassant mentalement l'intégralité de cette scène sordide. Il s'était montré tellement dur. Et cruel. Et soudain, il eut une intuition...

— C'est *ça* que tu étais venue me dire ce jour-là ? Que tu étais enceinte ?

Une grosse larme s'écoula le long de la joue lisse de Shell. Elle ne leva pas la main pour l'essuyer, mais la laissa rouler jusqu'à son menton et atterrir au milieu de sa clavicule, où elle scintilla sous l'éclat des lampes au plafond, tel un triste petit diamant.

— Oui, murmura-t-elle.

Elle n'avait pas détourné le regard, alors que ce souvenir devait lui être aussi pénible qu'à lui.

— Je...

Il s'efforça de déglutir et se maudit d'avoir agi comme un idiot aveugle et jaloux.

— Je pensais que... je pensais que tu étais venue me dire pour Pasteur et toi.

Elle rit, mais c'était un rire plein d'amertume et de regret.

— À ce moment-là, il n'y avait rien entre Pasteur et moi.

Il tourna vers elle un regard surpris.

— Mais... vous passiez déjà tout votre temps ensemble depuis... quoi ? Un mois ? Depuis cette fameuse soirée au *Trèfle*...

— Six semaines, répondit-elle avec un sourire navré. Pendant six semaines, Steven m'a tenu la main et rassurée en me disant de t'accorder simplement du temps. Il m'a dit que tu traversais une période difficile et que je devais te laisser une chance d'en sortir.

— Putain...

Il détourna le regard et secoua la tête en songeant à la façon si différente dont les choses auraient pu se passer si seulement il avait...

— Steven était mon seul ami, reprit-elle en interrompant le fil de ses pensées. Le seul à qui je pouvais me confier. Tous les autres gars se seraient empressés d'aller voir Frank et de lui raconter ce qui se passait entre toi et moi. Et puis Frank t'aurait tué.

» Mais tu sais comment était Steven. Je lui avais fait jurer de garder le secret et il aurait préféré mourir que de trahir sa parole. Évidemment, quand j'ai découvert que j'étais enceinte, ça a sérieusement mis sa loyauté à l'épreuve...

Une bonne chose que le certificat de virilité de Jake ait déjà été révoqué car il sentait les larmes lui monter aux yeux.

— Et quand tu es venue me dire que tu étais enceinte, je t'ai accusée d'être une fille intéressée. Ce qui, rétrospectivement, est plus que ridicule, non ? T'en connais beaucoup, toi, des officiers de la Navy qui roulent sur l'or ?

Elle leva la main pour écraser une nouvelle larme.

— Je souffrais trop pour comprendre ce que tu vivais. J'ai vu dans tes paroles méchantes et ton obstination à ne plus répondre à mes appels depuis un mois et demi la preuve que tu ne m'aimais plus. En admettant que tu m'aies même jamais aimée...

Il enfonça ses doigts dans les accoudoirs de son siège. Comme il l'avait craint, la réponse de Shell l'obligeait à admettre qu'elle n'était pas la seule responsable de la façon dont les choses s'étaient passées.

Oh, elle avait fait une erreur en ne lui disant pas qu'elle était enceinte de lui. Aucun doute là-dessus. Mais elle ne l'aurait pas commise s'il ne l'avait pas traitée comme une moins que rien, comme une crotte écrasée sous la semelle de ses rangers.

Maudit soit-il. Maudits soient-ils tous les deux.

— Et donc, tu t'es tournée vers Pasteur...

Mais Shell secoua la tête.

— Non, dit-elle. J'ai décidé de me débarrasser du bébé.

Il eut un mouvement de recul et elle tourna son regard vers le visage angélique de Franklin, l'amour dans ses yeux si clair et lumineux que l'émotion y semblait distillée sous sa forme la plus pure.

— Je savais ce que c'était de grandir dans un foyer sinistré, de grandir sans père, chuchota-t-elle. Je ne voulais pas d'une telle chose pour mon enfant.

— Mais comment...

— Steven m'a accompagnée à la clinique ce jour-là. Une fois de plus, il m'a tenu la main, m'a rassurée.

Elle secoua de nouveau la tête et chassa d'autres larmes.

— J'étais au trente-sixième dessous. Je pleurais tellement que je n'ai pas pu remplir les formulaires. C'est lui qui l'a fait pour moi. Et ensuite, quand l'infirmière a prononcé mon nom, il m'a regardée... (Elle se tourna vers Jake, un sourire sanglotant sur les lèvres.)... et il m'a prise par la main pour m'emmener dehors, loin de cet endroit.

» Car, vois-tu, il me connaissait mieux que je ne me connaissais moi-même. Il savait que je regretterais cette décision pour le restant de mes jours. Et, Steven étant Steven, il m'a proposé une solution.

316

— Il a proposé de t'épouser, de t'offrir le foyer et la famille dont tu rêvais depuis toujours.

Et ça aurait dû être moi.

Jake avait le cœur si serré que c'était un miracle que le sang circule encore dans ses veines.

Shell hocha la tête.

— Tu l'aimais ?

Il n'aurait pas su dire s'il espérait qu'elle répondrait « oui » ou « non ». La part égoïste et jalouse de son être voulait qu'elle dise qu'il était le seul homme à avoir touché son cœur. Mais Pasteur méritait tellement plus que ça...

— Je l'aimais, répondit-elle en secouant tristement la tête. Mais je n'étais pas amoureuse de lui. Steven le savait, j'avais été honnête avec lui à ce sujet, mais il m'a promis que je finirais par tomber amoureuse de lui.

Une série de souvenirs associés à Pasteur défila dans l'esprit de Jake.

— Ouais... Pasteur était peut-être un saint parmi les marins, mais ça restait un SEAL, arrogant comme pas permis. Il a dû se dire qu'il était carrément impossible que tu ne finisses pas par craquer pour lui.

Elle soupira.

— J'aime à penser qu'il avait raison. Je m'accroche à l'idée qui si nous en avions eu l'occasion...

Elle laissa sa phrase en suspens le temps de se reprendre puis poursuivit à mi-voix :

— Je me suis débattue quotidiennement avec la culpabilité associée à cette décision en demandant si j'avais fait ce qu'il fallait. En souhaitant pouvoir lui offrir plus.

— Tu lui en donnais suffisamment, affirma Jake.

La tristesse et le remords lui donnaient l'impression que son palpitant pesait plus lourd qu'un bombardier B-52.

— Je l'espère, chuchota-t-elle. J'espère avoir été une bonne épouse durant le temps que nous avons partagé. J'ai toujours...

Elle s'interrompit et essuya précipitamment ses larmes quand le médecin entra dans la chambre, un bloc-notes sous le bras.

D'un geste vif, Vanessa retira ses talons ridiculement hauts et remonta en courant le couloir enfumé puis plongea la main dans son décolleté pour en sortir la clé de sa chambre.

Dans son excitation, elle la laissa tomber à terre et faillit déchirer l'arrière de sa minijupe en se baissant pour la ramasser. Elle se redressa, se battit quelques instants contre la serrure et finit par entrer dans la chambre en s'écriant :

— Tu ne vas jamais le croire !
— *Oui*.

Rock était assis près de la fenêtre, les yeux rivés sur son téléphone comme si c'était la première fois qu'il le voyait. Lorsqu'il éteignit l'appareil d'un petit geste du pouce, ses tendons saillirent sous les tatouages de son avant-bras, ce qui suffit à couper le souffle de Vanessa. Ou peut-être était-ce parce qu'elle venait de remonter les étages au pas de course au lieu d'emprunter l'ascenseur affreusement lent. De quoi faire faire des heures sup à ses poumons. Ouais, ce devait être ça.

— Qui te l'a dit ? demanda-t-il. Becky ?
— Hein ?
— Que Franklin est le fils de Serpent ? Je viens de parler avec Steady qui l'a appris de la bouche d'Ozzie. Apparemment, il s'est passé de sacrés trucs à l'hôpital hier. De la baston, du sang et la révélation de bons gros secrets bien juteux.

Il secoua la tête, encore incrédule.

— Alors, dis-moi, quel animateur de radio-commère chez BKI a craché le morceau ?

Vanessa était complètement perdue, et pas seulement à cause du langage un peu trop imagé de Rock.

— Personne. Ça m'a paru évident l'autre soir quand je les ai vus tous les trois ensemble, mais ce n'est pas...

— C'était donc ça dont tu parlais avec ton commentaire énigmatique sur les secrets qu'on gardait les uns pour les autres ?

— Ben oui ! soupira-t-elle en abandonnant ses chaussures de stripteaseuse dans un coin. Mais c'est sans importance. Écoute, je descendais chercher des serviettes quand j'ai croisé Candy qui m'a dit qu'elle avait vu entrer Johnny hier soir !

Rock avait passé un bon moment à *L'Envie* après la soirée où il avait initialement interrogé le barman, lequel se souvenait d'avoir vu passer un type correspondant à la description de Johnny. Malheureusement, ça n'avait rien donné. Autant dire que Vanessa était plus qu'enthousiaste à l'idée d'être celle qui leur ramenait une info concrète.

Fille : 1, Garçon : 0.

Rock bondit de sa chaise.

— Entrer où ? demanda-t-il. Ici ?

Tout excitée, Vanessa sautillait d'un pied sur l'autre.

— Oui ! Il crèche ici. Ici même, dans l'hôtel !

— Merde, maintenant c'est ton téléphone qui n'a plus de batterie ! grogna Michelle, assise sur le siège passager de sa Hyundai.

Elle éteignit l'iPhone de Jake avec une grimace et jeta un coup d'œil vers le siège arrière en espérant que son fils n'avait pas entendu son écart de langage.

Son vocabulaire semblait s'être considérablement détérioré ces derniers jours.

Heureusement, Franklin avait ses écouteurs sur les oreilles et regardait un film sur son iPad. Ses joues étaient dénuées de leur éclat rose habituel et ses petits yeux soulignés de cernes épais.

On sera bientôt à la maison, lui promit-elle silencieusement en tendant la main pour lui tapoter gentiment le genou.

Il lui fit un sourire adorable et, pour la vingtième fois au moins, releva la manche de son tee-shirt pour lui montrer avec fierté le tatouage éphémère que Jake lui avait offert.

Michelle sentit fondre son pauvre cœur malmené. Elle lui fit un clin d'œil et, désignant le tatouage du doigt, leva les pouces en l'air comme les vingt fois précédentes. Franklin gloussa puis reporta son attention sur son film.

Ses traits pâles se contractèrent lorsqu'ils passèrent un ralentisseur sur le chemin de la sortie du garage de l'hôpital. Michelle jeta un coup d'œil à sa montre ; il était presque l'heure de lui administrer une nouvelle dose d'antalgiques.

— Je suis sûr qu'elle a une bonne raison pour ne pas être venue, dit Jake.

Assis derrière le volant, il empocha la monnaie que lui rendait l'employé du garage puis passa la barrière et emprunta la rampe menant vers la rue.

Une forme de tension persistait encore entre eux, mais après leur discussion à cœur ouvert, il ne la punissait plus par son silence. Ce qui était une bonne chose. Elle avait assez de soucis comme ça sans qu'il vienne en plus lui battre froid. Et pour la première fois depuis très longtemps, elle avait le sentiment qu'ils avaient une chance de trouver un terrain d'entente.

Oh, elle n'imaginait pas la possibilité d'une relation. Car Jake ne lui pardonnerait jamais…

Pour être franche, après avoir vu son expression lorsqu'elle lui avait avoué ce qu'elle avait fait, la stupeur qui s'était instantanément changée en fureur avant de glisser rapidement vers une sorte d'angoissante douleur, elle avait du mal à se pardonner elle-même de lui avoir causé une telle souffrance.

Mais même si une relation était impossible, ils trouveraient peut-être une forme d'accord.

Elle continuerait à l'espérer. Pour le bien de son fils.

Jake actionna le clignotant et ils émergèrent dans les artères bondées de la ville. Une colonne de taxis jaunes attendait près de l'entrée principale de l'hôpital et une boulangerie locale faisait la réclame de ses paninis du jour sur une pancarte mobile installée au milieu du trottoir. Ce qui lui rappelait qu'elle n'avait pas mangé.

Parti déposer sa moto chez elle pour récupérer sa voiture, Jake était revenu plus tôt dans l'après-midi avec des hamburgers. Mais Michelle était alors trop occupée à écouter l'infirmière et prendre des notes à propos des médicaments, des soins autour des points de suture et des restrictions alimentaires pour manger quoi que ce soit.

Elle était à présent affamée. Et inquiète. Inquiète au sujet de Franklin. Au sujet de Lisa, de son frère et… de Jake.

— Si ça se trouve, elle a cassé son téléphone ou l'a laissé tomber dans les toilettes, un truc du genre, lui assura-t-il, toujours à propos de la nounou. Je parie qu'après être rentrée chez toi, avoir rechargé ton téléphone et vérifié tes e-mails, tu verras qu'elle t'a envoyé un message pour expliquer son absence.

Ça se tenait. Lisa avait la mauvaise habitude de perdre son téléphone. Elle l'oubliait souvent dans le train ou en classe...

— Tu as peut-être raison, dit-elle sans toutefois parvenir à se débarrasser d'un sentiment de malaise au fond de son cerveau.

Évidemment, il pouvait s'agir aussi de l'étourdissement causé par ce jeûne improvisé de presque vingt-quatre heures. Elle fouilla dans son sac pour en extraire sa barre de céréales d'urgence, déchira l'emballage et engloutit la moitié de la friandise en une seule bouchée.

— Mmm, murmura-t-elle.

Le mélange de noix, de fruits et de flocons d'avoine ne lui avait jamais paru aussi délicieux.

— Je t'en proposerais bien, dit-elle la bouche à moitié pleine, mais j'aurais peur de te mordre la main si tu l'approchais trop.

Jake sourit en la dévisageant de ses yeux verts, ses fossettes nettement visibles au creux de ses joues mal rasées. Une expression tellement inattendue après les événements de la journée que la barre de céréales parut se changer en poussière au moment où Shell voulut l'avaler.

Lorsque enfin elle parvint à déglutir, elle décida de saisir l'occasion pour l'interroger sur ses intentions.

— Qu'est-ce que tu vas faire, Jake ? demanda-t-elle sans vraiment réfléchir.

— Par rapport à quoi ?

— Par rapport à Franklin.

Elle retint son souffle tandis que Jake jetait un coup d'œil dans le rétroviseur.

— Il nous entend ?

— Pas avec ses écouteurs sur la tête. Et il ne risque pas de les retirer tant que *Raiponce* n'est pas terminé. Il adore le cheval.

Jake hocha la tête et demeura silencieux pendant un trop long moment avant de déclarer :
— Je veux la garde partagée.
Elle faillit avoir un haut-le-cœur.
— Mais comment... Mais où... Je veux dire...
Il y avait tellement de questions et elle avait tant d'objections qu'elle ne savait pas par où commencer. Alors elle se tut et avala le reste de son en-cas en croisant les doigts pour maîtriser son envie de vomir.
La garde partagée ?
Mais dans ce cas, elle ne verrait son fils que trois ou quatre jours par semaine ! À l'idée de tout ce qu'elle allait rater...
Un peu comme tout ce que Jake a raté durant les trois dernières années ? lui murmura une petite voix.
Oh, Seigneur.
— Boss m'a proposé un boulot, dit-il sans avoir l'air de se rendre compte que sa passagère était au bord de la dépression nerveuse. Donc j'habiterai ici, à Chicago. Et je sais que tu tiens beaucoup à ce que l'emploi du temps de Franklin ne soit pas bousculé, mais les enfants sont bien plus souples que tu l'imagines. Je ne vois pas pourquoi partager notre temps avec lui serait un problème.
Aussi vite qu'elle était arrivée, la panique qui s'était emparée de Michelle disparut pour laisser place à un sentiment de torpeur. Une torpeur impuissante.
Elle ne répondit pas tout de suite, les yeux tournés vers la vitre pour regarder sans la voir la circulation autour d'eux.
— Tu sais, dit-elle, mon frère pense que je reste fidèle à une certaine routine à cause de l'abandon de notre père. Il estime que c'est un désir de contrôle né d'un besoin enfantin de ma part d'éviter qu'il arrive quoi que ce soit de néfaste. Mais c'est faux.

— Ah bon ? demanda Jake en s'engageant lentement sur l'autoroute reliant la ville et le lac Michigan.
— Ouais.
Elle secoua la tête et observa distraitement le propriétaire d'un chien qui lançait un bâton dans l'eau sur la plage d'Oak Street. Le labrador noir se précipita à sa recherche au milieu des vagues agitées et, l'espace d'une minute, elle se demanda comment le monde pouvait continuer à tourner, les choses à bouger, alors que sa vie tout entière partait en vrille.
Garde partagée...
— Papa était un authentique salaud, aucun doute là-dessus, admit-elle sur un ton presque détaché.
Son esprit n'était qu'à moitié consacré à la conversation. L'autre moitié était occupée à hurler en silence.
— Mais maman n'était pas mieux. Voire pire. Même si elle est restée avec nous, on était loin de la mère idéale. Après le départ de mon père, elle a décidé que la meilleure façon d'enterrer son chagrin se trouvait au fond de sa bouteille quotidienne de Stoli.
— Purée... cracha Jake.
Elle rougit en sentant qu'il posait sur elle un regard plein de compassion. Ce qui, d'une certaine façon, empirait les choses. Elle ne voulait pas de sa compassion. Elle voulait qu'il comprenne. Elle voulait garder son fils. Elle voulait... tant de choses qui jamais n'arriveraient...
— J'ai appris à vivre dans la crainte d'événements inattendus. Comme le jour où je suis rentrée de l'école pour découvrir le voisin en train d'arracher les vêtements de ma mère étalée inconsciente sur le sofa du salon. Je ne me souviens pas de grand-chose après lui avoir sauté dessus, principalement parce qu'il m'a

frappée assez fort pour me faire perdre connaissance. Mais parfois, tard le soir, quand je suis sur le point de m'endormir, j'ai de brefs flash-back de Frank chargeant depuis la porte d'entrée pour plaquer notre voisin au sol.

— Bien joué, Boss.
— Ouais, répondit-elle avec un hochement de tête.

Elle se souvenait très clairement de la fureur peinte sur le visage juvénile de son frère à ce moment. Une rage meurtrière. C'était ainsi que la plupart des gens l'auraient décrit.

— À quinze ans, il était déjà plus massif que la plupart des hommes adultes...

Elle dessina distraitement un cœur brisé dans la condensation que formait son souffle sur la vitre.

— Même si mon souvenir de l'enchaînement exact des événements est flou, il y a trois choses que je me remémore très nettement. Le voisin a fini à l'hôpital. Frank a installé un triple verrou sur notre porte d'entrée. Et je n'ai plus jamais eu le droit de rentrer seule de l'école.

Ils roulèrent en silence pendant quelques minutes, tous deux perdus dans leurs pensées. Sur leur droite, les vagues à crêtes blanches du lac Michigan venaient lécher le sable de la plage tandis que les lumières des gratte-ciel scintillaient dans le crépuscule sur leur gauche. Puis Franklin gloussa depuis le siège arrière (une scène avec le cheval, sans aucun doute) et Michelle fut ramenée au moment présent.

— Ce jour-là, à ce moment précis...

Elle hésita, de nouveau assaillie par la peur et l'incertitude de cet instant où elle avait passé le seuil de sa maison pour découvrir l'agression de sa mère.

— J'ai juré que si jamais j'avais des enfants, jamais je ne leur ferais subir une existence de ce genre, cette instabilité constante créée par une mère alcoolique et exacerbée par un père absent.

— Shell...

— Bref, le coupa-t-elle sans détourner les yeux de la vitre, voilà pourquoi je suis aussi intransigeante avec l'emploi du temps de Franklin. Parce que je n'en ai jamais eu étant enfant. J'ignorais chaque jour ce que je risquais de trouver en rentrant chez moi après la classe.

— Je suis désolé que tu aies dû vivre un truc pareil, dit-il d'une voix où perçait un regret sincère.

— Moi aussi, j'en suis désolée, admit-elle avec un haussement d'épaules. Peut-être que si je n'avais pas vécu ça, j'aurais fait différemment. Peut-être que j'aurais été plus courageuse et moins obnubilée par l'idée de créer à tout prix la famille parfaite...

Il lui prit la main. Sa paume était chaude par rapport aux doigts froids de Michelle.

— Pourquoi est-ce que tu ne m'as pas prévenu pour Franklin après la mort de Pasteur ? L'espoir de former la famille idéale s'était envolé, non ? C'est ça que je n'arrive pas à comprendre, Shell. Tu as eu quatre ans.

— J'ai vraiment essayé, Jake...

Elle ravala un sanglot, refusant de tourner vers lui des yeux qu'elle savait pleins de larmes.

— Je... J'avais prévu de te le dire après les funérailles, par respect pour Steven. Mais tu es parti avant tout le monde. Et plus tard, quand j'ai voulu passer te voir, j'ai découvert que tu avais déjà été transféré dans la section Alpha et que tu avais quitté le pays. Tu es parti pendant deux ans, Jake. Deux ans durant lesquels personne ne savait où tu étais. Comment aurais-je pu te prévenir ?

Elle finit par le regarder, une lueur implorante dans les yeux.

— Mais je suis revenu… commença-t-il à dire.

De nouveau, elle l'interrompit.

— Et je t'ai envoyé une lettre te suppliant de venir ici.

Il pinça les lèvres, mâchoires crispées.

— La lettre ne disait pas que j'avais un fils, Shell.

— Ouais… (Elle avala sa salive et reporta son attention sur la vitre.) J'imagine que c'était une sorte de test de ma part. Si tu étais venu, si tu m'avais témoigné un minimum d'intérêt, j'avais prévu de tout te dire.

— Tu sais pourquoi je me suis tenu à l'écart, gronda-t-il.

— Oui, soupira Shell. Je sais maintenant pourquoi tu t'es tenu à l'écart.

Le silence s'installa de nouveau entre eux, mais cette fois, la tension était palpable, comme le fil invisible d'un cerf-volant piégé par une bourrasque, menaçant de se rompre à tout instant.

Finalement, au terme de plusieurs interminables secondes, Jake reprit la parole à mi-voix.

— Et après que je suis revenu, après que je t'ai tout expliqué, pourquoi tu ne m'as rien dit ?

Elle se retourna vivement pour lui faire face, bouche bée. Était-il vraiment aussi bouché ?

— Parce que tu t'étais d'ores et déjà montré fidèle à toi-même ! lança-t-elle en levant les mains dans un geste d'agacement.

— Je n'ai rien de commun avec ton père, gronda-t-il. Et je commence à en avoir ras le bol de cette comparaison. Je n'ai RIEN à voir avec lui.

Et pour la première fois depuis son retour, face à l'absolue sincérité qui se lisait sur son visage, elle se demanda s'il était possible qu'il ait raison. Si ce n'était pas elle qui s'était trompée depuis le début. Si elle n'avait pas été aveuglée par les événements de son enfance, au point de tirer des conclusions hâtives à propos des hommes et...

Seigneur. L'idée était si horrible que c'en était insupportable. Car cela voudrait dire qu'elle lui avait fait un tort immense, l'avait privé d'un enfant qu'il aurait protégé, chéri et aimé et...

Remords et regrets vinrent peser sur son estomac. La barre de céréales qu'elle venait de manger se changea en un acide brûlant qui lui remonta dans le gosier.

— Je suis désolée, Jake, murmura-t-elle.

Ce qui décrivait bien mal la peine presque paralysante que lui inspirait la façon dont les choses s'étaient déroulées et son rôle dans ces événements.

Elle le sentit se détendre sur le siège à côté d'elle. Elle aurait aimé faire de même. Mais elle était tellement à fleur de peau qu'elle n'osait bouger ne serait-ce que le petit doigt de crainte de perdre le peu de maîtrise qu'il lui restait d'elle-même.

— On a tous les deux fait beaucoup d'erreurs, soupira-t-il. Des erreurs difficiles à pardonner. Mais on y arrivera.

Elle ne voyait pas comment...

— Et ne t'inquiète pas. (Les mots qu'il prononça ensuite firent à Michelle l'effet de flèches en plein cœur :) On trouvera un moyen d'organiser le planning de Franklin pour que ça ne soit pas trop dur pour toi. Tu verras.

Oh, bien sûr. Ils trouveraient.

C'était facile : elle n'avait qu'à renoncer à son fils...

16

— Écoute-moi bien, espèce d'enfoiré, gronda Rock.

Vanessa haussa un sourcil ; elle doutait que les insultes les mènent très loin auprès du type en marcel qui tenait la réception.

— On sait que ce salopard a pris ses quartiers ici, poursuivit Rock. Il nous faut son numéro de chambre. Tout de suite !

Rock brandit une photo de Johnny sous le nez du réceptionniste qui y adressa à peine un regard de ses yeux éteints en faisant passer son cigarillo mâchonné d'un coin à l'autre de sa bouche.

Quand Rock esquissa un geste vers le pistolet qu'il dissimulait sous sa veste de costume, Vanessa lui prit le bras et se faufila à côté de lui. Elle se pencha vers les barreaux qui protégeaient le type en tâchant de ne pas se laisser affecter par l'odeur de crasse et de transpiration qui lui assaillit les narines. Ce type devait venir du mythique continent de l'hygiène oubliée.

— Il faut qu'on trouve ce type, dit-elle. Il me doit un paquet de fric. Mon nouveau meilleur ami, ici présent, dit-elle avec un mouvement de tête vers

Rock, est d'accord pour m'aider à le récupérer. Et moi... je peux me charger de te remercier comme il se doit.

Le réceptionniste jeta un coup d'œil à sa poitrine. Une étincelle d'intérêt apparut dans son regard vide. Elle n'avait pas d'énormes melons comme cette bonne vieille Candy mais, à défaut, les seins de Vanessa feraient l'affaire. M. Cigarillo paraissait les trouver à son goût.

— À quoi que tu penses ? demanda-t-il en retirant son cigarillo de sa bouche pour aspirer l'air entre ses dents jaunies.

Vanessa sourit malgré la révulsion qu'il lui inspirait. Passant la main sous son haut, elle sortit une liasse de billets de cent dollars. Elle en préleva deux qu'elle agita à travers les barreaux.

— Et si on commençait déjà par ça ? Ensuite, une fois que j'aurai récupéré mon fric...

Elle inséra un doigt dans sa bouche et le lécha lentement avant de le glisser dans son décolleté.

— Je pourrai t'offrir une petite passe gratuite en témoignage de mon appréciation.

Elle vit la pomme d'Adam du réceptionniste osciller sous la peau crasseuse de son cou comme il suivait son geste du regard. Puis il passa rapidement la langue sur ses lèvres fines avant de se retourner pour décrocher une clé suspendue au mur.

— Chambre 602, dit-il.

Mais il recula la clé quand Vanessa fit mine de s'en saisir.

— Attention, je ne veux pas avoir de saloperie à nettoyer ! lança-t-il.

— T'inquiète pas, chéri, ronronna-t-elle en se rapprochant encore un peu plus, jusqu'à écraser ses seins contre les barreaux. C'est mon argent que je veux, pas de la prison ferme.

Il parut réfléchir à la logique du propos pendant quelques instants avant de lui tendre la clé.

— Pour la passe gratos, je finis à deux heures du mat, lui lança-t-il tandis qu'elle repartait vers l'ascenseur en tirant Rock derrière elle.

— Pas de problème, chéri ! répondit-elle en lui décochant un baiser par-dessus son épaule. Je peux te promettre que si ta journée se termine à deux heures, ta nuit, elle, ne fera que commencer.

Le ricanement écœurant du réceptionniste lui retourna l'estomac, mais elle parvint à maîtriser son frisson de dégoût jusqu'à ce que les portes de l'ascenseur se referment derrière Rock et elle.

Rock la regarda en souriant.

— J'aurais pu le menacer de le descendre, commenta-t-il avec son accent traînant.

— Ouais, répondit-elle, mais ça aurait pu l'inciter à passer un coup de fil au 602 pour prévenir ce cher Johnny. Avec ma méthode, il sera plutôt enclin à ne rien faire.

Rock haussa largement les sourcils, ses yeux braqués sur le haut sans manches de Vanessa.

— Qui aurait cru qu'une paire de ballochards pouvait s'avérer si utile en dehors de la chambre à coucher ?

— Je rêve ou tu viens d'utiliser le mot « ballochards » pour parler de mes seins ? répliqua-t-elle avec un regard noir.

Au même moment, les portes tintèrent et s'ouvrirent sur le sixième étage.

— Monte-le à l'étage et mets-le au lit, dit Michelle.

Elle déposa son sac à main sur la table de la cuisine et s'étira la nuque d'un côté puis de l'autre pour s'éclaircir les idées. Elle ne se souvenait pas d'avoir jamais été aussi fatiguée, aussi vidée émotionnellement parlant. Non seulement son cœur lui donnait l'impression d'avoir été profané et mis en pièces, mais son corps tout entier semblait endolori. Même ses os lui faisaient mal.

— Je vais essayer de rappeler Lisa, ajouta-t-elle.

— T'as entendu ta maman, dit Jake. Il est temps de monter se coucher.

Franklin était blotti entre ses bras musculeux. Tous deux souriaient et les fossettes identiques au creux de leurs joues lui firent détourner le regard.

— Mais j'veux pas aller me coucheeeer ! pleurnicha Franklin en faisant la moue.

Sa lèvre inférieure était tellement protubérante qu'elle semblait ne rester accrochée à son petit visage que par l'opération du Saint-Esprit. Le médecin avait prévenu Michelle que les enfants de cet âge se montraient souvent très émotifs au terme d'une intervention, une fois sortis de l'anesthésie.

— Et mon ventre me fait maaaal, maman, renifla-t-il en coinçant sa tête sous le menton duveteux de Jake.

Michelle sentit son estomac se nouer jusqu'à devenir aussi douloureux que son cœur saccagé. Elle consulta sa montre.

— C'est l'heure pour une nouvelle dose d'antalgiques, annonça-t-elle.

Elle s'étonnait d'être encore capable de fonctionner à peu près normalement malgré un désir presque irrépressible de s'allonger par terre pour pleurer toutes les larmes de son corps. Pleurer pour la douleur physique ressentie par son fils. Pleurer pour les souffrances émotionnelles qu'elle avait causées à Jake. Pleurer pour la douleur spirituelle qu'elle connaîtrait en ne vivant qu'à mi-temps avec son fils. Pleurer, pleurer, pleurer.

Bien sûr, cela ne rendrait service à personne. Et en tant que mère, elle n'avait pas le loisir de se comporter de cette façon. Elle prit une profonde inspiration pour tâcher d'apaiser ses nerfs et retourna vers la table pour fouiller dans son sac. Après avoir remis la main sur le flacon de sirop antalgique, elle le tendit à Jake en même temps que le petit verre doseur.

C'était ainsi que les choses allaient se passer dorénavant. Un partage des tâches parentales.

Mon Dieu...

Elle ravala de justesse un sanglot hystérique avant de rassembler de nouveau son courage.

— Il doit en prendre une cuillerée à café, indiqua-t-elle à Jake d'une voix posée avant de se tourner vers son fils. T'as envie de voir la fin de *Raiponce*, hein, chouchou ?

Franklin, qui tétait à présent son pouce, hocha la tête. Il avait les yeux brillants d'un enfant au bord des larmes.

— L'est marrant, le cheval, dit-il sans cesser de sucer son doigt dodu.

— C'est vrai, répondit-elle avec un sourire fatigué.

Elle se pencha vers lui pour lui ébouriffer gentiment les cheveux et embrasser sa joue pâle. L'odeur de son petit garçon se combinait aux arômes sablonneux de Jake pour lui rappeler tout ce qu'elle aimait et tout ce qu'elle avait déjà perdu et s'apprêtait à perdre.

Garde partagée...

L'expression lui semblait affreusement grossière.

— Il est drôle, ce cheval, parvint-elle à articuler malgré les larmes qui lui piquaient la gorge. Je monterai te voir et te porter une glace dès que j'aurai appelé Mlle Lisa.

Les traits de Franklin s'affaissèrent et il se mit réellement à pleurer.

— Maselle Lisa m… me manque ! gémit-il avec un hoquet.

Ouais, je vois tout à fait ce que tu ressens.

Elle aurait voulu se laisser aller en même temps que lui…

— Je pense qu'il est temps pour notre petit guerrier de prendre son médicament et d'aller au lit, fit observer Jake.

Michelle opina du chef et recula d'un pas pour les laisser traverser la cuisine et disparaître dans le séjour.

Comment allait-elle survivre à cette épreuve ?

Alors qu'ils émergeaient de l'ascenseur au sixième étage de l'hôtel *Stardust*, le rire grave et profond de Rock rendit Vanessa de nouveau toute chose. Il ne lui en fallait pas plus. Un regard vers lui. Un mot. Et elle avait l'impression de se retrouver à plonger depuis le sommet d'un grand huit.

Bon sang, Van, t'es vraiment une pauvre fille.

Ouais, le doute n'était plus permis sur ce point. Parce que si un autre homme avait osé qualifier ses seins de « ballochards », elle aurait été terriblement tentée de lui envoyer un genou dans les bijoux de famille avant de le couronner roi des connards. Mais quand Rock le disait, elle se sentait fondre, comme si c'était le truc le plus drôle et mignon qu'elle ait jamais entendu.

Beurk. Les raisons de consulter un psy en urgence ne cessaient de s'accumuler.

— Prête à passer à l'action ? demanda-t-il une fois qu'ils furent arrivés devant la chambre de Johnny.

Pour toute réponse, elle se débarrassa de ses chaussures de stripteaseuse et passa la main sous sa jupe pour récupérer le calibre .38 sanglé à l'intérieur de sa cuisse.

— Mon Dieu, chuchota Rock en fermant brièvement les paupières, c'est sans doute le truc le plus sexy que j'aie jamais vu.

Elle sourit tout en insérant silencieusement la clé dans la serrure. Avant qu'elle puisse saisir la poignée, il lui prit la main et secoua la tête.

— J'entre en premier, seul. Tu me suivras quand je te donnerai le feu vert.

— Oh, n'essaie pas de me la jouer testostérone, siffla-t-elle, sourcils froncés. Je sais me défendre. Pas la peine de jouer au grand viril.

— *Non*. Ce n'est pas une négociation. Je v...
Ouais, bref...

Avant qu'il termine sa phrase, elle tourna la clé dans la serrure, ouvrit grande la porte et pénétra dans la pièce, son pistolet braqué devant elle.

Rock laissa échapper une série de jurons typiquement cajuns, mais il lui emboîta instantanément le pas, ses deux armes brandies et prêtes à servir tandis qu'il faisait le tour de la pièce. Une fois assuré qu'elle était vide et que Vanessa ne courait pas de danger immédiat, il pivota sur lui-même et fonça vers la salle de bains. Elle entendit grincer les anneaux du rideau de douche comme Rock l'écartait d'un coup sec. Puis il réapparut sur le seuil, une expression orageuse sur le visage.

— Nom d'un chien ! jura-t-elle. Donc pas de Johnny ?

Il s'empressa de lui faire connaître le fond de sa pensée en explorant les multitudes de synonymes du mot « abrutie ». Mais elle ne lui prêta pas attention et se dirigea vers le lit défait.

Lorsqu'elle s'empara de la photo chiffonnée posée sur le couvre-lit, les battements de son cœur vinrent soudain lui marteler les tympans.

— Oh merde... souffla-t-elle en faisant pivoter le cliché pour le montrer à Rock.

Jake contemplait le visage somnolent de son fils, le cœur empli d'un amour tel qu'il n'en avait jamais connu. C'était un sentiment incroyable, étourdissant, effrayant même.

Il était papa. Il avait un fils. Un petit garçon dont il lui revenait désormais de faire un homme bon, honnête et loyal.

— Tu fatigues, mon pote ? demanda-t-il en chassant une mèche de cheveux tout doux des yeux de l'enfant.

— Nan, nan.

Franklin secoua la tête contre son oreiller alors même que ses grands yeux gris se fermaient lentement. Son pouce charnu avait retrouvé sa place entre ses lèvres.

Jake sourit et quitta la chambre sur la pointe des pieds en refermant partiellement la porte derrière lui. L'antalgique agissait vite et c'était un soulagement. Parce que chaque fois que Franklin faisait la grimace et pâlissait de douleur, Jake avait l'impression qu'on lui plantait une lame chauffée à blanc dans le ventre. En sachant qu'il réagissait ainsi après seulement un jour en tant que père, il imaginait mal ce que Shell devait ressentir.

Shell...

Bon sang, on a vraiment fait un beau gâchis de cette situation, hein ?

Le cœur lourd, il se dirigea vers la chambre d'amis, déboutonna sa chemise et la retira avec des gestes fatigués en passant le seuil de la chambre.

Un bruit dans le coin de la pièce lui fit tourner vivement la tête. Il eut le temps de comprendre qu'il n'était pas seul et de lâcher sa chemise pour s'emparer du pistolet passé à sa ceinture...

Mais il ne fut pas assez rapide.

La flamme issue d'un canon illumina la pièce plongée dans la pénombre une fraction de seconde avant qu'une atroce douleur explose sous son crâne. Puis sa conscience s'éteignit.

— Allez ! Allez ! grogna Rock. Décroche, Serpent... *Merde !*

Il résista à l'envie de balancer son téléphone par la fenêtre de la Porsche de Christian qui filait sur l'autoroute en direction de Lincoln Park.

— Michelle non plus ne répond pas, lui dit Vanessa depuis le siège passager. Je tombe directement sur le répondeur.

Quand Rock manœuvra brusquement pour dépasser un camion de livraison trop lent à son goût, elle se cramponna au tableau de bord, mais ne poussa pas même un petit cri. Elle avait peut-être l'air fragile, avec son physique d'Hispanique menue, mais elle s'avérait être une sacrée dure à cuire.

Lorsqu'elle avait pris d'assaut la chambre d'hôtel de Johnny tel Capitaine America en personne, Rock avait bien failli en recracher son cœur de stupeur.

— Essaie son téléphone fixe, dit-il tout en faisant rugir le moteur.

— Je n'ai pas son numéro. Appelle chez elle, moi, je préviens Boss.

— D'accord.

Il coupa en travers de trois voies de circulation, les larges pneus de la Porsche collés à l'asphalte comme s'ils étaient recouverts de glu.

Christian n'avait vraiment pas l'œil lorsqu'il s'agissait de s'habiller de manière pratique, mais Rock ne pouvait qu'applaudir les goûts du Britannique en matière de véhicules.

Il fit rapidement défiler sous son pouce la liste de ses contacts téléphoniques tout en actionnant le clignotant de la Porsche juste avant de prendre la sortie suivante dans un crissement de pneus. Avec un œil sur la route et un autre sur la vieille dame dont la tête dépassait à peine du volant de la Cadillac sur la voie adjacente, il trouva les coordonnées de Shell. Il composa le numéro de sa ligne fixe et porta le téléphone à son oreille.

— Saloperie ! jura-t-il brusquement.

L'aïeule venait de changer de voie sans regarder, lui coupant involontairement la route. Il s'escrima sur le volant, le levier de vitesse et les pédales tout en écoutant la sonnerie à l'autre bout du fil. Et il pria un Dieu auquel il n'était plus très sûr de croire pour que Michelle décroche...

Michelle était en train de déposer une boule de glace aux éclats de chocolat dans le bol Mickey Mouse préféré de Franklin tout en laissant un autre message à Lisa (elle avait déjà regardé ses e-mails ; il n'y avait rien et elle était désormais vraiment inquiète) quand retentit le bip indiquant un second appel sur la ligne.

Dieu merci ! songea-t-elle avant de prendre la communication.

— Lisa ? Où êtes-vous ? J'étais morte d'inq...
— Shell, écoute-moi...
— Rock ?
— *Oui, chère.* Maintenant, écoute-moi bien et ne m'interromps pas !

Le ton de sa voix fit dresser les poils sur la nuque de Michelle.

— Johnny est au courant de ton existence. Nous avons trouvé ta photo et ton adresse dans sa chambre d'hôtel et…

Une détonation retentit à l'étage et tout l'univers de Michelle parut soudain basculer.

Franklin !

Elle laissa tomber le téléphone et se précipita dans la salle de séjour. Elle sauta par-dessus le camion de pompiers abandonné au centre du tapis et se cogna la hanche sur la table en atterrissant. Le choc renversa une lampe en verre qui alla s'écraser au sol, mais elle n'y prêta aucune attention en fonçant vers l'étage.

Franklin… C'était la seule pensée qui tournoyait dans son esprit. *Franklin… Mon enfant…*

Elle n'avait gravi que la moitié de l'escalier quand une ombre noire apparut sur le palier au-dessus d'elle. Emporté par un mouvement de recul instinctif, son pied glissa sur la marche derrière elle et elle perdit l'équilibre. Elle chuta et atterrit violemment sur les carreaux durs et froids de l'entrée.

Elle se redressa maladroitement sur ses jambes sans prendre le temps de déterminer si elle s'était cassé quelque chose. Avec l'adrénaline qui courait dans ses veines, elle ne sentait rien de toute façon. Elle tenta de distinguer le visage de l'homme dans la pénombre. Impossible. Le couloir éteint, il faisait trop sombre.

Il y avait néanmoins une forme qu'elle n'avait aucun mal à reconnaître : celle du pistolet dans la main de l'intrus. Un pistolet pointé droit vers elle.

Elle leva les mains en l'air tout en jetant un regard par-dessus l'épaule de l'homme avant de crier :

— Franklin !

Elle faillit s'étouffer de soulagement quand il lui répondit :

— *Maman ?*

Sa voix était aiguë et apeurée, mais ça n'avait aucune importance car c'était sa voix. Son adorable petite voix.

— Qu'est-ce qui y a, maman ? C'est quoi ce bruit ?

Le cœur gonflé de gratitude, elle remercia silencieusement le Ciel. Puis elle prit conscience de ce que signifiait le fait que son fils soit encore en vie et en train de poser des questions...

Mon Dieu, Jake. Oh, Seigneur !

— Si la vie de ton fils a une quelconque importance pour toi, tu vas lui dire de rester où il est, siffla l'homme (Johnny ?) en descendant lentement les marches.

Elle ouvrit la bouche, mais aucun son n'en sortit.

Jake est mort. Jake est mort. Jake...

Cette pensée se mit à tourner en boucle dans sa tête, au point que de la bile lui remonta dans le gosier et que son champ de vision s'obscurcit. Ce fut le son de la voix de Franklin qui la sauva de la perte de conscience.

— *Maman !* cria-t-il de nouveau.

Son fils était en vie. Elle devait garder la tête froide, se montrer forte et intelligente, pour le bien de Franklin. Elle trouva les ressources pour lui répondre en élevant la voix :

— R... Reste au lit, chouchou ! J'ai fait tomber une casserole, c'est tout. Je t'apporte ta glace dans une minute. Regarde ton film !

— Bien joué, *maman*, se moqua Johnny.

Il était parvenu au milieu de l'escalier et son visage apparut enfin aux yeux de Michelle, éclairé par la lumière de l'entrée.

Il était exactement tel qu'elle l'avait imaginé. L'archétype même du mafieux italien, avec des cheveux noirs et gominés, un teint basané, un blouson de cuir et sur ses traits l'expression d'un parfait psychopathe. Il aurait été beau s'il n'y avait eu cette lueur de pure noirceur malfaisante dans son regard.

— Direction la cuisine, ordonna-t-il.
— Mon fils... commença Michelle.
Mais il l'interrompit :
— Il n'arrivera rien au petit Franklin tant que sa maman saura se montrer obéissante.

Face à l'expression d'horreur qui s'était peinte sur le visage de Michelle, il laissa échapper un gloussement dénué d'humour. On aurait dit le bruit d'un serpent se faufilant au milieu de feuilles mortes. Un frisson incontrôlable remonta le long de l'échine de Michelle.

— Que... Qu'est-ce que vous voulez ? parvint-elle à demander.

Tout en reculant vers la cuisine, elle se triturait les méninges à la recherche d'un moyen pour sauver sa vie et celle de son fils. Ou peut-être seulement celle de son fils...

Si elle lui criait de se servir de l'échelle de secours rangée près de son coffre à jouets pour sortir par la fenêtre de sa chambre, y parviendrait-il malgré les séquelles de l'opération ? Ils s'étaient beaucoup entraînés à cette manœuvre et Franklin l'avait réalisée sans mal à chaque fois. Mais il était en bonne santé à l'époque. Ou peut-être devrait-elle lui crier de se lever et de courir jusqu'à l'entrée. Mais pourrait-elle retenir Johnny assez longtemps pour laisser à Franklin une chance de s'enfuir ? Et son fils partirait-il s'il la voyait lutter avec un inconnu ? Ou le petit guerrier tenterait-il de lui venir en aide ?

— Ce que je veux ?

Le sourire de Johnny dévoila des dents blanchies à l'éclat presque aveuglant.

— Seulement m'amuser un peu, dit-il sur un ton qui conférait un côté pervers à ces mots pourtant anodins. Tu n'as pas envie de t'amuser un peu, maman ?

Il agita sa langue d'une manière suggestive et lui fit un clin d'œil.

Jake disposait d'un petit arsenal à l'étage. Si elle parvenait à échapper à Johnny, elle serait peut-être en mesure de...

— Je vois tourner les rouages de ta cervelle dans ta jolie tête, la nargua-t-il sans cesser de la pousser vers la cuisine. Mais je peux t'assurer qu'il n'y a aucune échappatoire. Parce que vois-tu...

Il porta sa main libre à son épaule pour se délester d'un sac marin qu'elle n'avait pas remarqué jusqu'alors.

— J'ai tous les trucs qui font « bang-bang » ici, dans ce sac. Le type que j'ai descendu là-haut était un obsédé des armes à feu, hein ?

Oh, Jake. Je suis désolée... Tellement désolée que tu n'aies pu être père que l'espace d'une journée...

— À quoi il s'attendait ? Une invasion de zombies ? Ou bien est-ce que vous saviez que j'allais vous rendre une petite visite ?

Johnny inclina la tête sur le côté et la dévisagea d'un air interrogateur avant de hausser finalement les épaules.

— Peu importe. Parce que, en plus de lui confisquer son bazar, j'ai aussi pris soin de retirer toutes les lames dans ta cuisine.

Jetant un coup d'œil par-dessus son épaule, Michelle constata que son bloc de couteaux était vide.

— Alors, puisque je suis le seul à avoir une arme... (Il agita son pistolet de gauche à droite comme elle reportait son attention vers lui.)... c'est moi qui donne les ordres.

La hanche de Michelle buta contre le coin de la table de la cuisine. Impossible de reculer davantage.

— Maintenant, tourne cette chaise vers moi et assieds-toi, ordonna-t-il. Il est temps de commencer à jouer.

— Maman ? appela Franklin.

Elle dut admettre qu'elle était piégée. Son seul espoir à présent était de garder Johnny occupé assez longtemps pour que Rock soit là et arrache son fils au sort que lui réservait le mafieux.

Oh, elle savait que la promesse qu'il n'arriverait rien à Franklin tant qu'elle se montrerait docile n'était qu'un mensonge. D'après tout ce qu'elle avait entendu à propos de Johnny Vitiglioni, il n'avait pas l'habitude de laisser des témoins derrière lui. Cela dit, il ignorait que la cavalerie était en route. Et elle avait bien l'intention d'utiliser cela à son avantage...

— Maman !

— Ne t'avise pas de sortir du lit, jeune homme ! lui cria-t-elle en espérant que sa voix paraissait plus sévère que terrifiée. Le docteur dit que tu dois rester couché, et je te jure que si tu en sors, je te donnerai la fessée !

Elle n'avait jamais fessé Franklin et espérait que la menace lui ferait suffisamment peur pour qu'il lui obéisse.

Je vous en prie, Seigneur, pria-t-elle tandis que Johnny, un sourire maléfique aux lèvres, déroulait une longueur de corde entre ses mains gantées. *Faites qu'il m'obéisse. Je ne veux pas qu'il voie ce qui va suivre...*

Le monde reprit forme pour Jake par petites touches...

D'abord, la douleur. Une douleur terrible, brûlante, au niveau de sa tempe.

Puis la lumière. Un fin rayon retombait en travers de son visage et lui fit mal aux yeux quand il les ouvrit pour contempler, à travers le flou de la confusion, l'applique allumée dans le couloir.

Et enfin, un éclair de compréhension. Il n'était pas mort. Il s'était pris une balle. Dans la tête. Mais il n'était pas mort.

Heu...

Serrant les dents pour résister à l'atroce souffrance, il leva la main et...

Bon, c'est positif.

Ses muscles avaient effectivement répondu à ses ordres, ce qui voulait dire qu'il n'était pas paralysé. Bon début...

Il se passa les doigts dans les cheveux et les retira tachés de sang. Beaucoup de sang. Mais il ne semblait pas y avoir de trou. Aucun orifice mou et humide dans lequel il aurait pu enfoncer un doigt. Son cuir chevelu, par contre, était dans un sale état. Une entaille profonde lui avait déchiré les chairs, dont une partie pendouillait à l'écart de son crâne comme une oreillette de bonnet ensanglantée.

Dégoûtant, sans aucun doute. Toutefois, en se rappelant qu'il serait mort si la balle l'avait touché deux centimètres plus à droite, cela ne semblait finalement pas si terrible.

Il entreprit de vérifier l'état du reste de son corps, de tester le fonctionnement de ses membres, quand il prit soudain conscience de ce qu'il s'était exactement passé.

Oui, on lui avait tiré dessus. Ça, c'était clair. La flaque de sang et sa blessure le prouvaient. Mais ce qu'il avait oublié pendant quelques instants, c'était qu'on lui avait tiré dessus *dans la maison de Shell*.

Où Franklin et elle...

Bordel !

Il se redressa sur le parquet de bois massif et glissa plusieurs fois dans son propre sang avant de parvenir à se relever. Portant la main à sa ceinture, il constata que son pistolet avait disparu. Il se pencha pour vérifier la présence de son arme de secours, malgré l'éclair de douleur que le mouvement déclencha sous son crâne.

Nada. L'étui à sa cheville était vide.

Sans perdre un instant de plus, il se précipita vers le placard où il avait rangé le reste des armes prélevées dans l'armurerie des Black Knights. Mais son sac avait disparu.

— Putain de merde ! siffla-t-il.

Il traversa la pièce à toute vitesse avec la sensation que chaque seconde jouait contre lui. Il s'arrêta brusquement en avisant l'écharpe accrochée au coin du miroir au-dessus de la commode. Avec à peine un coup d'œil à son effroyable reflet (ouais, il aurait pu faire le figurant dans un film d'horreur), il plaqua fermement sa peau sanguinolente contre sa tête et enroula vivement l'écharpe autour de son crâne pour la maintenir en place. Et puis, soudain, il se souvint…

Mon couteau !

Il avait rangé un couteau de combat supplémentaire sous le matelas. En une seconde, il se retrouva avec l'arme au creux de la main, sa lame de presque dix-huit centimètres captant l'éclat du plafonnier tandis qu'il s'avançait sans bruit dans le couloir, l'oreille tendue.

La maison était calme. Trop calme.

Combien de temps était-il resté inconscient ? Arrivait-il trop tard pour… ?

Sans avoir eu le temps de pousser plus loin le questionnement, il se plia en deux et vomit discrètement sur la moquette du corridor. Il aurait aimé prétendre qu'il s'agissait de la conséquence de sa blessure à la tête et de la nausée qui l'accompagnait. Et c'était sans doute en partie le cas. Mais en vérité, c'était l'idée d'avoir perdu son fils et la seule femme qu'il ait jamais aimée qui lui faisait remonter l'estomac jusque dans le gosier.

Je vous en prie, mon Dieu, faites en sorte qu'ils soient en vie, plaida-t-il à l'intention du Grand Kahuna malgré un nouveau haut-le-cœur. *Je promets de les aimer et de les protéger jusqu'au jour de ma mort. Plus de secrets. Plus de fuite. Plus de reproches. Je ferai en sorte que cette famille fonctionne et...*

Quand le son du dessin animé provenant de la chambre de Franklin lui arriva aux oreilles, il se redressa en titubant et traversa à toute vitesse le couloir jusqu'à la chambre. Il faillit s'évanouir de soulagement en découvrant les yeux écarquillés et surtout vivants de son fils qui le regardait, médusé, depuis son lit.

La lèvre inférieure du petit garçon se mit à trembler et ses traits se plissèrent. *Oh-oh.* Jake avait conscience que son apparence était choquante, surtout pour un enfant de trois ans. Mais il ne pouvait rien y faire dans l'immédiat. Il porta simplement un doigt à sa bouche.

— Chut ! murmura-t-il en s'agenouillant précipitamment près du lit de Franklin. J'ai besoin que tu sois très, très sage, mon bonhomme. Tu peux faire ça ?

— J... Jake ?

— Ouais, mon pote, c'est moi.

Il tapota la jambe de Franklin à travers la couverture puis fit la grimace en voyant l'empreinte de main ensanglantée qu'il avait laissée sur le tissu.

— T'as du... du sang, annonça Franklin qui le regardait d'un air horrifié.

À vrai dire, il n'en avait plus tant que ça, du sang. Il en avait beaucoup perdu. Il avait du mal à se concentrer ; il était pris de vertiges.

— C'est pas aussi grave que ça en a l'air, assura-t-il à son fils en agrippant le bord du matelas pour garder l'équilibre. Maintenant, écoute-moi bien. Il y a un méchant dans la maison et il faut que je te cache. Tu connais une bonne cachette ?

Franklin secoua la tête.

Merde.

— D'accord.

Il se releva pour filer jusqu'à la fenêtre et faire coulisser silencieusement la vitre.

Une chute d'un étage.

Il n'y avait pas de balcon, aucun toit de patio sur lequel se laisser tomber, pas de treillage accroché au mur. Rien pour aider son fils à rejoindre le sol sans devoir sauter depuis la fenêtre. Il aurait peut-être pu improviser une sorte de porte-bébé à l'aide des draps de lit et faire descendre Franklin de cette façon, mais cela lui prendrait un temps précieux. Et il fallait qu'il trouve Shell.

— Où est maman ? gémit Franklin.

Jake retourna vers le lit.

— Elle est en sécurité, dit-il. (*Faites que ce soit vrai.*) Et maintenant, il faut que je te mette en sécurité, toi aussi.

— Maman a dit qu'elle me donnerait la fessée si je sortais du lit, annonça le petit, sa lèvre inférieure plus protubérante que jamais.

— Ah bon ? Quand est-ce qu'elle a dit ça ?

Puis Jake secoua la tête en prenant conscience que le temps ne voulait rien dire pour un enfant de trois ans.

— Peu importe, mon pote. Écoute, je te promets que ta maman ne se fâchera pas et ne te donnera pas la fessée. Elle veut que je t'aide à sortir de la maison.
— C'est vrai ?
— Oui, chuchota Jake qui se creusait désespérément la cervelle à la recherche d'une autre solution.

Puis, comme par magie, Franklin lui en proposa une.
— Tu pourrais utiliser la chelle.
— Quoi ?

Il avait l'impression de perdre un peu plus son sang-froid à chaque seconde. Des secondes qu'il ne pouvait pas se permettre de gâcher.
— C'est quoi la chelle ? demanda-t-il.

D'un doigt tremblant, Franklin désigna la porte de son placard.
— La chelle pour si y a le feu. Maman l'a rangée à côté du coffre à jouets.

Jake traversa la chambre en un éclair. Sans faire de bruit, il ouvrit la porte du placard et faillit pleurer de gratitude en découvrant ce qui se trouvait à l'intérieur.

En quelques secondes seulement, il attacha l'échelle de corde d'urgence au rebord de la fenêtre et guida son courageux petit garçon jusqu'au premier nœud. Il regarda l'enfant descendre le long de l'échelle. Il semblait évident, vu l'agilité dont il faisait preuve malgré son jeune âge, que Shell – femme brillante s'il en était – avait répété la manœuvre avec lui à de nombreuses reprises.

— En arrivant en bas, lui dit-il à voix basse, tu courras chez le voisin pour sonner à la porte. Dis à la personne qui ouvrira qu'il y a un méchant dans la maison et qu'ils doivent appeler la police.
— D'accord, chuchota Franklin.

Jake prit un instant pour pousser un soupir de soulagement quand son fils toucha terre. Puis il repassa par la fenêtre et se précipita dans l'escalier.

Le monstre qu'il avait appris à domestiquer au fil des années s'était réveillé et cherchait à prendre le contrôle. Et Jake fit ce qu'il n'avait pas fait depuis très longtemps. Il libéra la bête…

17

— Mmm...

Johnny inspira entre ses dents et laissa retomber sa main pour caresser la bosse de son entrejambe. Il venait de trancher la dernière bretelle du soutien-gorge de Michelle, duquel débordaient à présent ses seins nus.

Elle mordit dans le bâillon et se détourna. Elle refusait de lui donner la satisfaction de le regarder tandis qu'il la lorgnait. Tout comme elle lui refusait la satisfaction de l'entendre gémir de terreur, malgré le cri plaintif qu'elle sentait remonter depuis le fond de sa gorge.

— Qu'avons-nous là ? railla-t-il.

Elle ferma les yeux et serra ses poings attachés au siège en sentant les doigts gantés de Johnny se poser sur son sein gauche. Il pinça le mamelon. Fort. Mais elle était déterminée à ne pas crier.

— Ça fait deux jours que j'attends de mettre la main sur ces loches, lâcha-t-il d'une voix traînante.

Elle sentit son haleine fétide sur sa joue.

— Et grâce aux infos que Lisa m'a fournies, c'est maintenant chose faite.

Elle tourna vivement la tête, incapable de retenir les larmes qui jaillirent aux coins de ses yeux ni le sanglot qui résonna au travers du bâillon.

Lisa ? Non !

Une joie malsaine se lisait sur les traits de Johnny.

— Ouais, j'ai rendu une petite visite à ta nounou hier soir. Elle s'est montrée très arrangeante.

Si elle n'avait pas été bâillonnée, elle lui aurait volontiers craché au visage. Ce qui aurait évidemment été une erreur. Car même si elle ne doutait pas d'éprouver un certain plaisir à loger un mollard en plein dans son œil malveillant, cela ne changerait rien au fait que Lisa était morte...

Oh, Seigneur !

L'idée la rendait malade de chagrin. Mais elle ne devait pas se laisser aller. Aucun geste, si théâtral soit-il, ne ramènerait cette pauvre Lisa à la vie. Et cracher dans l'œil de Johnny pourrait le mettre suffisamment en colère pour oublier son envie de « s'amuser » et l'inciter à la tuer immédiatement.

Elle ne pouvait pas se le permettre.

Pas si elle espérait donner à Rock et aux autres Black Knights assez de temps pour sauver Franklin.

— Dis-moi un truc...

Johnny posa les mains sur la table derrière Michelle et se pencha vers elle jusqu'à effleurer son oreille de ses lèvres. Il sentait la bière et le parfum coûteux et elle ressentit un besoin presque irrépressible de vomir sur le dos de son blouson en cuir.

— Elles t'ont plu, mes fleurs ? J'ai été très contrarié que tu ne veuilles pas jouer avec moi ce soir-là.

Mon Dieu. Son intuition était tombée juste. Mais au lieu de se faire confiance et d'en parler à Frank, elle avait simplement écarté l'événement de ses pensées.

Idiote, idiote, idiote !

Elle dut vraiment lutter pour ne pas être malade, surtout quand Johnny reprit :

— T'aimes la cravate de notaire ? Avec des nichons comme ceux-là, ça m'étonnerait pas !

Il lui agrippa les seins et les malaxa entre ses doigts. La douleur la fit grimacer et mordre dans le bâillon jusqu'à ce qu'un goût de sang vienne s'ajouter à celui de la bile.

Il lui enfonça la langue dans l'oreille, une sorte d'aperçu des tourments à venir. Elle s'apprêtait à fermer les yeux et rassembler son courage pour faire face à la suite quand un mouvement dans l'entrée capta son attention.

L'espace d'un instant, elle fut incapable de comprendre ce que lui montraient ses yeux.

C'était un homme. Torse nu. Avec une sorte de turban sur la tête et entièrement recouvert de sang, de la tête aux pieds, au point que le blanc de ses yeux constituait le seul élément distinctif de sa personne. Ses prunelles brillaient dans la pénombre comme les flammes d'un féroce brasier.

Et alors elle comprit.

Jake !

Il était vivant !

Elle faillit s'étrangler sous l'effet de l'immense soulagement qui lui emplit la poitrine, mais se reprit à temps. Jake leva un doigt à ses lèvres couvertes d'hémoglobine – waouh, tout ce sang, c'était à se demander comment il tenait encore debout – et elle cligna deux fois les yeux pour lui indiquer qu'elle avait compris le message.

Quand Johnny se redressa et entreprit de déboutonner sa braguette, Michelle dut monopoliser toute sa volonté pour garder les yeux sur son visage sadique plutôt que d'observer Jake qui se faufilait silencieusement dans son dos.

Elle retint son souffle quand Jake leva ses mains sanglantes.

Une fraction de seconde plus tard, l'une d'entre elles agrippa le front de Johnny tandis que l'autre faisait courir un poignard en travers de sa gorge.

Cela ne fit pas un bruit. Aucun son. Et Johnny n'eut pas le temps d'émettre un cri de protestation avant qu'un épais torrent de sang rouge sombre jaillisse de la blessure à son cou.

Dans ce silence étrange et macabre, le temps parut se figer. Rien ne bougeait à l'exception du sang qui s'écoulait à gros bouillons de ce qui était autrefois la gorge de Johnny. Puis celui-ci tomba à genoux et plaqua les mains sur son cou. Un horrible gargouillis s'échappa de sa bouche, au point que Michelle regretta vite le silence horrifié de l'instant précédent.

En le voyant se débattre, et surtout face à la stupeur dans son regard, elle tenta de puiser en elle une forme de compassion. Mais elle n'en trouva aucune. Pas après ce qu'il avait fait à Lisa. Pas après ce qu'il avait failli lui faire à elle. Et certainement pas après ce qu'il avait forcément prévu de faire à Franklin.

Et puis quelque chose de vraiment bizarre se produisit. Johnny laissa ses mains retomber le long de ses flancs et son visage parut exprimer une... prise de conscience. Elle n'aurait pas su décrire cela autrement. Puis il s'effondra face contre terre. Avec un bruit écœurant, sa tête heurta le pied de la chaise sur laquelle Michelle était attachée. La position maintenait son menton en l'air et sa blessure grande ouverte ; en quelques secondes, une quantité étonnante d'hémoglobine se répandit sur le sol de la cuisine.

Mon Dieu ! Elle n'aurait jamais imaginé qu'un corps humain puisse contenir autant de sang...

Jake lui détacha les mains sans perdre une seconde ; elle arracha le bâillon de sa bouche avant de se pencher pour défaire les liens autour de ses chevilles. Il fallait qu'elle monte à l'étage, qu'elle rejoigne son fils au plus vite. L'idée qu'il puisse descendre et découvrir un tel spectacle...

— Franklin... commença-t-elle.

Mais Jake s'empressa de la rassurer tout en s'agenouillant pour l'aider à se libérer.

— Je me suis servi de l'échelle d'urgence pour le faire descendre par la fenêtre, dit-il d'une voix rauque. Il est chez les voisins.

— Oh, merci, mon Dieu ! souffla-t-elle.

Elle leva les pieds pour éviter de marcher dans la flaque du sang de Johnny qui allait s'élargissant. Jake se servit de son couteau pour trancher les derniers liens et, à la seconde où elle fut libre, Michelle bondit hors du siège pour s'écarter de l'horreur et du carnage.

Au même instant, la porte de derrière s'ouvrit à la volée et Rock chargea dans la cuisine, un pistolet dans chaque main. Il s'arrêta brusquement pour contempler la scène et Michelle leva les bras pour couvrir ses seins nus.

— *Dieu*, Shell, est-ce qu'il... ?

Rock parut incapable de terminer sa phrase et elle demeura interdite pendant quelques instants, jusqu'à ce qu'elle comprenne à quoi il pensait.

— Non, lui assura-t-elle. Johnny n'a pas eu le temps d'aller si loin. Jake est arrivé avant... avant...

— Bien !

Rock déglutit et poussa un profond soupir avant de rengainer ses armes. Jake se releva en chancelant et s'agrippa à la table, le souffle court.

— Ouais, mec... On maîtrise carrément la situation. No problema.

Sur ces mots, il tituba de nouveau et, à la grande horreur de Michelle, s'écroula par terre.

— Comment va le petit Franklin ? demanda Susan l'infirmière depuis le seuil de la chambre d'hôpital de Jake.

Michelle se détourna de l'écran de télévision qui diffusait à faible volume un flash d'informations. Les événements qui s'étaient déroulés chez elle faisaient la une.

Becky, d'apparence très officielle dans son rôle de porte-parole pour Black Knights Inc., racontait aux reporters en quête de détails une histoire soigneusement préparée à propos de Johnny Vitiglioni et de son désir aveugle de vengeance. D'après elle, Johnny en était venu à blâmer les employés de BKI pour la mort de son beau-frère devant l'entrée du garage, alors même que tout le monde savait que M. Costa avait été abattu par des criminels tirant depuis une voiture et que les mécaniciens honnêtes et bosseurs de BKI n'avaient rien à voir avec cette tragédie. Mais Johnny était un individu malade, clairement instable mentalement, et il avait décidé de se venger des employés de BKI en assassinant un membre innocent de leurs propres familles.

Une version pervertie de la formule biblique : œil pour œil, dent pour dent.

Par chance, l'innocente personne prise pour cible accueillait un invité qui, au terme d'une lutte héroïque, avait pu tuer Johnny avant que le pire se produise. Et non, ni le membre de la famille ni son courageux invité ne seraient disponibles pour donner des interviews.

Le récit de Becky était remarquable : assez proche de la vérité pour être crédible, mais en réalité un pur baratin fourré à la foutaise. Bien entendu, son double objectif était de préserver la véritable nature de Black Knights Inc., tout en faisant circuler l'information de la mort de Johnny afin que soit levée la mise à prix sur la tête des Black Knights.

Un coup de génie. De pur génie, même, comme on pouvait s'y attendre de la part des Black Knights.

Impressionnée, Michelle ne put que secouer la tête en levant la télécommande pour couper le son du téléviseur. Elle jeta un bref coup d'œil à la silhouette endormie de Jake avant de se tourner vers Susan. Celle-ci avait revêtu une blouse violette et, ô joie, portait toujours ses merveilleuses Crocs rose fluo.

Michelle n'était pas loin de devenir fan de ces fameuses chaussures...

— Tout bien considéré, Franklin va super bien. Mon frère garde un œil sur lui et, d'après son dernier rapport, Franklin était tombé dans un coma bienheureux sous l'effet d'un mélange d'antalgiques et de glace au chocolat.

Susan sourit en s'appuyant contre le chambranle.

— Parfait, dit-elle. En matière de petits garçons, je ne connais pas de meilleur remède aux traumatismes physiques et émotionnels que de bonnes glaces et beaucoup de sommeil. Le pauvre a été drôlement secoué ces derniers jours, hein ? D'abord la crise d'appendicite et maintenant ça, dit-elle en inclinant la tête vers l'écran réduit au silence.

Becky répondait toujours aux questions des journalistes et Michelle ne pouvait qu'admirer le calme et la maîtrise de sa future belle-sœur. Becky parvint même à placer une publicité pour son affaire de motos customisées. C'est en tout cas ce que supposa Michelle en la voyant brandir un tee-shirt Black Knights Inc. accompagné d'un grand sourire sous l'œil des caméras.

Waouh.

Le frère de Michelle avait indéniablement pris la bonne décision, trois ans et demi plus tôt, en embauchant Becky pour servir de couverture à son entreprise de sécurité clandestine. La jeune femme était une vraie perle, aucun doute là-dessus.

— Il a été secoué, c'est certain, soupira-t-elle.

Elle aurait aimé pouvoir prendre son fils dans ses bras à cet instant précis, mais il était bien mieux installé et plus en sécurité avec Frank au sein du complexe qu'il n'aurait pu l'être ici avec elle. Et elle ne pouvait pas abandonner Jake après tout ce qu'il avait fait pour eux. À savoir leur sauver la vie.

— On ne croirait pas, cela dit, en voyant comment il se comporte. D'après l'histoire qu'il a racontée à la police, tout ça était comme une super aventure pour lui. À vrai dire, il gère les choses bien mieux que moi. J'étais une vraie loque au moment de faire ma déposition.

— Les enfants sont solides, commenta l'infirmière.

— Oui, Dieu merci ! répondit Michelle avec un hochement de tête.

— Puisque vous en parlez... Les voies du Seigneur sont impénétrables, non ?

— Que voulez-vous dire ?

— Je veux dire que M. Sommers a donné son sang pour l'opération de votre fils et voilà qu'à peine vingt-quatre heures plus tard, il arrive ici avec un besoin urgent de transfusion du sang en question. J'appelle ça un miracle.

— Miraculeux, oui, murmura Michelle.

Même si, pour sa part, elle était simplement heureuse et reconnaissante que Jake soit en vie.

Tout ce qu'il s'était passé autrefois en Californie, le rejet et l'abandon, n'avait plus d'importance. Son silence pour toute réponse à sa lettre, son refus de venir la voir alors qu'elle le suppliait, tout cela n'avait plus d'importance. Et pas davantage sa demande de garde partagée pour Franklin.

Tout ce qui comptait, c'était qu'il soit vivant. Parce que, en dépit, ou peut-être à cause, de tout ce qu'il s'était passé, elle l'aimait.

Et même s'il n'y avait aucun avenir possible pour eux, même s'il ne parvenait jamais à lui pardonner, elle continuerait à l'aimer. Parce qu'elle refusait – et n'était pas capable – de concevoir un monde sans lui...

— Comment va notre héros du moment ? demanda Rock.

Il venait d'apparaître dans l'encadrement de la porte que Susan l'infirmière avait quitté moins de dix minutes plus tôt.

Michelle contempla Jake, toujours allongé sur son lit d'hôpital. Elle fronça les sourcils devant ses joues d'une pâleur qui se rapprochait dangereusement de celle de la gaze blanche qui lui enveloppait le crâne. Sans son hâle californien, il avait l'air... non pas faible, car il paraissait toujours massif, musculeux et imposant dans sa blouse d'hôpital..., mais « vulnérable » c'était peut-être un terme plus approprié. Pour la première fois de leur longue histoire commune, Jake semblait vulnérable aux yeux de Michelle.

— Quarante points de suture, murmura-t-elle.

Elle s'émerveilla une fois de plus de la force qu'il avait fallu à Jake pour rester conscient et mobile avec une telle blessure à la tête, assez longtemps pour mettre Franklin en lieu sûr et la sauver, elle.

— Un demi-litre de sang transfusé – avec éventuellement plus par la suite, les médecins ont dit qu'on attendrait de voir – et une commotion cérébrale modérée, ajouta-t-elle. Je dirais que notre héros du moment est dans un sale état, mais on m'a affirmé qu'il s'en sortirait.

— Je n'en ai pas douté un seul instant, *chère*, répondit Rock avec un clin d'œil.

— Ah non ?

Elle se leva lentement de la causeuse pleine de bosses et traversa la pièce sur la pointe des pieds pour attirer Rock dans le couloir afin que leur conversation ne vienne pas troubler le peu de sommeil que Jake parvenait à grappiller entre les visites des soignants. Du fait de sa commotion cérébrale, on le réveillait toutes les heures pour le bombarder de questions destinées à vérifier le bon fonctionnement de ses facultés cognitives.

— Tu n'en as pas douté même lorsqu'il s'est effondré sur le sol de ma cuisine ?

Car Dieu sait qu'elle avait connu un moment de doute terrible. D'autant plus que l'ambulance avait paru mettre une éternité à arriver tandis que la respiration de Jake se faisait de plus en plus haletante et son pouls de plus en plus irrégulier. Tenant la tête lacérée de Jake sur ses genoux pour appliquer une pression sur son affreuse blessure, elle avait conclu un accord avec Dieu.

Qu'il laisse vivre Jake et elle ne s'opposerait pas à lui pour la garde partagée de Franklin.

C'était un accord qu'elle était bien décidée à respecter même si cela impliquait de tuer une petite part d'elle-même...

— *Non*, même pas à ce moment-là, affirma Rock en s'adossant au mur, les bras croisés.

Ils restèrent silencieux quelques instants avant qu'il reprenne la parole.

— Je, heu... je suis désolé pour ta nounou, dit-il avec une grimace en se grattant l'oreille. Si Vanessa et moi avions appris plus tôt où était Johnny, on aurait pu…

— Non, l'interrompit-elle.

Elle secoua la tête, le cœur lourd. Lisa Brown avait été une douce et belle femme avec un futur radieux devant elle et Michelle doutait qu'il existe en enfer un endroit assez cruel pour faire expier à Johnny ce qu'il avait fait subir à Lisa. Chaque fois qu'elle y pensait, elle avait envie de lui trancher de nouveau la gorge.

Elle avait appris auprès des inspecteurs chargés de l'affaire qu'on avait retrouvé une douzaine de roses bleues dans l'appartement de Lisa. Fichues roses bleues. Michelle espérait ne plus jamais en voir pour le restant de ses jours.

— Tu ne peux pas t'en vouloir, dit-elle. Johnny était un monstre. Et nous devons puiser un certain réconfort, si ténu soit-il, dans le fait de savoir qu'il est mort. Qu'il ne fera plus jamais à personne ce qu'il a fait à Lisa.

— *Oui*, admit Rock avec un soupir.

Ils se turent de nouveau, chacun plongé dans ses pensées, dans son chagrin. Puis Rock inclina la tête sur le côté et la dévisagea attentivement.

— C'est quoi, ce regard ? demanda-t-elle. Je suis vraiment aussi affreuse que j'en ai l'impression ?

Quand tout serait terminé, quand cette page de leur vie serait enfin tournée, elle dormirait pendant une semaine entière. Voire deux.

— Tu sais que quoi qu'il arrive, tu es toujours belle à mes yeux, Shell.

Celle-ci laissa échapper un petit rire et leva les yeux au ciel ; elle ne croyait pas une seule seconde au numéro de gentleman sudiste de Rock. Même sans s'être regardée dans un miroir, elle était presque certaine d'avoir le look d'une figurante dans *The Walking Dead*.

Elle croisa les bras à son tour, en imitant la posture de Rock.

— Arrête ton char, dit-elle. Sérieusement, c'est quoi, ce regard ?

— Tu m'as fait des cachotteries, *ma petite sœur*[1].

D'accord, le téléphone arabe de **Black Knights Inc.** avait visiblement marché à plein. Michelle poussa un soupir résigné.

— C'est pas un peu l'hôpital qui se moque de la charité ?

— Ouais, je peux pas dire le contraire...

Il lui passa un bras sur les épaules et l'attira contre le mur près de lui.

— Alors, qu'est-ce que vous allez faire ? lui chuchota-t-il à l'oreille après une longue pause en la serrant contre lui.

Elle fut soudain submergée par l'envie de pleurer. Elle était parvenue à garder la maîtrise d'elle-même durant toute la nuit, mais à présent que l'adrénaline s'était dissipée, elle se sentait au bord de l'effondrement émotionnel.

Un effondrement largement justifié, selon elle.

— On va se partager la garde.

Le simple fait de le dire à haute voix lui faisait l'effet d'un coup de poing dans le ventre.

— Jake dit que Frank lui a offert un job et qu'il va emménager à Chicago. Étant donné la nature de votre travail et le côté imprévisible de son planning, ce sera forcément compliqué. Mais on se débrouillera pour trouver le meilleur compromis.

Rock lui fit face, sourcils froncés.

— Tu veux dire que vous n'allez pas essayer de vous mettre ensemble ?

---

[1]. En français dans le texte. (*N.d.T.*)

Une énorme boule de remords s'était formée au creux de l'estomac de Michelle ; la nausée venait s'ajouter à son chagrin déjà écrasant.

— C'est impossible, dit-elle. Jamais il ne me pardonnera.

— T'en es si sûre que ça ?

Elle tourna vers les yeux noisette de Rock un regard embué de larmes. Elle avait tellement de raisons de pleurer, mais avait peur de se laisser aller. Car une fois les vannes ouvertes, elle ne pourrait peut-être plus les refermer.

— Comment pourrait-il ? Je lui ai caché l'existence de son fils et j'ai...

— Tu pensais avoir de bonnes raisons de le faire, l'interrompit Rock.

— Oui, c'est ce que je pensais, hoqueta-t-elle sans être capable de retenir la larme qui s'écoula sur sa joue. Mais j'avais tort. Complètement tort. Jake n'est pas du tout comme mon père, Rock. Parce que mon père était un homme incroyablement irréfléchi qui ne s'est jamais soucié que de lui-même. Mais Jake... (Elle secoua la tête.) Jake se soucie tellement de nous tous qu'il s'est arraché à son univers familier et à tous ceux qu'il connaissait et aimait afin de...

Elle s'étrangla sur ses sanglots, incapable de continuer à présent qu'elle admettait enfin la vérité. La terrible, l'horrible vérité...

Rock la prit dans ses bras et elle aurait aimé pouvoir y trouver une forme de réconfort. Malheureusement, elle craignait que plus rien ni personne ne puisse jamais la réconforter.

— Allons, ne va pas faire de lui un martyr, *ma belle*, susurra Rock. Lui aussi a commis son lot d'erreurs.

Elle secoua la tête contre son épaule.

— Mais ça ne représente rien par rapport à...

— *Chère...* dit-il en la tenant à bout de bras. Vous êtes tous les deux coupables dans cette histoire. Tous les deux. Ne t'avise pas de vouloir endosser toute la responsabilité.

Elle opina du chef en ravalant les sanglots qui s'accumulaient au fond de sa gorge. Elle aurait tellement aimé le croire.

Ils demeurèrent ensuite silencieux. Michelle essuya les larmes brûlantes sur ses joues en tâchant de retrouver sa maîtrise d'elle-même. Rock l'observait d'un regard si perçant qu'il ne l'aidait guère. Puis il en rajouta encore dans le malaise en lui demandant :

— Tu l'aimes ?

Et voilà : oublié la maîtrise d'elle-même. Un nouveau torrent de larmes s'échappa de ses yeux.

— Bien sûr que je l'aime !

C'était la première fois qu'elle faisait cet aveu à voix haute. Les mots parurent flotter dans l'air, comme ravis de prendre leur liberté.

— Je l'ai toujours aimé, termina-t-elle à mi-voix.

Les éclats de son cœur brisé transpercèrent tout son être, au point qu'elle craignit un instant de mourir de douleur.

— Eh ben voilà, commenta Rock. L'amour est plus fort que tout.

Ah, si seulement c'était aussi simple...

Avec trois gobelets de café en équilibre instable entre les mains, Vanessa remontait précautionneusement le couloir de l'hôpital. Lorsqu'elle rejoignit Rock – dont la posture adossée au mur lui sembla terriblement sexy – et Michelle – qui, la pauvre, paraissait avoir traversé un hiver nucléaire –, elle leur tendit un café à chacun. Puis elle retira le couvercle du troisième gobelet et souffla sur la surface de la boisson providentielle brune et fumante.

Depuis qu'elle avait intégré BKI, elle avait pu constater qu'il était possible de ne vivre quasiment que de café.

— Alors, quoi de neuf ? demanda-t-elle en les observant à tour de rôle après avoir bu une gorgée. De quoi vous parliez, tous les deux ?

— Du fait que l'amour triomphe de tout, répondit Rock en la regardant par-dessus le rebord de son gobelet.

— Ah oui ? demanda Vanessa avec une œillade rapide en direction de Michelle.

Celle-ci avait ouvert la bouche pour répondre, mais elle la referma quand le téléphone de Rock émit un étrange ping sonore.

Il sortit l'appareil de sa poche et consulta l'écran en fronçant les sourcils.

— *Merde*, jura-t-il. Faut que j'y aille...

Ouais. Elle savait ce que ça voulait dire. Son *autre* boulot l'appelait.

— Quand est-ce que tu reviens ? demanda Vanessa, surprise de découvrir qu'elle attendait la réponse en retenant son souffle.

— J'sais pas, se contenta-t-il de lâcher avant de tourner les talons.

Puis il parut hésiter un bref instant avant de faire volte-face pour la transpercer du regard.

— Vanessa, je veux que tu saches...

Il lança un bref coup d'œil vers Michelle, et Vanessa le vit déglutir en se grattant l'oreille.

— Je... je voulais juste te dire que j'ai apprécié le temps qu'on a passé ensemble.

Puis, sans s'expliquer plus avant, il se retourna et s'éloigna dans le couloir avec ce déhanché décontracté qui la rendait folle. Elle se retourna vers Michelle.

— Et sur ces mots, hop, il disparaît ! commenta-t-elle avec un claquement de doigts.

— Bienvenue dans le monde merveilleux de Black Knights Inc., répondit Michelle à mi-voix.

Elle afficha un air plein de compréhension avant d'ajouter :

— Bon, si ça peut te consoler, je connais Rock depuis longtemps et je ne l'ai jamais vu regarder quelqu'un de la façon dont il te regarde.

Vanessa émit un petit rire sans joie.

— Ça me fait une belle jambe vu qu'il semble décidé à me garder à bonne distance.

Une lueur de résignation passa dans les yeux gonflés et rougis de Michelle.

— D'après le peu que m'a raconté Frank sur les activités de Rock, et le peu que Frank lui-même sait, c'est sans doute préférable que Rock te maintienne à l'écart.

— Ouais, mais bon... On ne peut pas m'interdire de rêver un peu, n'est-ce pas ?

Avec un sourire triste, Michelle lui tapota gentiment l'épaule pour la réconforter. Puis toutes les deux retournèrent dans la chambre de Serpent pour veiller à son chevet.

Elles avaient à peine fait trois pas que Michelle s'arrêta brusquement. Emportée par son élan, Vanessa la heurta par-derrière et répandit par terre une partie de son café.

— Attention ! s'exclama-t-elle. Qu'est-ce que tu fais ?

Puis, regardant par-dessus l'épaule de Michelle, elle aperçut le visage très pâle mais surtout très réveillé de Jake.

— J'ai entendu ta conversation avec Rock, dit-il.

Michelle se redressa brutalement comme si on venait de lui administrer une décharge électrique dans le fondement.

— Quelle partie ? demanda-t-elle.

Sa voix était à peine plus qu'un murmure, ses yeux écarquillés ne cillaient pas.

— Tout.

Le regard de Vanessa passa de l'un à l'autre et un voyant « situation délicate » s'alluma dans son esprit, façon alerte rouge.

D'accord, Van. Il est temps d'aller voir ailleurs si tu y es.

Jetant un coup d'œil à sa montre, elle annonça :

— Regardez un peu l'heure. Mince, il se fait tard. Je suis certaine d'être en retard pour quelque chose. Je ne sais pas quoi, mais je suis sûre que c'est important et…

Elle s'arrêta, déglutit et leur décocha un sourire faiblard avant de décider de s'en tenir là plutôt que de sombrer dans le ridicule. Puis elle fit la seule chose intelligente à faire et s'esquiva.

Jake regarda la nouvelle spécialiste des communications de BKI faire volte-face et s'éloigner à toute vitesse. Puis il reporta son attention sur l'expression angoissée de Shell.

Une dizaine de démons en talons hauts faisaient des claquettes sur sa cervelle chaque fois qu'il ouvrait les yeux, mais il était prêt à encaisser la douleur. Oh oui, il encaisserait sans problème pour simplement contempler le visage de Shell quand elle lui dirait enfin qu'elle l'aimait.

— Il y a une chose très importante sur laquelle tu te trompes, murmura-t-il.

Elle s'étrangla et rentra la tête dans les épaules.

— Je… Ah bon ?

— Oui.

Il hocha la tête, même si ce geste incita les démons à entamer une gigue irlandaise endiablée.

— Sache que je peux te pardonner, Shell. En fait, je t'ai pardonné.

Cette fois, Michelle ne put se retenir.
On pouvait mettre cela sur le compte de la peur qui l'avait hantée ces derniers jours ou d'un trop-plein d'émotions bouleversantes, de l'épuisement, de la mort de Lisa qui l'affectait au plus profond de son âme. Voire carrément sur le fait qu'à part une barre de céréales elle n'avait pas mangé depuis... en fait, elle ne savait plus depuis combien de temps.
En entendant les paroles de Jake, ces paroles magnifiques et pleines d'abnégation, elle se prit le visage entre les mains et éclata en sanglots.
— Pas vraiment la réponse à laquelle je m'attendais, souffla Jake.
— P... Pardon, parvint-elle à articuler.
L'équilibre psychique précaire qu'elle s'était efforcée de maintenir l'abandonnait si vite que ça en devenait physiquement douloureux. Convaincue qu'elle allait s'effondrer si elle ne s'asseyait pas, elle tituba jusqu'à la causeuse près du lit de Jake et se laissa tomber sur les coussins élimés.
— Je... J'ai juste...
Elle fut incapable de continuer ; elle sanglotait trop.
L'effondrement émotionnel qui la menaçait depuis un long moment avait fini semble-t-il par arriver.
Parfait. Exactement ce dont j'avais besoin.
— Rock a raison, murmura Jake.
Il la surprit en tendant la main pour lui saisir le menton et la contraindre à le regarder.
— Nous avons tous les deux commis des erreurs, dit-il. Toi comme moi.
Oui. C'était vrai. Mais ce qu'elle lui avait caché était tellement plus important que tout ce qu'il avait...

— Est-ce que tu pensais vraiment l'autre truc ? demanda-t-il.

Ses yeux paraissaient plus verts que jamais par contraste avec la pâleur de sa peau.

Michelle renifla. Elle ne fut pas étonnée de constater que ses mains tremblaient quand elle les leva pour s'essuyer les joues.

— Que... Quel autre truc ?

Elle avait évoqué tant de choses. Avoué tant de choses...

À ce moment-là, il lui sourit. Un sourire sincère. Et la vue de ces fameuses fossettes déclencha chez Michelle un nouvel accès de larmes sur lesquelles elle s'étrangla. Elle se remit à sangloter de manière incontrôlée.

— Eh ben ! lança Jake.

Il se pencha pour attraper la boîte de mouchoirs posée sur la petite table près du lit.

— On dirait que c'est ta canalisation centrale qui a pété, plaisanta-t-il.

— Ex... excuse-moi, bredouilla-t-elle, à la fois soulagée et embarrassée.

Soulagée parce que pour la première fois depuis que son frère lui avait annoncé le retour de Jake, elle se disait que – même si rien n'était moins sûr – les choses pourraient s'arranger, que peut-être ils parviendraient à une sorte d'accord amiable. Embarrassée parce que, soyons francs, elle pleurait tellement qu'elle avait l'air d'avoir besoin d'une camisole de force. Ou d'un puissant sédatif. À moins qu'elle ne pleure comme une folle en camisole à qui l'on aurait donné un sédatif...

Dans tous les cas, elle était en train de se ridiculiser. Mais elle ne pouvait décidément pas s'en empêcher.

Tout cela était trop pour elle. Jake était trop pour elle. Ses sentiments envers lui étaient trop pour elle. Son pardon était trop pour elle...

— Dans le couloir, tu as admis que je n'étais pas comme ton père, expliqua-t-il en lui tendant un mouchoir dans un geste de sollicitude.

— C'est vrai, lui assura-t-elle en se mouchant, malgré l'inélégance du geste. Je sais que tu as simplement fait ce qui te semblait le plus juste.

— Tu parles d'une réussite, confirma-t-il avec un gloussement amusé.

Un son si bienvenu qu'un nouveau torrent de larmes se répandit sur les joues de Michelle. Il avait raison : la canalisation centrale s'était forcément rompue !

— On a tous les deux royalement merdé en essayant de bien faire. On pourrait dire qu'on a failli s'entre-tuer à grands coups de gentillesse, hein ?

Michelle ne put que hocher la tête en essayant de lui rendre son sourire.

Dieu qu'elle est belle.

Même avec le mascara qui dégoulinait le long de ses joues striées de larmes et sa queue-de-cheval en désordre, elle restait la plus belle femme sur laquelle il ait jamais posé les yeux.

Et il avait fini d'attendre qu'elle prononce les mots qu'il rêvait d'entendre chaque nuit depuis quatre longues années.

— Bon, alors maintenant dis-le-moi, demanda-t-il, le cœur battant d'excitation. Dis-le-moi en face.

Elle secoua la tête, une lueur de confusion dans les yeux ; ces yeux magnifiques qu'elle avait transmis à leur fils, ces yeux qu'il espérait la voir transmettre à *tous* leurs fils.

— Te dire quoi, Jake ?

— Ce que tu as dit à Rock.

Elle déglutit et s'essuya le nez à l'aide du mouchoir tout en le dévisageant avec appréhension.

— Comment ça ?

La douleur sous son crâne avait largement entamé la patience de Jake.

— Dis-moi que tu m'aimes, Shell !

Elle resta coite pendant un long moment, comme paralysée, les yeux fixés sur lui. Puis, alors qu'il était sur le point de bondir hors du lit pour la secouer et la forcer à admettre la vérité, elle murmura du bout de ses lèvres magnifiques :

— Bien sûr, Jake. Tu le sais. Tu l'as toujours su.

Les épaules de Jake s'affaissèrent de soulagement tandis que son cœur entonnait un hymne victorieux.

— Oui, admit-il. Mais tu ne l'avais jamais dit.

— Jamais ?

Dieu qu'elle était craquante.

— *Jamais*, souffla-t-il avec une expression soulignant clairement qu'elle ne l'avait toujours pas fait.

De nouveau, elle se contenta de le regarder, faisant durer le suspense au point qu'il faillit hurler... et tant pis pour les démons en hauts talons !

Puis elle renifla, laissa échapper un soupir hésitant et dit :

— Je t'aime, Jake. Je t'aime de tout mon cœur.

Et voilà.

Ces mots qu'il avait espéré entendre depuis... depuis toujours en fait.

Il faillit s'évanouir sous le coup de la joie immense qui l'envahit. Mais il ne voulait pas rater une seule minute de la présence de Shell à ses côtés. Shell qui l'aimait. Qui venait d'admettre à haute voix qu'elle l'aimait.

Et d'ailleurs... Il se décala dans le lit pour lui faire une place.

— Approche un peu ton délicieux derrière, dit-il.
Elle écarquilla les yeux de surprise.
— Jake, je suis certaine qu'on n'est pas censés…
— Pose. Tes. Fesses. Dans. Mon. Lit, articula-t-il soigneusement.

Il avait soulevé le drap d'une main et l'expression de son visage ne souffrait pas la contradiction. Hésitante, Michelle se mordilla la lèvre inférieure avant de grimper et d'appuyer précautionneusement sa joue contre la poitrine de Jake qui referma ses bras autour d'elle.

Elle.
Michelle. Shelly. Shell.
La femme de ses rêves.
— Moi aussi, je t'aime, tu sais, dit-il en la serrant fort tandis qu'elle hoquetait sous l'effet de nouveaux sanglots.

Franchement, il était étonné qu'elle ne soit pas ratatinée comme un raisin sec après toutes les larmes qu'elle avait versées. Mais telle était Shell : créature au cœur tendre, douce et émotive.

Et c'était ainsi qu'il l'aimait.

Il l'étreignit pendant un long moment, la berçant doucement tandis que ses larmes venaient détremper le coton de sa fine blouse d'hôpital. Elle finit néanmoins par s'apaiser et cesser de trembler comme une feuille entre ses bras. Et c'est à ce moment qu'il reprit la parole :

— Alors parlons un peu stratégie, proposa-t-il.
— Qu'est-ce que tu veux dire ? demanda Shell en se crispant contre lui.
— Je pense qu'on devrait se marier tout de suite. Une fois que j'aurai démarré au sein des Black Knights, ça risque de prendre un moment avant que j'aie assez de congés pour profiter d'une lune de miel digne de ce nom.

Elle se redressa pour le regarder droit dans les yeux. Un mélange d'espoir et d'incrédulité se lisait dans les siens.

— Se marier ? Tu... tu veux m'épouser ?

Quelle question ! Qu'est-ce qu'elle s'imaginait ? Qu'après tout ce qu'ils avaient traversé, il voudrait qu'ils restent simplement amis ?

— Bien sûr que je veux t'épouser. D'autant qu'on a déjà un fils et... que ce ne sera sans doute pas le seul, dit-il en appuyant sa paume contre le ventre de Shell.

Tous les deux repensèrent à cette chambre d'hôtel et aux mille plaisirs qu'ils s'étaient offerts l'un à l'autre jusqu'à la rupture impromptue du préservatif. Les joues de Michelle rosirent délicatement et, inexplicablement, Jake sentit son membre s'animer.

Ce qui prouve bien que les mâles sont programmés pour se reproduire coûte que coûte, se dit-il. Même avec à peine assez de sang dans les veines pour rester conscient.

— Je t'aime, Shell. Et tu m'aimes. Il n'y a plus de secrets et...

Il hésita et lui décocha un regard en coin.

— À moins que ? Ne me dis pas que tu as un deuxième enfant de moi caché quelque part ?

Elle s'étrangla sur un petit rire, les yeux de nouveau embués.

— Non, rien que celui-là, dit-elle.

— Bon, eh bien, il faudra qu'on travaille à changer ça, promit-il.

À ces mots, il vit que les larmes s'étaient remises à couler. Cette fois, cependant, c'étaient des larmes de joie.

— Oh, Jake... murmura-t-elle en effleurant ses lèvres des siennes.

Sa bouche était douce et chaude. Shell tout entière était douce et chaude. Tout ce qu'il avait toujours désiré. Tout ce dont il avait toujours rêvé. Et malgré les petits démons et la perte de sang, son entrejambe réagit par un « oui ! » enthousiaste.

Elle eut un hoquet de surprise en le sentant se raidir contre sa jambe.

— Jake, gloussa-t-elle. On ne peut pas faire ça ici. Le docteur va passer dans moins de dix minutes.

— D'accord, concéda-t-il en grognant.

Il lui mordilla la bouche et sa gorge parfumée ; il adorait la manière dont elle inclinait légèrement le cou pour s'offrir à lui.

— Mais, reprit-il, je te promets que dès qu'ils me laisseront sortir de ce trou, on passera une semaine entière sans sortir du lit.

— Voilà une promesse que je n'oublierai pas, lâcha-t-elle sur un ton à la fois ravi et sexy qui emplit de joie le cœur de Jake.

Les moments parfaits étaient rares dans une vie, mais il était en train d'en vivre un. Car il tenait dans ses bras la femme de ses rêves et avec elle la promesse du bonheur, d'une famille et d'une inestimable seconde chance de connaître l'amour.

AVENTURES & PASSIONS

6 mai

Caroline Linden
Scandales - Un ténébreux voisin

Abigail a tout pour elle : beauté, intelligence, richesse. Elle aspire à l'amour, mais l'argent semble aveugler tous les hommes, sauf un. Sebastian Vane n'a rien. Son seul rayon d'espoir, c'est Abigail. L'histoire aurait pu bien se terminer si Benedict Lennox, le gendre idéal, n'avait commencé à courtiser Abigail...

◆

Sabrina Jeffries
Les hussards de Halstead Hall - 4 - Le défi
Inédit

Le tristement célèbre Gabriel Sharpe est connu pour relever tous les défis. Mais lorsque Virginia Waverly, la sœur de son ami défunt, l'affronte, il contre-attaque par une demande de mariage. Et, si elle accepte, il en terminera avec l'ultimatum posé par sa redoutable grand-mère. Il n'avait pas envisagé qu'il aurait aussi besoin d'amour.

◆

Brenda Joyce
Une enquête de Francesca Cahill - 5 - Caresse mortelle

Sarah, l'amie de Francesca, est menacée par un fou et une jeune actrice est assassinée. Entre ces deux affaires, un seul point commun : Evan, le frère de Francesca. Afin de l'innocenter, notre détective en jupon se lance sur la piste de l'Étrangleur.

◆

Sylvia Day
Sept ans de désir

Un soir, alors qu'elle se promène dans le parc, Jessica Sheffield surprend les ébats d'Alistair Caulfield et de lady Trent. Elle observe la scène avec un mélange d'embarras et de fascination. Alistair l'aperçoit. Ils échangent un long regard. Entre ces deux mal-aimés, le désir est immédiat. Sept ans s'écouleront avant qu'ils ne puissent l'assouvir.

──────────── **20 mai** ────────────

Mary Balogh
Le club des survivants - 2 - Un mariage surprise
Inédit

Vincent Hunt ne veut pas se marier et fuit à la campagne. Là non plus, il n'est pas à l'abri des projets matrimoniaux de sa famille. Orpheline désargentée, Sophia Fry va l'aider et être jetée à la rue. Vincent pense avoir trouvé la solution idéale pour tous les deux. S'ils se marient, il sera à l'abri de sa famille et elle à l'abri du besoin. Mais l'amour, qui n'était pas prévu dans leur accord, viendra-t-il bouleverser leur arrangement ?

◆

Monica McCarty
Les chevaliers des Highlands - 9 - La Flèche
Inédit

Pour reconquérir ses terres, Robert de Bruce a besoin des talents du légendaire Gregor MacGregor dit « la Flèche ». Considéré comme le plus bel homme d'Écosse, ses talents d'archer rivalisent avec sa réputation de bourreau des cœurs. Lorsqu'il est obligé de se réfugier sur ses terres, c'est pour y livrer une tout autre bataille : résister au charme de sa pupille Cate de Lochmaben, bien décidée à le séduire.

◆

Danelle Harmon
La saga des Montforte - 1 - L'indomptable

Juliet Paige débarque d'Amérique avec sa fille Charlotte. Le fiacre qui la conduit jusqu'au château de son beau-frère, Lucien de Montforte, duc de Blackheath est attaqué par des bandits. Lord Gareth de Montforte, le mouton noir de la famille, sauve les passagers, et sans le savoir la femme de son frère mort sur le champ de bataille.

CRÉPUSCULE

20 mai

Sherrilyn Kenyon
Dream-Hunters - 5 - Le Gardien d'Azmodea
Inédit

Pour retrouver Solin, son ex-mentor, la Dream-Hunter Lydia Tsalaki, courageuse guerrière, se rend à Azmodea, un lieu terriblement dangereux. D'ailleurs, à peine a-t-elle retrouvé Solin qu'elle est faite prisonnière par un effrayant démon : le Gardien. Ce dernier ne la libérera que si Solin lui rapporte un objet précieux. Captive, Lydia est aussi intriguée par le bel immortel, en réalité lui-même esclave de deux êtres maléfiques...

Romantic Suspense

--- **20 mai** ---

Laura Griffin
Secrets en cascade
Inédit

Par un accablant après-midi d'été, un fou furieux ouvre le feu sur un campus. À la fin du carnage, on dénombre trois morts, dont l'assassin, et une douzaine de blessés.
Sophie Barrett, employée dans un laboratoire médical alors venue suivre un cours, s'en sort quasi-indemne. Une enquête est lancée mais, alors que certains détails émergent, la jeune femme est convaincue que le meurtrier n'a pas agi par pur hasard. Personne ne la croit, et encore moins Jonah Macon, le détective qui lui a autrefois sauvé la vie...

PROMESSES

--- **6 mai** ---

Robyn Carr
Les chroniques de Virgin River - 7 - Révélations
Inédit

Le révérend Noah Kincaid, veuf et sans attaches familiales, décide d'acheter sur eBay et de rénover l'église en ruine de Virgin River pour y fonder une congrégation presbytérienne. Pour cela, il a besoin d'aide et passe une annonce. Lorsqu'Ellie Baldwin se présente, ravissante et court vêtue, Noah se dit qu'elle ne peut être celle qui lui faut. Mais Ellie, qui a besoin de ce travail respectable pour récupérer la garde de ses enfants, sait se montrer convaincante...

Passion intense

---- **6 mai** ----

Lori Foster - Erin McCarthy - Sylvia Day -
Jamie Denton - Kate Douglas - Kathy Love
Incitations au plaisir
Inédit

Pour oublier ses démons du passé, Sabrina a toujours pu compter sur la présence de Roy. Mais de l'amitié à la sensualité, il n'y a qu'un pas… Travis a toujours aimé Sara, qui le voit comme son meilleur ami. Comment lui prouver qu'il est bien plus que cela ? Burnett part s'installer à La Nouvelle-Orléans pour refaire sa vie. La séduisante Maya en fera-t-elle partie ? Au cœur du Colorado, Betsy Mae se prend d'affection pour le beau Mark, de passage. Pourrait-elle envisager avec lui une relation… longue durée ? Pour son travail, Rocco retrouve Franny, une ancienne copine de classe. Si les années ont passé, la passion, elle, se vit au présent… Jack est fou de désir pour Rachel, la femme de son défunt meilleur ami. Saura-t-il voler son cœur ?

---- **20 mai** ----

Shannon McKenna
Les frères McCloud - 7 - Suprême obsession
Inédit

Battu, torturé à mort, Kev Larsen a été trouvé à l'adolescence dans une ruelle. S'il a survécu, plus aucun souvenir ne lui reste de sa vie d'autrefois. Avec seulement quelques bribes du passé en tête et le nom de son tortionnaire, il est déterminé à se venger. Et, lorsqu'il croise le chemin de la douce, timide et sublime Edie Parrish, à la haine qui l'habite se joint une passion… obsédante.

Et toujours la reine du roman sentimental :

Barbara Cartland

« Les romans de Barbara Cartland nous transportent dans un monde passé, mais si proche de nous en ce qui concerne les sentiments. L'amour y est un protagoniste à part entière : un amour parfois contrarié, qui souvent arrive de façon imprévue.
Grâce à son style, Barbara Cartland nous apprend que les rêves peuvent toujours se réaliser et qu'il ne faut jamais désespérer. »
Angela Fracchiolla, lectrice, Italie

Le 6 mai
Cynthia, en quête de l'amour